अटलजी
की
प्रेरक कहा

जननायक अटलजी द्वारा लिखित पुस्तकें

(चार खंडों में)

जननायक अटलजी पर केंद्रित पुस्तकें

अटलजी
की
प्रेरक कहानियाँ

डॉ. रश्मि

प्रभात
पेपरबैक्स
www.prabhatbooks.com

प्रकाशक

प्रभात पेपरबैक्स

4/19 आसफ अली रोड, नई दिल्ली-110002

फोन : 23289777 • हेल्पलाइन नं. : 7827007777

इ-मेल : prabhatbooks@gmail.com ❖ वेब ठिकाना : www.prabhatbooks.com

संस्करण

प्रथम, 2020

अ.मा.पु.स. 978-81-945109-7-0

ATALJI KI PRERAK KAHANIYAN
by Dr. Rashmi

Published by **PRABHAT PAPERBACKS**
4/19 Asaf Ali Road, New Delhi-110002

ISBN 978-81-945109-7-0

आदरणीय अटलजी के
संपूर्ण जीवन पर आधारित यह पुस्तक
युवाओं को
सादर समर्पित

भूमिका

आज अटलजी दैहिक रूप से हमारे बीच विद्यमान नहीं हैं, किंतु उनके कार्य, उनकी नीतियाँ, उनके आदर्श, उनके विचार सदैव हमारे लिए पथ-प्रदर्शक का कार्य करते रहेंगे। अटलजी ने भारतीय राजनीति में शुचिता की परंपरा प्रारंभ की। 27 मार्च, 2015 को तत्कालीन राष्ट्रपति प्रणब मुखर्जी ने प्रोटोकॉल तोड़ते हुए स्वयं उनके आवास पर जाकर उन्हें देश के सर्वोच्च नागरिक सम्मान 'भारतरत्न' से सम्मानित किया था। अटलजी तीन बार प्रधानमंत्री, दो बार राज्यसभा सदस्य तथा दस बार लोकसभा सदस्य रहे। अटलजी भले ही भाजपा के शीर्ष नेता रहे, लेकिन वे देश के सर्वाधिक लोकप्रिय प्रधानमंत्रियों में से एक थे। सही मायने में अटलजी भारतीय राजनीति के आकाश का ध्रुवतारा थे। उनकी शख्सियत ऐसी थी कि हर राजनीतिक दल में उनकी स्वीकार्यता रही।

सन् 2005 में जब अटलजी ने राजनीति से संन्यास लेने की घोषणा की थी, तब तत्कालीन प्रधानमंत्री डॉ. मनमोहन सिंह ने उन्हें 'मौजूदा राजनीति का भीष्म पितामह' की संज्ञा दी थी। अटलजी एक ऐसी शख्सियत थे, जिन्होंने अपने जीवन का हर पल राष्ट्र को समर्पित कर दिया था। भारतीय राजनीति की महान् विभूति रहे अटलजी का विराट् व स्नेहिल व्यक्तित्व, विलक्षण नेतृत्व, दूरदर्शिता तथा भाषण देने का अद्‍भुत सामर्थ्य उन्हें एक विशाल व्यक्तित्व प्रदान करता है। सही मायने में अटलजी का अवसान 'अटल युग' का अवसान है।

उन्होंने 93 वर्ष की आयु में 16 अगस्त, 2018 को दिल्ली के एम्स अस्पताल में अंतिम साँस ली थी। देहांत से पूर्व वे कई वर्षों से अस्वस्थ चल रहे थे। सन् 2009 में अत्यधिक अस्वस्थ हो गए थे और तब उन्हें कई दिनों तक वेंटिलेटर पर रखा गया था। वे स्वस्थ होकर घर तो लौट आए थे, किंतु उसके बाद के वर्षों में उन्हें स्वास्थ्य संबंधी गंभीर परेशानियाँ निरंतर बनी रहीं और अंतत: 16 अगस्त, 2018 को समस्त देशवासियों

को एक अटल शून्य में छोड़ वे चिरनिद्रा में लीन हो गए।

जिस प्रकार पूजनीय अटलजी ने देश को प्रगति की राह दिखलाई थी, उसी प्रकार हमारी हर आनेवाली पीढ़ी देश को विकास की राह पर अग्र से अग्रसर ले जाने में कृतसंकल्प रहे। मुझे पूर्ण विश्वास है कि मेरी यह पुस्तक हमारी परिपक्व पीढ़ी को सुस्मृति, युवा पीढ़ी को मार्गदर्शन और किशोरों को प्रेरणा प्रदान करेगी।

उन्हीं के शब्दों में—

"मौत की उम्र क्या? दो पल भी नहीं,
जिंदगी सिलसिला, आज कल की नहीं
मैं जी भर जिया, मैं मन से मरूँ,
लौटकर आऊँगा, कूच से क्यों डरूँ?"

अपनी बात

भारत के राजनीतिक इतिहास में आदरणीय श्री अटल बिहारी वाजपेयीजी का संपूर्ण व्यक्तित्व शिखर पुरुष के रूप में दर्ज है। उनकी पहचान एक कुशल राजनीतिज्ञ, प्रशासक, भाषाविद्, कवि, पत्रकार और लेखक के रूप में है। राष्ट्रीय स्वयंसेवक संघ की विचारधारा में पले-बढ़े अटलजी राजनीति में उदारवाद, समता और समानता के समर्थक माने जाते हैं। अटलजी में नेतृत्व क्षमता का अद्भुत गुण था। उनके भीतर सभी के लिए स्नेह कूट-कूटकर भरा हुआ था। राजनीति के आकाश में अटलजी का व्यक्तित्व एक देदीप्यमान नक्षत्र के समान है। अपनी बाल्यावस्था में वे अपने सभी मित्रों के बीच प्रसिद्ध थे। बड़े होने के साथ-साथ उनके भीतर मौजूद अनेक प्रतिभाएँ भी उजागर होने लगीं। जब वे जनसंघ से जुड़े, तब उन्होंने वहाँ भी सभी को अपनी लेखनी एवं अपनी क्षमताओं द्वारा प्रभावित किया। अटलजी पत्रकारिता और लेखन में भी बहु-प्रतिष्ठित हुए। उनके संपादन में राष्ट्रधर्म (मासिक), पाञ्चजन्य (साप्ताहिक) और स्वदेश (दैनिक) जैसे महत्त्वपूर्ण पत्र प्रकाशित हुए, जो कि समूचे समाज को चेतना प्रदान करते थे। पाञ्चजन्य आज भी यह कार्य कर रहा है। कालांतर में अटलजी ने राजनीति में प्रवेश किया और देशहित से जुड़े अनगिनत कार्य किए। वे पक्ष में रहे हों या विपक्ष में, दोनों ही स्थितियों में एक मजबूत राजनेता के रूप में सदैव देश के लिए समर्पित रहे।

ग्वालियर के साधारण से अध्यापक परिवार में जनमे अटलजी अपनी प्रतिभा के दम पर विश्व भर में विख्यात हुए। उन्हें माँ सरस्वती का अपार आशीर्वाद प्राप्त था। यह उनकी वाणी का ही प्रताप था कि सभी मंत्रमुग्ध होकर उन्हें सुना करते थे। एक बहुत बड़ा जन-समुदाय उनकी वाणी को सुनने के लिए खिंचा चला आता था। लोग अटलजी की एक झलक पाने के लिए लालायित हो उठते थे। अटलजी बहु-प्रतिभा के धनी रहे हैं। उन्हें विदेश-नीति की बेहद समझ रही है। वे एक बेजोड़ राजनेता हैं, जो हर आनेवाली

पीढ़ी के लिए स्तुत्य एवं अनुकरणीय रहेंगे।

अटलजी ने राजनीति को दलगत और स्वार्थ की वैचारिकता से अलग हटकर अपनाया और उसको जिया। जीवन में आनेवाली विषम परिस्थितियों और चुनौतियों को स्वीकार किया। नीतिगत सिद्धांत और वैचारिकता का कभी कत्ल नहीं होने दिया। राजनीतिक जीवन के उतार-चढ़ाव में उन्होंने आलोचनाओं के बाद भी अपने को संयमित रखा। राजनीति में धुर विरोधी भी उनकी विचारधारा और कार्यशैली के कायल रहे। पोखरण जैसा परमाणु परीक्षण कर दुनिया के सबसे ताकतवर देश अमेरिका के साथ दूसरे मुल्कों को भारत की शक्ति का अहसास कराया। जनसंघ के संस्थापकों में से एक श्री अटल बिहारी वाजपेयीजी के राजनीतिक मूल्यों की पहचान को ध्यान में रखते हुए उन्हें बीजेपी सरकार द्वारा 'भारत रत्न' से सम्मानित किया गया।

अटलजी पर केंद्रित अनेक पुस्तकें आ चुकी हैं और भविष्य में भी आती रहेंगी, किंतु यह पुस्तक अटलजी के जीवन की प्रेरक और रोचक घटनाओं का संकलन है। इस पुस्तक में अटलजी का अब तक का जीवन और उनकी उपलब्धियाँ घटनाप्रधान शैली में प्रस्तुत की गई हैं। इस पुस्तक में पूरा प्रयास किया है कि अटलजी के जीवन के हर पहलू को समेटा जा सके, किंतु अटलजी के जीवन की विराटता ही है कि उसे शब्दों में समेटना अपने आप में एक बेहद चुनौती भरा काम है। वे जब तक सामर्थ्यवान रहे तब तक बिना टले, बिना रुके, निरंतर अथक परिश्रम करते रहे। उनके कार्यों में, उनकी सोच में, उनके विचारों में, उनके हर क्षण में 'भारत' ही सर्वोपरि रहा है। हम अटलजी की स्मृति में यह पुस्तक 'अटलजी की प्रेरक कहानियाँ' अपने पाठकों के लिए प्रस्तुत कर रहे हैं। हमें विश्वास है कि यह पुस्तक हमारे बालकों और युवा पीढ़ी के लिए उपयोगी सिद्ध होगी। वे सभी लोग जो अटलजी के जीवन से जुड़ना चाहते हैं, उनके विचारों, नीतियों और कार्यों को जानना चाहते हैं, उन सभी के लिए यह पुस्तक अत्यंत उपयुक्त सिद्ध होगी। यह अकेली पुस्तक अटलजी के समूचे जीवन को स्वयं में समेटे हुए है।

आपकी

—रश्मि

अनुक्रम

चाशनी ही उठाकर पी गए

अटलजी के बाबा को रामायण, गीता, भागवत् आदि का अच्छा ज्ञान था। वे जाने-माने भागवत्-वाचक आचार्य भी थे। लोग उन्हें अपने घरों में भागवत् बाँचने, अखंड रामायण का पाठ कराने, सत्यनारायण की कथा कराने के लिए निमंत्रित करते रहते थे।

बाबा जब भी कहीं बाहर जाते तो वहाँ अपना भोजन खुद ही बनाते थे, इसलिए एक झोले में तवा, चिमटा, करछुल, चमचा, कटोरी आदि भी साथ लेकर चलते थे। उनके निकलने से पहले बालक अटल दौड़-दौड़कर अपने बाबा को सारा सामान लाकर देते थे।

'बाबा, ये लो आपकी खड़ाऊँ।' 'बाबा, ये लो आपकी चद्दर।' आदि। बाबा अपने ओढ़ने और बिछाने की चीजें भी साथ लेकर चलते थे। वे उन्हें अपने कंधों पर डाल लिया करते और लंबे-लंबे कदम बढ़ाते हुए इतनी फुरती से चलते चले जाते कि अभी यहाँ... और कुछ ही देर में आँखों से ओझल।

उन्हीं दिनों की एक घटना है—उनके बाबा ने करहल नाम के एक गाँव में यज्ञ किया। आसपास के गाँव के और ग्वालियर के बहुत लोग आ जुटे। बाबा अपने पूरे परिवार के साथ आमंत्रित थे, अत: बालक अटल भी साथ गए थे। यह यज्ञ तो उनके बाबा ने ही करवाया था, इसलिए उनके परिवार की खूब आवभगत हो रही थी। पूरे परिवार को उस दिन रात को ही अपने गाँव लौटना था, लेकिन पूजा-पाठ, भोग सब निबटाते रात हो गई। बाबा ने अपने परिवार से पूछा, "कहो तो आज रात यहीं रुक जाएँ, वैसे भी रात का सफर ठीक नहीं...कल तड़के निकल चलेंगे?"

"हाँ पिताजी, हम सब भी अभी यही विचार कर रहे थे।" अटलजी के पिताजी ने भी सहमति जताई...और सभी वहीं रुक गए। वहाँ इतने लोग आ जुटे थे कि आसपास की

दुकानें भी खूब आबाद थीं। यज्ञ समाप्त हो जाने के बाद तो लोग खाने-पीने में ऐसे जुट गए कि हलवाइयों की दुकानों की सब चीजें समाप्त हो गईं। बालक अटल रात को भूख से व्याकुल हो उठे। उन्हें भूख लगती भी बहुत थी। उनके पिताजी उन्हें एक हलवाई की दुकान पर ले गए, "भैया, कुछ हो तो लल्ला को खिला दो।"

"हमें तो रसगुल्ले खाने हैं।" बालक अटल तुनककर बोले।

हलवाई ने कहा, "रसगुल्ले तो खत्म हो गए लल्ला···चाशनी ही बची है।"

अब बालक अटल की रुलाई छूट गई, "रसगुल्ले खत्म कैसे हो गए और हम न खा सके," उन्होंने सामने रखी चाशनी की तरफ इशारा करके बिसूरते हुए कहा, "तो हमें यह चाशनी ही दे दो।"

हलवाई और उनके पिताजी को बहुत आश्चर्य हुआ, लेकिन वे ठहरे ठेठ देसी··· कुछ भी कर सकते थे। उन्होंने चाशनी से भरा दोना उठाया और पी गए। फिर मुँह पोंछते हुए अपने पिताजी से बोले, "अब हमारा पेट भर गया, चलिए, अब चलकर सोते हैं।"

□

रटा-रटाया भाषण भूल गए

यह किस्सा तब का है, जब बालक अटल कक्षा पाँच के विद्यार्थी थे। वे अपने भाई-बहनों के साथ ग्वालियर के गोरखी विद्यालय में पढ़ा करते थे। उन दिनों उस विद्यालय के हेडमास्टर उनके पिताजी ही थे। एक रोज विद्यालय में भाषण प्रतियोगिता हुई। बालक अटल ने भी बड़े ही उत्साह से भाग लिया और अपना नाम लिखवा दिया। वे अकसर अपने पिता को मंच पर कविता पाठ करते हुए देखा करते थे और उनके मन में भी यह इच्छा जागने लगी थी कि वे भी अपने पिता की तरह मंच पर खड़े होकर सैकड़ों लोगों के सामने बोलें। तो हुआ यूँ कि वे बड़े ही उत्साह में निश्चित दिन अपना पूरा भाषण रट-रटाकर पहुँच गए, लेकिन जब उनकी बारी आई तो न जाने क्या हुआ कि सब भूल-भाल गए। घबराहट में कुछ ऐसा हाल हुआ कि मुँह से बोल ही नहीं फूट रहे थे। बार-बार बस एक ही पंक्ति दोहरा दें। बहुत दुःखी हुए बेचारे…मंच से उतार दिए गए, सो अलग।

बड़े भारी मन से घर लौटे और उदास होकर लेट गए। माँ सब समझ गईं। माँएँ होती ही ऐसी हैं, बिना कहे ही सब समझ जातीं हैं। "क्या हुआ लल्ला, उदास क्यों हो, भाषण अच्छा नहीं हुआ क्या?"

माँ का पूछना भर था कि फूट-फूटकर रो पड़े, "अम्मा! हम कुछ बोल ही नहीं पाए। इतनी अच्छी तरह से रटकर गए थे, लेकिन वहाँ सब भूल-भाल गए।" सुबक-सुबककर आगे बोले, "सब लड़के हमारा मजाक उड़ा रहे थे। वे चिल्ला रहे थे कि देखो, रटकर आया है। हेडमास्टर का लड़का है और रटकर आया है। अम्मा! हमारे दोस्त भी हमारा मजाक उड़ा रहे थे।"

माँ को बेटे पर बहुत दया आई। समझाते हुए बोलीं, "यही तो गलती की तुमने लल्ला!"

"गलती?"

"हाँ…गलती। तुम रटकर गए ही क्यों! तुम्हें जिस विषय पर बोलना था, उस विषय

को खूब अच्छी तरह से समझकर जाते, फिर वहाँ अपने मन से सब बोलते जाते।"

बालक अटल अपनी माँ की बात ध्यान से सुनने और समझने की कोशिश करने लगे। वे सच ही तो कह रही थीं। अटल ने उसी समय मन-ही-मन निश्चय किया कि अब कभी भी रटकर भाषण नहीं दूँगा। पूरी तैयारी से जाया करूँगा और जो-जो विचार आते जाएँगे, उन्हें ही आत्मविश्वास के साथ बोल दिया करूँगा।

हम सभी अटलजी को एक बेहतरीन वक्ता के रूप में जानते हैं। उनके निखार के पीछे माँ की यह बहुत बड़ी सीख छिपी हुई थी। हम सभी ने देखा था कि अटलजी अपना भाषण लिखकर नहीं बोलते थे, बल्कि तत्काल जो भी मन में आता जाता था, उसी को अपनी वाणी के प्रभाव और प्रखर मेधा के प्रयोग के साथ रोचकता की चाशनी में डुबो-डुबोकर बोलते जाते थे। लोग उनके भाषण को सुनने के लिए बँधे-से बैठे रहते थे।

□

दद्‌दा को रुपैया तो फिर हमें अठन्नी क्यों!

अटलजी के पिताजी बहुत सख्त स्वभाव के थे। वे अपने बच्चों में अच्छे संस्कार रोपना चाहते थे। इसके लिए घर में भी बहुत अनुशासन रहता था। एक बार की बात है कि बालक अटल द्वारा कोई काम ठीक से पूरा न हो सका, जिससे उनके पिताजी बहुत क्रोधित हो उठे। उन्होंने बालक अटल को पकड़कर पीट दिया। बालकों का तो स्वभाव ही होता है कि जब माता-पिता से मार पड़े, तब दादी-बाबा की शरण ले ली जाए। सो ऐसा ही हुआ। बालक अटल चीख-चीखकर रोने लगा। बाबा उन दिनों ग्वालियर आए हुए थे। अटलजी के पिताजी उन्हें पीट तो रहे थे, लेकिन रोने नहीं दे रहे थे। धमका रहे थे, "खबरदार, जो तुमने अपने मुँह से आवाज निकाली तो! नहीं तो हम और पीटेंगे···समझे तुम?"

अटल डर गए और सुबक-सुबककर रोने लगे। उनके रोने की घुटी-घुटी-सी आवाज सुनकर बाबा कमरे के भीतर आ गए। "क्यों मार रहे हो लड़के को?"

बालक अटल भागकर बाबा से लिपट गया, "देखो न बाबा, हमें इत्ता मारा और अब रोने भी नहीं दे रहे हैं।"

बाबा ने उन्हें अपने आप से चिपटा लिया और पिताजी से बोले, "अरे! ठीक ही तो कह रहा है यह। जब तुमने इसे मारा-पीटा है तो कम-से-कम रोने का अधिकार तो दो।"

अटलजी को अपने बाबा की यह बात बरसों-बरस तक याद रही। वे अकसर अपने भाषणों में इसे प्रयोग करते थे, 'रोने का अधिकार तो मिलना ही चाहिए।'

बाबा जब बटेश्वर लौटने लगते तो घर के सभी बच्चों को पैसे देते थे। उनके पैसे देने का ढंग भी बड़ा निराला होता था। वे बच्चों को उनकी सीनियरिटी के हिसाब से पैसे देते थे। मसलन बड़ों को एक रुपया देते, जबकि छोटों को आठ आने देते। अब चूँकि अटलजी अपने घर में छोटे थे तो नियमानुसार उन्हें आठ आने ही मिलते थे। एक दिन वे

बिफर पड़े, "हमें अठन्नी क्यों, जबकि आपने दद्दा को तो रुपैया दिया है?"

"तुम अभी छोटे हो, इसलिए तुम्हें अठन्नी दी है, परंतु जब तुम बड़े हो जाओगे तो तुम्हें भी रुपैया ही देंगे, समझे?" बाबा ने प्यार से सिर पर हाथ फेरते हुए समझाया।

"लेकिन तब तो दद्दा भी बड़े हो जाएँगे। हमारा तो घाटे का घाटा ही रहेगा।" बाबा के लाड़ले अटल तो आज अड़ ही गए।

अंत में बाबा ने हथियार डालते हुए कहा, "हा⋯हा⋯हा⋯अच्छा बाबा, तब तुम्हें रुपैया और उन्हें अठन्नी देंगे⋯अब तो ठीक है?"

अटल यह समाधान सुनकर संतुष्ट हो गए और थोड़ी ही देर बाद अपनी अठन्नी की प्रसन्नता में सब भूल-भाल गए।

□

बहन के साथ खेलना और झगड़ना

अटलजी और उनके भाई-बहन जैसे-जैसे बड़े होते जा रहे थे, वैसे-ही-वैसे उनके पिताजी का अनुशासन भी उन सभी पर बढ़ता जा रहा था। वे उन्हें बेहद सभ्य और शालीन रूप में देखना चाहते थे। वे अकसर बच्चों से कहते कि 'अनुशासन से कहीं ज्यादा जरूरी है स्व-शासन। अनुशासन से बंधन का एहसास होता है, लेकिन स्व-शासन हमें अच्छा इनसान बनने की प्रेरणा देता है।'

अटलजी अपने पिताजी की बातों से बहुत प्रभावित थे। उनके पिताजी एक बेहतरीन शिक्षक होने के साथ-साथ एक उम्दा मनोवैज्ञानिक भी थे। वे बच्चों को अनुशासन के साथ-साथ कुछ हद तक खेलने-कूदने की छूट भी देते थे। बच्चे उनके सामने शैतानियाँ नहीं कर पाते थे, लेकिन मौका मिलते ही सब भाई-बहन खूब ऊधम मचाते, तरह-तरह के खेल खेला करते। माँ की तरफ से खेलकूद और शरारतों में जरा भी पाबंदी नहीं रहती थी, बस इतनी सी हिदायत होती थी कि हम एक-दूसरे के साथ लड़ाई-झगड़ा आदि न करें, किसी को चोट न पहुँचाएँ। सब भाई-बहन और दोस्त मिलकर खेलते रहते, लेकिन पिताजी के घर आने से पहले अपनी-अपनी कॉपी-किताबें लेकर पढ़ने बैठ जाते थे।

खेल-कूद में अटलजी की सबसे ज्यादा लड़ाई अपनी बहन विमला के साथ ही होती थी और जब उनके बीच झगड़ा होता तो बालक अटल उन्हें 'बिलौटी' कहकर चिढ़ाते और वे उन्हें 'अटल्ला' कहतीं। वे दोनों जरा-जरा सी बात पर लड़ने लग जाते थे, लेकिन खेलते भी साथ ही थे।

"चल अटल, खेलते हैं। हम उस लकीर के पीछे खड़े होकर इस गुच्ची (छोटा सा गड्ढा) में बारी-बारी से अपने-अपने पैसे डालेंगे, जिसका निशाना चूका, उसके पैसे गए।"

"ठीक है।"

"देखो! तुमने बेईमानी की। तुम्हारा पैर लकीर से आगे निकल गया था।"

"कहाँ! कहाँ! कित्ता तो पीछे है हमारा पैर।"

"चल झुठल्ला कहीं का···हम नहीं खेलेंगे तुम्हारे साथ। लाओ, वापस करो हमारे सब पैसे।"

बहन विमला रूठ जाती और भाई अटल सारे पैसे उठाकर भागने लगते।

"एक चनकटा देंगे तुम्हारे, बेईमंटा कहीं के। अभी जाकर अम्मा को बताते हैं सब।" वे पीछे से चिल्लातीं, "अब हम कभी भी नहीं खेलेंगे तुम्हारे साथ।"

"बिलौटी ···बिलौटी" अटल उन्हें चिढ़ाने लगते, लेकिन जब बहन विमला अम्मा से शिकायत करने की बात कहतीं, तब उनके हाथ-पैर फूल जाते। एक तो बहन की नाराजगी, दूसरे माँ से पड़नेवाली डाँट का डर। अब वे उन्हें मनाने में जुट जाते···अनेक तरकीबें निकालते। कहते, "लो अपने पैसे, गिन लो अच्छी तरह से। इतना पिनपिना काहे रही हो जरा सी बात पे!" फिर वे और भी नखरे करने लगतीं और घंटों में जाकर कहीं मानतीं, लेकिन जब तक वे मान न जातीं, तब तक भाई अटल उनके पीछे-पीछे लगे रहते।

□

जन्माष्टमी की झाँकी

जन्माष्टमी में अटलजी और उनके भाई-बहन मिलकर घर में झाँकी सजाया करते थे। इसके लिए वे सबसे पैसे लेते थे। सबसे पहले पिताजी से माँगते इसके बाद घर के बाकी लोगों से। फिर जब पैसे जमा हो जाते, तब उसी के अनुसार क्या-क्या सामान खरीदा जाए, इसकी लिस्ट बनती। सारा सामान आ जाने पर डिजाइन सोचा जाता और बस यहीं से उनका और विमला बहन का झगड़ा शुरू हो जाता। जब वे कहतीं कि ये तसवीर यहाँ लगाएँगे तो अटल कहते, वहाँ। जब अटल कहते कि यहाँ इस रंग का फूल लगाएँगे तो वे कहतीं, नहीं उस रंग का। बस इसी बात पर उन दोनों का युद्ध शुरू हो जाता और तब तक चलता, जब तक उन दोनों में से कोई एक बड़े भैया से पिट न जाता``और फिर इसके बाद वही डिजाइन बनता, जो बड़े भाई फाइनल करते।

वे लड़ते भी थे, लेकिन फिर भी एक-दूसरे के बिना इन भाई-बहनों का मन भी नहीं लगता था। जब वे लोग उस झाँकी को सजा लेते तो उसे परदे से ढक दिया करते थे। रात होते-होते पूरा परिवार और आस-पड़ोस के लोग वहाँ इकट्ठे होने लगते। फिर सब मिलकर भजन गाते थे। गीता का भी पाठ होता। रात के ठीक बारह बजते ही बालक अटल वह परदा सरका देते और सब एक साथ कृष्ण जन्म की खुशी में जयकारे लगाते। सब मिलकर पिताजी के साथ-साथ आरती गाने लगते— 'भए प्रगट कृपाला दीन दयाला जसुमत के हितकारी```' 'अनोखो जायो ललना मैं बेदन में सुन आई```' एक भाई घंटा बजाता, दूसरा शंख पर जोर आजमाता। बहनें मँजीरा बजाती थीं। घर के सब लोग मिलकर बारी-बारी से आरती उतारते जाते थे। आरती उतारने में भी बच्चों में ऐसी होड़ लगी रहती कि कोई बड़ा भले ही छूट जाए, लेकिन बच्चा न छूटने पाता था। बच्चे अगले छह दिन तक अलग-अलग तरह की झाँकी सजाया करते थे। भगवान् की छठी मनाया करते थे।

उनके गाँव में और स्कूलों में गणेशोत्सव और जन्माष्टमी जैसे अवसर बहुत धूमधाम से मनाए जाते थे। अनेक प्रतियोगिताएँ होती थीं। अंत्याक्षरी प्रतियोगिता, वाद-विवाद प्रतियोगिता, कविता रचना, निबंध लेखन, नृत्य-गायन प्रतियोगिता और बहुत कुछ। अटलजी का तो पूरा परिवार ही साहित्य और कलाप्रेमी था। सभी विद्वान् थे। उन्हीं सब के कारण बालक अटल भी इन सब में आगे रहने लगे और खूब पुरस्कार जीतकर लाते। उन दिनों बच्चों को पुरस्कार में तमाम चीजें मिलती थीं। माँ अपने बच्चों के हाथों में इनाम में मिले छोटे-छोटे से टिफिन बॉक्स, पेंसिल बॉक्स, प्लेटें आदि देखकर खूब खुश होतीं, "अरे वाह! आज तो तुम लोग खूब इनाम जीत लाए।"

"हाँ अम्मा! हमें तो वाद-विवाद में पहला पुरस्कार मिला। जिज्जी नृत्य और गायन में जीतकर आई हैं और इसे देखो…ये विमला रानी अंत्याक्षरी में जीती हैं।"

"अम्मा, हम खाली अंत्याक्षरी में ही नहीं जीते हैं…ये देखो, निबंध लेखन में भी जीते हैं।" बहन तुनककर कहतीं।

बहुत मनोहारी हैं बचपन की ये प्यारी बातें। अब तो ये सब बातें बस यादें बनकर रह गई हैं।

□

बाबा से मेला दिखाने की जिद

बालक अटल और उनके भाई-बहन अपने माता-पिता के साथ ग्वालियर में रहते जरूर थे, लेकिन उन सभी का मन बटेश्वर में ही लगा रहता था। जब भी बटेश्वर में मेला लगता तो वे सभी बाबा के पास चले जाते। वहाँ का पशुओं का मेला खूब प्रसिद्ध है, जो हर वर्ष कार्तिक मास में लगा करता है। शुरू के पंद्रह दिन पशुओं का मेला लगता, फिर नुमाइश शुरू हो जाती। भैयादूज के दिन बटेश्वर के सभी मंदिर खूब सजाए जाते, उनकी सुंदरता देखते ही बनती थी।

बच्चे बाबा से जिद करने लगते, "बाबा, बाबा! मेला घुमाने ले चलो न।"

बाबा भी कुछ कम न थे, "क्या घूमोगे मेले में, जानवरों का मेला होता है, पहले घूमा नहीं क्या तुम लोगों ने? हर साल ही तो देखने जाते हो।" बाबा जाने से पहले एक-आध बार तो नखरा जरूर ही करते थे। यह उनकी पुरानी आदत थी।

"चलो न बाबा।"

"वहाँ हाथी, घोड़े, गाय, भैंसें बिकती हैं। तुम लोगों को भी खरीदनी हैं क्या?"

"नहीं, हमें तो वहाँ झूला झूलना है और चाट-पकौड़ी खानी है।"

बाबा किसी भी तरह हार न मानते, "झूला हम यहीं डलवा देते हैं, पीछेवाली नीम पर और उससे भली स्वादवाली चाट-पकौड़ी तो तुम्हारी अम्मा ही बना देंगी घर पर।"

बच्चे समझ जाते कि बाबा चाहते हैं कि हम उनकी और मिन्नतें करें...उन्हें और मनाएँ। कुछ देर की मान-मनौवल के बाद बाबा के साथ सब बच्चे मेला देखने चल देते। गाँव के कुछ और लोग भी अपने बच्चों को बाबा के साथ लगा देते।

वहाँ काबुल के घोड़े, असम और बर्मा के हाथी और पेशावर के ऊँट बड़ी संख्या में बिकने आया करते थे। अन्य छोटे पशु जैसे भेड़, बकरी, गाय, भैंस और बैल आदि भी खूब बिकते थे। दूर-दूर से व्यापारी यहाँ आते और खरीद-फरोख्त करते। ऊँची-ऊँची

बोलियाँ लगतीं। बालक अटल और बाकी बच्चों के लिए तो बस यही आकर्षण था कि उन्हें हाथी, घोड़े, ऊँट आदि की सवारी करने का आनंद मिल जाता। मौत का कुआँ देखना, सरकस और तमाशे में जाना, ऊँचे-ऊँचे आसमान को छूते और चक्कर खाते हुए झूले झूलना, जानवरों की दौड़ का आनंद लेना, यही सब उनके शौक थे। तरह-तरह की कंपट, लेमनचूस, कुल्फी फालूदा, खाजा, जलेबी, चाट-पकौड़ी उन्हें अपनी ओर खींच लिया करतीं।

बाबा उन सभी को खूब देर तक मेला घुमाते, खिलाते-पिलाते, लेकिन जब बच्चे वापस घर लौटने का नाम ही न लेते तो दो-चार चपत भी पड़ जातीं और फिर सब-के-सब मुँह लटकाए सीधे घर को रुखसत करते।

□

भाभीजी के लालाजी

जब अटलजी के बड़े दद्दा (भाई) का विवाह हुआ था, तब वे बारह वर्ष के थे। उनकी भाभी बहुत ही सुंदर और मृदुभाषी थीं। उनके आने से घर की रौनक को चार चाँद लग गए। वे अपने देवर अटल को 'लालाजी' कहकर पुकारा करती थीं, लेकिन अटल को उनका यह संबोधन जरा भी अच्छा नहीं लगता था।

'लालाजी! खाना लगा दिया है, आकर खा लो।' 'लालाजी! बाजार से ये लेते आओ।' 'लालाजी! ये···लालाजी, वो!'···अटलजी को उनका 'लालाजी' कहना जरा भी न सुहाता था। उन्होंने पूरे घर को ऐसे अपना बना लिया था कि लगता ही नहीं था, वे किसी और परिवार से आई हैं। वे सभी का खूब ध्यान रखती थीं, लेकिन अटलजी कभी-कभी उनसे नाराज हो जाते, "आप मुझे लालाजी कहकर क्यों पुकारती हैं?"

"तो फिर क्या कहकर पुकारा करें हम आपको?"

"हम कोई परचूनीवाले लालाजी हैं क्या, जो आप हमें लालाजी कहती हैं, जैसे सारा घर हमें 'अटल' कहकर पुकारता है, वैसे ही आप भी कहा करिए।"

"···लेकिन देवर साहब को तो लालाजी ही कहा जाता है।"

"कहा जाता होगा···लेकिन हमें यह नाम जरा भी पसंद नहीं और वैसे भी हम तो आपसे छोटे हैं, आप हमारा नाम लेकर पुकार सकती हैं।"

"हम कोशिश करेंगे लालाजी!"

"फिर वही लालाजी!"

"ओह! धीरे-धीरे बोलना छूट जाएगा अटल!"

फिर अटलजी ने ही एक तरकीब निकाली। वे जब भी उन्हें लालाजी कहतीं, तो वे उनकी बात को अनसुना कर देते, लेकिन जैसे ही वे उन्हें 'अटल' कहकर पुकारतीं, तुरंत उनकी बात का उत्तर दे देते। इस तरह से जल्दी ही वे उन्हें 'अटल' कहकर पुकारने लगीं। □

बाबा का 'रामायण' शौक

अटलजी का परिवार बहुत ही धार्मिक था। सभी लोग पूजा-पाठ और धार्मिक ग्रंथों के पाठ में रुचि लेते थे। इसी संदर्भ में रोचक किस्सा है—उनके बाबा को रामायण पढ़ने का बेहद शौक था। बालक अटल की माँ ने उन्हें यह किस्सा सुनाया था और उनकी माँ को उनकी सासूजी, यानी कि अटलजी की दादी ने सुनाया था। किस्सा कुछ यूँ था—

यह बात तब की है, जब अटलजी के पिताजी मिडिल में पढ़ रहे थे। उनकी परीक्षाएँ थीं और बाबा पिताजी को परीक्षा दिलाने बटेश्वर से इटावा ले गए थे। लौटते समय वे दोनों पैदल ही शिकोहाबाद तक चलते चले आए, लेकिन बटेश्वर अब भी काफी दूर था, इसलिए बाबा ने एक ताँगेवाले को रोका।

"हाँ भैया! बटेश्वर चलोगे?"

"चलेंगे। दस पैसे सवारी।" तब दस पैसे का भी बहुत मूल्य होता था।

"ये तो बहुत हैं…कुछ कम करो।"

"इससे जरा भी कम न होगा पंडितजी!" लोग उनके बाबा के कपड़े और तिलक देखकर ही समझ जाते कि वे ब्राह्मण हैं।

"आठ पैसे सवारी ले लो भैया!"

"नौ भी न लेंगे हम।" ऐसा कहकर वह चल दिया। बाबा भी अकड़ और गुस्से से भरे पैदल ही चलने लगे। पिताजी थककर चूर-चूर हुए जाते थे, लेकिन अपने पिता के सामने उनकी जरा भी हिम्मत नहीं थी कि कुछ कहें, सो वे बेचारे मन मारकर चलते रहे। फिर जैसे ही पिता-पुत्र बटेश्वर पहुँचे तो दोनों ने घाट पर ही स्नान किया। अब बाबा तो वहीं बैठकर रामायण का पाठ करने लगे, जबकि दादी घर में भोजन बनाकर पति और बेटे के इंतजार में बैठी हुई थीं। अटलजी के पिताजी को घर की याद आ रही थी, ऊपर

से तेज भूख भी लगी हुई थी, लेकिन बाबा तो रामायण में ऐसे डूबे कि कुछ सुध ही नहीं। जब पिताजी ने घर चलने की जल्दी मचाई, बाबा तब कहीं जाकर उठे।

घर पहुँचते ही दादी ने उनसे पूछा, "कहाँ रह गए थे तुम दोनों? हमारा तो जी घबरा रहा था। इतनी दूर तो नहीं है इटावा!"

"अम्मा! हम पैदल ही आए हैं और बाबा घाट पर नहाने के बाद रामायण बाँचने लगे, इसीलिए देरी हो गई।"

"...तो तुम घर चले आते लल्ला! इन्हें वहीं रामायण बाँचने देते।" उन्होंने दोनों की ओर देखकर क्रोध से आँखें तरेरते हुए कहा।

अटलजी के बाबा को रामायण का गूढ़ ज्ञान था। वे चाहते थे कि बच्चे भी पढ़ें और सीख हासिल करें। अटलजी व उनके भाई-बहन ग्वालियर में रहते थे, क्योंकि उनके पिताजी की नौकरी वहीं थी, जबकि उनके बाबा ग्वालियर से सटे बटेश्वर में रहते थे। अकसर बच्चे बाबा के पास ग्वालियर से बटेश्वर चले जाते और बाबा भी ग्वालियर आकर रहते। छुट्टियाँ होती नहीं कि सभी बच्चे बाबा के पास बटेश्वर जाने की जिद करने लगते। माँ उन्हें लेकर वहाँ पहुँच जातीं। बटेश्वर में सबका खूब मन लगता था। जब पिताजी का अवकाश होता, तब वे भी वहाँ सबके पास आ जाते थे। बाबा को यह देखकर बहुत अच्छा लगता कि उनके पोते-पोतियाँ बड़े ही चाव से धार्मिक ग्रंथों का पाठ करते हैं। वे सब बच्चों को हमेशा यही सिखाते कि इनका खूब अध्ययन-मनन करना चाहिए, क्योंकि ये संस्कारवान् बनाते हैं और जीवन के उच्च नैतिक मूल्य सिखाते हैं। बाबा अकसर बच्चों को अपने पास बैठा लेते और रामायण पकड़ा देते...और फिर बारी-बारी से पढ़ने के लिए कहते। बच्चे भी खूब ऊँचे सुर में उन्हें चौपाइयाँ गा-गाकर सुनाया करते, सब भाई-बहनों में एक होड़-सी लगी रहती थी। अपने परिवार के बच्चों के ऐसे संस्कार देखकर बाबा गर्व से फूल उठते थे।

बाबा कितने बड़े रामायण-प्रेमी थे, इसका एक और उदाहरण देखिए—हुआ यूँ कि एक बार बाबा ग्वालियर शिंदे की छावनीवाले घर में आए हुए थे। वे जब भी आते थे, सबके लिए तरह-तरह की चीजें लेकर आते। उनका आना हमारे लिए किसी उत्सव से कम नहीं होता था। सावन का महीना तो वे हम बच्चों के साथ ही बिताते थे। हुआ यूँ कि जब वे ग्वालियर से वापस गाँव लौटने लगे तो अटलजी के बड़े भाई प्रेम बिहारी उन्हें स्टेशन तक छोड़ने गए। स्टेशन पहुँचकर बालक प्रेम बिहारी ने बाबा से कहा, "बाबा, आप यहीं रुको, मैं जरा ट्रेन का टाइम पता करके आता हूँ।"

"ठीक है लल्ला!"

पोते के लौटने से पहले ही बाबा वहीं प्लेटफॉर्म पर अपनी चद्दर बिछाकर बैठ गए और अपनी रामायण खोल ली, जिसे वे हमेशा अपने साथ झोले में डाले रहते थे। मौका

मिलते ही वे उसे बाँचने लगते, यह उनका शौक था।

पोते प्रेम ने आकर बताया, "बाबा! गाड़ी तो लेट है। यहीं इंतजार करना पड़ेगा।"

"हाँ, तो कोई बात नहीं लल्ला…इंतजार कर लेते हैं। जब आएगी, तब चले जाएँगे।" और वे रामायण पढ़ने में मगन हो गए।

जब थोड़ी देर के बाद ट्रेन प्लेटफॉर्म पर आकर लगी तो पोते ने बाबा से कहा, "बाबा, चलो गाड़ी आ गई है। छूट जाएगी।"

…लेकिन अब तो बाबा टस-से-मस न हों। वे रामायण में ऐसे डूबे हुए थे कि उन्हें कुछ सुध-बुध ही नहीं थी।

"अरे बाबा, चलो…देखो गाड़ी छूट जाएगी।"

इस पर बाबा बोले, "अरे लल्ला! ये प्रसंग तो बहुत ही सुंदर है। हम इसे बीच में नहीं छोड़ सकते। तुम ऐसा करो इस रेलगाड़ी को जाने दो, हम दूसरी से चले जाएँगे।"

बाबा ने वह ट्रेन छोड़ दी, लेकिन रामायण का वह प्रसंग बीच में नहीं छोड़ा।

□

बचपन में गोबर की चोरी

अटलजी के बचपन की एक दिलचस्प घटना है। वे बचपन में बहुत नटखट थे। अकसर उनकी माँ उनसे घर लीपने के लिए गोबर मँगाया करती थीं। पहले के लोग अपने कच्चे घरों को गोबर और चिकनी मिट्टी के मिश्रण से लीपा करते थे। आज भी ग्रामीण अंचल के घर इसी प्रकार लीपे जाते हैं। गोबर से लीपे हुए घर पर्यावरण की दृष्टि से अत्युत्तम होते हैं। ऐसे घरों की वायु स्वत: ही स्वच्छ होती है और घर में रहनेवालों की रोग-प्रतिरोधक क्षमता पर भी बहुत अच्छा प्रभाव पड़ता है।

तो होता यह कि जब भी अटलजी की माँ उनसे गोबर लाने के लिए कहतीं तो वे गाँव के उन घरों में जाते, जिनके यहाँ गायें हुआ करती थीं। नटखट अटल उनसे गोबर की माँग नहीं करते, बल्कि उनके आँगन में पड़ा गोबर उठाकर भाग लेते। लोग चिल्लाते रह जाते। बाद में अटलजी अपने बचपन की इस शरारत को याद करके बहुत हँसते थे। वे कहते, "तब मुझे ऐसा करके बहुत आनंद आता था, लेकिन आज सोचता हूँ तो हँसी आ जाती है। यदि मैं विनम्रता से उन लोगों से गोबर माँग लिया करता तो कोई भी मना तो नहीं ही करता न? लेकिन बचपन की शरारतों की बात ही कुछ और होती है...शायद इसीलिए तो उसको नटखट उम्र कहा जाता है।"

अटलजी याद करते हुए कहते, "मैं बचपन में कच्चा ही दूध पी जाता था, वो भी ओक लगाकर। बचपन में मैं अपने बटेश्वर का एक बेहद शरारती बालक था, लेकिन फिर भी मैं अपने बड़ों का बहुत सम्मान करता था। गाँव में सभी की मदद करना, सबका कहा मानना; मेरी आदत में शामिल था। हमारा बटेश्वर एक बड़े परिवार की तरह था, सब आपस में प्रेम से मिल-जुलकर रहा करते थे और एक-दूसरे के सुख-दु:ख में साझेदार बनकर खड़े रहते थे।"

□

जब बाबा से पिटाई पड़ती

अपने जीवन के अंतिम वर्षों में अटलजी एक प्रकार से निष्क्रिय हो गए थे। सन् 2004 के बाद से वे खुद को सक्रिय राजनीति से अलग करने लगे थे। उनका स्वास्थ्य भी अब उनका साथ नहीं दे रहा था। स्मृति-ह्रास की समस्या थी, सो अलग। आनेवाले वर्षों में धीरे-धीरे यह स्थिति बनने लगी कि वे न तो किसी से मिलते थे और न ही किसी से बातचीत ही करते थे। उनकी दत्तक पुत्री-दामाद ही उनका पूरी तरह से ध्यान रखते थे। अटलजी को चाहनेवालों की संख्या अनगिनत थी, किंतु अटलजी की स्थिति ऐसी रह ही नहीं गई थी कि वे किसी को पहचान सकें या किसी के साथ वार्त्तालाप कर सकें। उनके कुछ खास मित्र और पार्टी के प्रमुख लोग उनका आशीर्वाद और सान्निध्य पाने उनके पास आ जाते, कुछ देर बैठते और वापस लौट जाते।

जीवन की संध्या में शांति धारण कर लेनेवाले अटलजी का बचपन नटखट शरारतों से भरा हुआ था। वे बटेश्वर में अपने मित्रों के साथ यमुना के किनारे खेला करते थे। उनके मित्र एक-दूसरे पर पानी उलीचते और बालक अटल उन्हें रोकते, "अरे सुनो तो···पानी न उलीचो। हमारी अम्मा हमको मारेगी। हमारी अम्मा हमें गंगाजी के पास खेलने से रोकती है, वो डरती है कि कहीं हम पानी में डूब न जाएँ।" लेकिन वे सब कब माननेवाले थे, हँसते जाते और पानी उलीचते जाते। एक-दूसरे पर अंजुली में भर-भरकर पानी फेंकने लगते। बालक अटल उन्हें मारने के लिए उनके पीछे दौड़ पड़ते। फिर जब वे सभी भागते-भागते थक जाते तो वहीं मिट्टी में ढेर हो जाते, हाँफने और बतियाने लगते। वे लोग उन्हें तैरने के लिए उकसाते और कहते कि हम सब मिलकर तुम्हें तैरना सिखा देंगे। वे सब मिलकर बालक अटल को यमुनाजी में खींचने लगते और अटल बचने के लिए पीछे की ओर घिसटने और बचने की इतनी कोशिश करने के बाद भी किनारे तक घिसटते चले जाते···और अगले ही पल सब मिलकर उन्हें उठाकर यमुनाजी में पटक देते···छपाक!

फिर सब-के-सब उन्हें तैरना सिखाने में जुट जाते। "ऐसे हाथ मारो, ऐसे कमर उचकाओ।" वे भी अपनी तरफ से सीखने की कोशिश करने लगते, इधर-उधर हाथ-पैर चलाने लगते, लेकिन तभी उनके बाबा गुस्से से तमतमाते हुए एक हाथ में अपनी छड़ी लिये और दूसरे हाथ से अपनी धोती के छोर को पकड़े हुए इसी तरफ आते हुए नजर आने लगते। पास आकर बालक अटल को घूरकर देखते और कड़क आवाज में आदेश देते, "अटल बाहर निकलो, आज छोड़ेंगे नहीं हम तुमको।" बाबा की गुस्से से भरी आवाज सुनकर सब दोस्त भी सहम उठते। बालक अटल तो समझ ही जाते कि आज खैर नहीं। आज तो बाबा चमड़ी उधेड़कर ही दम लेंगे। अब तो बस वे जैसे-तैसे बाहर आने की हिम्मत जुटाने लगते।

सब मित्र चुपके-चुपके डरे-सहमे-से नदी से बाहर निकलने लगते। दोस्तों को अपने साथ देखकर उनमें थोड़ी हिम्मत बँधी रहती। मन में यह निश्चय रहता कि बाबा की छड़ी का एक-आध प्रसाद तो इनकी पीठ को भी मिल ही जाएगा। ऐसा सोचते ही उन्हें अपनी मार का भय कम सताने लगता और वैसे भी अकेले मार पड़े तो दर्द जरा ज्यादा ही होता है। संगी-साथी भी साथ में पिट जाएँ तो मार हलकी लगने लगती है, लेकिन पानी से बाहर निकलकर रेत पर पैर रखते ही बाबा उन्हें अपने कड़क हाथों से धर दबोचते और यह दृश्य देखकर सारे संगी-साथी सरपट भाग खड़े होते। वे निरीह, बेचारे-से वहीं खड़े-खड़े उन्हें भागते हुए देखते रह जाते। फिर अपनी डबडबाई आँखों से बाबा के चेहरे की ओर ताकने लगते। उस वक्त बाबा की आँखों में तनिक भी तरस नजर नहीं आता था··· और अगले ही पल बाबा की बेरहम छड़ी से बालक अटल की पीठ की सुँताई हो जाती। इसके बाद वे 'ऊह! आह!' करते रह जाते और बाबा घर तक उन्हें ऐसे खींचकर लाते, मानो वे कोई मेमने हों। फिर घर पहुँचकर वे बालक अटल को उनकी अम्मा के सामने पटकते हुए कहते कि अब वे भी उनकी अच्छी तरह से खबर लें। ममता और चिंता से भरी हुई माँ अपने नन्हे बेटे को जमीन से उठातीं और उसके बदन पर लगी मिट्टी पोंछते हुए कहतीं, "लल्ला, तुम हम लोगों की बात काहे नहीं सुनते हो?"

उनकी माँ बहुत कोमल स्वभाव की थीं। वे यह बात इतने विनम्र स्वर में कहती थीं कि बालक अटल को उन पर तरस और खुद पर बेहद गुस्सा आने लगता। वे माँ को देखकर रोने लगते और उनके पैरों से लिपट जाते। उनसे वादा करते कि अब यमुना के किनारे कभी नहीं जाऊँगा। बाबा दूर खटिया पर बैठे गुस्से से भरकर उनकी ओर घूरते रहते। बालक अटल अपने बाबा से नजरें चुराने की कोशिश करते और माँ के आँचल में दुबकते चले जाते।

कितना अनोखा था बचपन!

□

बाबा का साथ

बालक अटल को अपने बाबा से बहुत लगाव था। उनके बाबा बटेश्वर के विद्वान् व्यक्ति थे। लोग उन्हें आदर्श मानते और उनका बेहद सम्मान करते थे। गाँव के लोग अपने हर खास मौके पर उनके साथ विचार-विमर्श जरूर किया करते और अपने हर सुख-दु:ख में उन्हें शामिल करना नहीं भूलते थे; दूसरी तरफ उनके बाबा का स्वभाव भी कुछ ऐसा था कि वे पूरे गाँव को अपने परिवार की तरह ही स्नेह करते थे। छोटे-बड़े सभी उनके अपने थे।

उनके बाबा की एक और खास आदत थी कि उन्हें बहुत अधिक बोलना और इधर-उधर की बेकार बातें करना कतई पसंद नहीं था। उनकी दिनचर्या भी बहुत सधी हुई थी। वे ब्राह्ममुहूर्त में ही उठ जाते थे और खुद ही अपने हाथों अपने कमरे की साफ-सफाई किया करते। वे नित्यकर्म और स्नान करने के बाद ही दिन के बाकी काम करते थे। चाहे जैसा भी मौसम हो, वे सुबह-सुबह ही नहा लेते थे। बाबा अपने पीने का पानी भी कुएँ से खुद ही भरकर लाते थे। उनके पास रुद्राक्ष और तुलसी की कई मालाएँ थीं। उन्हें फिजूल की बातों में वक्त बरबाद करना कतई पसंद नहीं था। वे खुद भी हमेशा शास्त्रों का अध्ययन करते रहते और जिससे भी बात करते, उससे ज्ञान-चर्चा ही किया करते। लोग उनके पास अपनी समस्याएँ लेकर बेखटके चले आते थे। बाबा के कमरे का दरवाजा हर एक के लिए हमेशा ही खुला रहता था। वे सबको उचित सलाह देते और गलती करनेवालों को खूब डाँट भी पिलाते थे।

एक बार की बात है, शाम हो चली थी और अँधेरा घिरने लगा था। बालक अटल आँगन में खेल रहे थे, तभी बाबा ने उन्हें आवाज दी। वे तुरंत अपने बाबा के कमरे की ओर दौड़ पड़े। वैसे भी उन्हें अपने बाबा का कोई भी काम करना बहुत अच्छा लगता था। उन्होंने पूछा, "बाबा! आपने हमको आवाज दी ?"

वहाँ गाँव के ही कुछ व्यक्ति बैठे हुए थे और वे बाबा के साथ कुछ आध्यात्मिक चर्चा कर रहे थे। बाबा ने बालक अटल से कहा, "लल्ला, दीया जलाकर ले आओ।"

उनके बाबा रोशनी के लिए सरसों के तेल का दिया जलाना ही पसंद करते थे। उनका मानना था कि इससे प्रकाश तो होता ही है, साथ-ही-साथ वातावरण भी कीटाणुमुक्त रहता है। जब बालक अटल दीया लेकर उनके कमरे में पहुँचे तो देखते हैं कि बाबा अपने सामने बैठे एक व्यक्ति को बहुत बुरी तरह से डाँट रहे हैं, क्योंकि वह बार-बार मुँह खोलकर जम्हाई ले रहा था। बालक अटल की हँसी छूट गई। उनके बाबा को बड़ों के आगे टाँगें फैलाकर बैठना, इधर-उधर खुजलाना, बात-बात पर हँसना, नाक-कान में उँगली डालना जरा भी पसंद नहीं था। उनकी एक और बात बहुत ही मजेदार थी कि जब तक कोई आगंतुक उनके साथ आवश्यक बात करता तो बाबा भी पूरी तन्मयता से सुनते और उत्तर देते रहते, लेकिन जैसे ही उन्हें लगता कि अनर्गल बातें शुरू हो गई हैं या बेकार के प्रश्न पूछे जा रहे हैं तो वे अपने पास रखी कोई पुस्तक उठा लेते और उसे ऐसे डूबकर पढ़ने लगते, जैसे कि उस कमरे में उनके अतिरिक्त कोई और है ही नहीं, यानी वे सामने बैठे व्यक्ति को पूरी तरह से अनसुना और अनदेखा कर देते थे। अटलजी के बाबा की यह आदत बड़ी कारगर सिद्ध होती थी। इससे आगंतुक खुद-ब-खुद शर्मिंदा हो जाता और वहाँ से उठकर चला जाता।

□

भूड़ा का कुआँ और बचपन की यादें

अटलजी के बचपन का एक किस्सा है—उनके गाँव में एक कुआँ था, जिसे 'भूड़ा का कुआँ' कहा जाता था। गाँव के सभी लोग इसी कुएँ से पानी भरते थे, क्योंकि गाँव भर में जितने भी कुएँ थे, उन सब में से एक इसी कुएँ का पानी सबसे मीठा था। गाँव के बच्चे इसी कुएँ के आसपास की खाली जगह में खेलते रहते। बालक अटल भी अपने दोस्तों के साथ मिलकर वहाँ खेलते और जब गाँव की कोई महिला पानी भरने आती तो उसके आगे अपने दोनों हाथ चुल्लू की तरह बनाकर होंठों से लगाकर खड़े हो जाते और पानी पिला देने की याचना करने लगते। कभी-कभी तो उन लोगों को आसानी से पानी मिल जाता था, लेकिन कभी-कभी कोई महिला पहले घंटे भर तक डाँट पिलाती, तब कहीं जाकर पानी पिलाती। बच्चे गाँव की सब ब्याहता महिलाओं को काकी या चाची कहते और कुँआरी लड़कियों को बुआ, मौसी या जिज्जी।

"भागो यहाँ से···आ गए सब-के-सब। हम यहाँ पानी भरने आई हैं कि तुम लोगन को पानी पिलाने?"

"पिला दो न काकी! देखो प्यास से गला कैसा सूख रहा है।" बालक अटल विनती करने लगते।

काकी भी कुछ कम न थीं···मुँह बनाकर और हाथ नचाते हुए कहतीं, "तो कौन बोलत है, तुम लोगन से कि दिन-दिन भर बंदर के जैसे हियाँ ते हुआँ कूदत-फाँदत फिरो! घर में नाहीं बैठ सकत चुपचाप तुम लोग? कुछ पढ़-लिख लेओ, कलेक्टर बनो, गाम को नाम रौसन करो, सो तो नहीं···बस पूरे दिन हियाँ ते हुआँ मटरगश्ती कराय लोओ तुम लड़कन से।"

बालकों को भी लगता कि बेकार ही पानी माँग लिया इनसे, लेकिन तभी महिलाओं को उन बालकों की दशा पर तरस आ जाता और कहतीं, "एक के पीछे एक करके

आओ सबरे···पिलाए देते हैं हम तुम लोगन को पानी।"

बालक अटल और उनके सारे दोस्त खिलखिलाते हुए लाइन से लग जाते। पानी पीते और फिर खेलने में जुट जाते। कभी कबड्डी, तो कभी गिल्ली-डंडा, तो कभी छुआ-छुअव्व्ल का खेल। गाँव के लड़के-लड़कियाँ एक साथ भी खेलते थे और अलग-अलग भी। वे सब कई तरह के खेल खेला करते थे। गाँव के अनेक लड़के-लड़कियाँ गौरी, गोमती, मुन्नी, हुसैन, प्रेम आदि सब मिलकर खेलते थे। छुट्टियों के दिनों में तो उन लोगों का यह खेल भोर से ही शुरू हो जाता। अकसर यह भी होता कि माँ, पिताजी या बाबा बालक अटल को कोई काम कहते और वे उस काम को करने के लिए घर से निकल तो आते, लेकिन रास्ते में अपने दोस्तों को खेलता देख सब काम-धाम भूल-भाल जाते और खुद भी खेलने में मगन हो जाते, फिर जैसे ही वह काम याद आता, तब ऐसे सरपट घर की ओर भागते कि बस!···फिर घर में जमकर डाँट सुननी पड़ती। कभी-कभी तो कड़ी सजा भी मिल जाती। गलती तो अपनी ही होती थी, सो सिर झुकाए चुपचाप सुनते रहते; और कर भी क्या सकते थे। बहन विमला को अपने भाई की यह दशा देखकर खूब आनंद आता और वे जानबूझकर बार-बार उसी जगह से निकलतीं या उसी जगह कोई काम करने बैठ जातीं, जहाँ बालक अटल को कान पकड़कर खड़े रहने की सजा दी जाती थी। बाबा भी ऊँचे स्वर में पूजा करते जाते और बीच-बीच में गुस्से से अटल की तरफ घूरते जाते।

अटलजी बचपन की शरारतों को याद करते हुए कहते थे कि "मेरी समझ में आज तक यह नहीं आया कि बचपन में जब भी कान पकड़कर खड़े रहने की सजा मिलती थी, तभी मेरी टाँगों और पीठ पर खुजली क्यों होने लगती थी! इधर मैं खुजलाता और उधर बाबा मुझे घूरकर देखने लगते···मैं चुपचाप फिर से कान पकड़ लेता और नजरें झुका लेता।"

□

भाई-बहनों का खेलना और झगड़ना

अटलजी और उनके सभी भाई-बहन मिलकर घर भर में ऊधम मचाए रहते थे। कभी कुछ तो कभी कुछ। बात-बात पर लड़ पड़ते और फिर उनके बीच तभी सुलह होती, जब माँ बीच-बचाव करने आतीं। सबसे ज्यादा नोक-झोंक उनके और बहन विमला के बीच ही होती थी। वे दोनों बेहद छोटी-छोटी सी बातों पर अड़ जाते और आपस में लड़ने लगते।

"यहाँ हमारे कपड़े रखे थे, कहाँ गए?" अटल घर भर में घूम-घूमकर अपने कपड़े ढूँढ़ते और बहन उन कपड़ों को छुपाकर उन्हें परेशान होता देख आनंद लेतीं। जब अटल को बहन के चेहरे से हँसी फूटती दिखती तो वे समझ जाते कि ये सब इन्हीं ही शरारत है। "ए बिलौटी! हमारे कपड़े कहाँ छुपाए तुमने? जल्दी दो। हमें देर हो रही है।"

"हमें क्या पता, कहाँ हैं तुम्हारे कपड़े और भला हम क्यों छुपाएँगे, तुम्हारे जैसे बेईमान के कपड़े··हम तो उन्हें छुएँ भी न··हुँह।"

वे आगे तिलमिलाकर कहतीं, "और हाँ! एक बात और समझ लो तुम··हमें 'बिलौटी-बिलौटी' न कहा करो, वरना हमसे बुरा कोई न होगा··बता देते हैं, हाँ।"

"काहे बताने का कष्ट कर रही हो··हमें पहले से ही पता है कि तुमसे बुरा कोई भी नहीं है।"

वे भाई के इस जवाब से और चिढ़ जातीं। ऐसे में उनका आखिरी हथियार माँ ही होती थीं, इसलिए वे चिल्लातीं, "अम्मा! देख लो इस अटलुआ को।"

माँ दौड़ी-दौड़ी आतीं और उनके बीच सुलह करातीं। माँओं के पास भी बड़ी कमाल की तरकीब होती है। बड़ी ही आसानी से वे अपने बच्चों में सुलह करा देती हैं। वे दोनों का ध्यान बँटा देतीं, उन्हें किसी और काम में व्यस्त कर देतीं और फिर बच्चे लड़ना भी भूल जाते और लड़ने की वजह भी।

□

पिताजी का डर

अटलजी किशोरावस्था से ही संघ की शाखा में नियमित जाने लगे थे। उनके पिताजी नहीं चाहते थे कि वे संघ में भरती हों, वे चाहते थे कि अटल खूब मेहनत से अपनी पढ़ाई करें, इसलिए वे बेटे पर कड़ी नजर रखते थे, लेकिन अटलजी उनकी नजरें बचाकर चोरी-चोरी चले ही जाते थे। घर के बाकी लोगों को यह बात पता थी।

एक दिन भाभी ने समझाते हुए कहा, "अटल! तुम शाखा में क्यों जाते हो? तुमको पता है, न कि जिस दिन बाबूजी को यह बात पता चलेगी, उस दिन वे कितने नाराज होंगे।"

"भाभी, मुझे शाखा में जाना बहुत अच्छा लगता है, खासकर इतवार को। वहाँ बहुत बढ़िया-बढ़िया कार्यक्रम होते हैं। शाखा के लोग देशभक्ति की बात बताते हैं, भाभी···और तरह-तरह की कसरत करना भी सिखाते हैं।"

"वो सब तो ठीक है अटल, लेकिन बाबूजी का भी तो खयाल करो। उन्हें पता चला तो वे कितना बुरा मानेंगे।"

भाभी की बात से वे कुछ समय के लिए सहम जाते, लेकिन फिर वही हाल होता। वे खुद को शाखा में जाने से रोक ही नहीं पाते थे। इसमें भी भाभी और बड़ी बहन ही उनकी मदद किया करती थीं। शाखा में जाने के लिए खाकी रंग की निक्कर पहननी पड़ती थी, लेकिन उसे पहनकर पिताजी के सामने से निकलना एक सबसे बड़ी समस्या थी। अपने इस खास रंग के कारण वह निक्कर संघ की पहचान बन चुकी थी। वे अकसर अपनी बहन से मदद माँगते।

"जिज्जी! बाबूजी सामने बैठक में ही बैठे हैं। शाखा जाने का समय हो रहा है। मैं कैसे जाऊँ?"

वे और भाभी पहले तो उनकी दशा पर खूब खिलखिलातीं, फिर चुहल करते हुए कहतीं, "हा···हा···हा···चाहे जैसे जाओ। अब हम लोग इसमें क्या बताएँ?"

अटलजी बहन की मनुहार करने लगते और अपनी खाकी निक्कर उन्हें पकड़ाते हुए कहते, "जिज्जी! हम इन्हीं कपड़ों में बाहर निकल जाते हैं। तुम हमारी यह निक्कर छत की मुँड़ेर से नीचे फेंक दोगी?"

"हाय दैया! कहाँ! पीछे, घूरे में?" भाभी मजाक करने लगतीं।

"नहीं...मेरे सिर पे दे मारना!" अटलजी उन दोनों की शरारतों से खीझ उठते, लेकिन इस समय उन्हीं दोनों का सहारा होता था, इसलिए गुस्सा करने से कोई फायदा न था। वे फिर एक बार बहन की मिन्नतें करने लगते, "ए प्यारी जिज्जी, फेंक दोगी ना?"

"बदले में हमें क्या मिलेगा?" वे आँख नचाकर पूछतीं।

"जो तुम माँगो।"

और इस तरह जब वे घर के बाहर निकल जाते, तब बहन छत की मुँड़ेर से निक्कर नीचे फेंक देतीं। अटलजी उसे उठाकर घर के पीछे की ओर भाग जाते। वहीं पर अपनी पैंट को उतारकर कहीं सँभालकर रख देते और वह निक्कर पहन लेते। संघ की बैठक करके जब वापस लौटते तो पुनः अपनी पुरानीवाली पैंट पहनकर घर में दाखिल होते। यह सिलसिला काफी समय तक चला।

□

संघ से जुड़ाव

अटलजी के पिता कट्टर आर्यसमाजी थे। घर में रोज 'वीर अर्जुन' समाचार पत्र आता था। पूरा परिवार उसे चाव से पढ़ता। बच्चे भी नियम से आर्य कुमार सभा में जाते थे। वहाँ बहुत अच्छे कार्यक्रम हुआ करते थे, खासकर रविवार को। बच्चे उन कार्यक्रमों में खूब बढ़-चढ़कर हिस्सा लिया करते।

अटलजी का तर्टेजी से मिलने का भी एक किस्सा है। इन्हीं दिनों पहली बार उनकी भेंट नारायण राव तर्टेजी से हुई थी। उन दिनों अटलजी उम्र में काफी छोटे तो नहीं थे, लेकिन संघ की बड़ी-बड़ी बातें समझने के लिए अभी छोटे ही थे। तब वे पहली बार किसी से मिलकर इतने अधिक प्रभावित हुए थे। हुआ यूँ कि एक दिन जब वे और उनके पिताजी आर्य समाज की सभा में पहुँचे तो देखा कि तर्टेजी भी वहाँ मौजूद हैं। भूदेव शास्त्रीजी और तर्टेजी संघ की शाखाओं के विषय में कुछ विचार-विमर्श कर रहे थे। बाद में इन चारों ने आपस में औपचारिक बातें की और तर्टेजी भी किशोर अटल से बहुत प्रभावित हुए। फिर उन्होंने शास्त्रीजी से धीरे से कहा कि वे अटल को भी शाखा में आने के लिए कहें।

शास्त्रीजी ने उसी वक्त अटलजी से पूछ लिया, "तुम शाम को क्या करते हो?"

"कुछ खास नहीं करता।"

"तो फिर शाखा में आया करो। कल शाम शाखा में आना।"

किशोरवय अटल बिना हामी भरे अपने पिताजी की तरफ देखने लगे। पिताजी को यह बात जरा भी पसंद नहीं आई, क्योंकि उन्हें बेटे का शाखा से जुड़ना कतई मंजूर नहीं था, लेकिन वे भूदेव शास्त्रीजी का बहुत सम्मान करते थे, इसलिए उनके सामने मना भी नहीं कर पाए। अगले दिन ही अटलजी अपने मित्र भालचंद्र खानवलकर के साथ लक्ष्मीगंज स्थित शाखा में जा पहुँचे। वे शास्त्रीजी के पास जाकर खड़े हो गए, जो कि

उस समय कुछ स्वयंसेवकों के साथ चर्चा कर रहे थे। वहाँ एक और आर्यसमाजी श्री नारायण प्रसाद भार्गव भी मौजूद थे। उन लोगों की चर्चा के विषय थे—हिंदुत्व, सावरकर का साहित्य, शिवाजी, राणाप्रताप और सम्राट् चंद्रगुप्त। अटलजी भी पूरी रुचि के साथ उनकी चर्चा में शामिल हो गए। उसके बाद से तो अटलजी निरंतर ही शाखा जाने लगे। अब नारायण राव तर्टेजी से वे अकसर ही मिलने लगे थे और उन्हें प्यार से 'मामू' कहकर पुकारने लगे।

□

कबड्डी का खेल

संघ प्रारंभ से ही एक अनुशासनपरक संस्था रही है। वह बालकों में अच्छे संस्कार रोपने का काम करती है। युवा होते बच्चों में नैतिक संस्कारों के साथ-साथ स्वास्थ्य के प्रति भी जागरूकता बढ़ाने का काम करती रही है।

संघ में व्यायाम, कुश्ती और अनेक प्रकार के खेल-कूद होते थे। बच्चे, किशोर, युवा, सब इसमें बढ़-चढ़कर हिस्सा लेते थे, साथ खेलने से अनुशासन की भावना भी पैदा होती है और अपना भाईचारा भी बढ़ता है, मनोरंजन होता है, सो अलग।

उन दिनों संघ की शाखा में रोज कबड्डी खेली जाती थी। अटलजी को भी कबड्डी खेलना बड़ा अच्छा लगता था, लेकिन वे ठीक से खेल ही नहीं पाते थे। खेल के नियम तो सारे जानते थे, लेकिन दरअसल कारण यह था कि उन दिनों वे बहुत दुबले-पतले हुआ करते थे, इसलिए वे जिसके भी पाले में आते, उस पाले के स्वयंसेवक अपना सिर पकड़ लेते। जब वे कबड्डी...कबड्डी...कबड्डी...बोलते हुए दूसरे पाले में जाते तो उस पाले के स्वयंसेवक खुश हो जाते और सब उन पर लपक पड़ते। वे सब उनकी टाँग पकड़कर उन्हें वहीं धर दबोचते।

□

यज्ञोपवीत संस्कार के दिन खोजबीन हुई

अटलजी का परिवार कट्टर ब्राह्मण परिवार था। वर्षों पहले जो वाजपेय-यज्ञ हुआ था, वह उनके पड़बाबा ने ही करवाया था। सभी प्रकार के धार्मिक संस्कार उनके परिवार के जीवन और दिनचर्या के अटूट अंश थे। ऐसी ही एक धार्मिक प्रक्रिया थी, जिसका नाम था, यज्ञोपवीत संस्कार।

परिवार के बेटे जब सयाने होते थे तो उनका यज्ञोपवीत (जनेऊ) संस्कार हुआ करता था। जब अटलजी और उनके भाई सयाने हुए तो उनका भी यज्ञोपवीत संस्कार हुआ। उसकी भी एक रोचक घटना है। जिस दिन अटलजी का जनेऊ संस्कार होना था, उसके कुछ दिन पहले से ही घर को खूब पवित्र किया जाने लगा। जनेऊवाले दिन सुबह से घर में धार्मिक अनुष्ठान शुरू हो गए। इधर अटलजी को शाखा में जाने की जल्दी हो रही थी। उनकी बेचैनी बढ़ती जा रही थी, जबकि घर के सभी लोग संस्कार से जुड़ी तैयारियों में बेहद व्यस्त थे। तभी अचानक मौका पाकर अटलजी बाहर निकल गए और लक्ष्मीगंज स्थित शाखा के बौद्धिकों में शामिल होने पहुँच गए।

इधर उन्हें निकले थोड़ा ही समय बीता होगा कि उनकी खोजबीन शुरू हो गई। हर जगह खोजा गया, लेकिन वे नहीं मिले। संस्कार का शुभ समय हो चुका था, सो सब चिंतित हो रहे थे, हालाँकि सबको पता था ही कि वे आँख बचाकर शाखा के लिए निकल जाते हैं, लेकिन आज किसी को ऐसी आशंका नहीं थी। पहले पूरे घर में उनकी ढुँढ़ाई हुई, फिर मोहल्ले-पड़ोस में खोजबीन की गई। इधर पिताजी का पारा बढ़ता ही जा रहा था।

अंततः घरवाले उन्हें ढूँढ़ते हुए शाखा में जा पहुँचे। इधर अटलजी अपने पूरे गणवेश में कसरत करने में तल्लीन थे और उधर पिताजी का गुस्सा सातवें आसमान

पर। डाँट-डपटकर घर लाए गए और इस प्रकार उस दिन उनका जनेऊ संस्कार कर दिया गया।

जनेऊ पहनते ही अनेक नियमों का पालन करना पड़ता है। अटलजी अकसर इससे बड़ी उलझन महसूस करते। जनेऊ पहनने के बाद नियमों के पालन की आदत धीरे-धीरे पड़ जाती है। जनेऊ पहनना एक आवश्यक धार्मिक कार्य माना जाता था।

□

ऑफिसर्स ट्रेनिंग कैंप

यह तब की बात है, जब अटलजी विद्यार्थी थे। वे संघ द्वारा आयोजित ऑफिसर्स ट्रेनिंग कैंप के समापन समारोह को देखने गए। यह समारोह नागपुर में हुआ था और उन्हें भी उसमें आमंत्रित किया गया, हालाँकि पिताजी अब भी बहुत सख्त थे, लेकिन इस समारोह में जाने की इजाजत अटल को मिल गई थी।

वे बहुत ही उत्साह के साथ वहाँ पहुँचे थे और समारोह देख रहे थे। दीनदयाल उपाध्याय, भाउराव देवरस जैसे विशिष्ट लोग मंच पर बैठे थे। तभी अटलजी ने सरसंघचालक के.बी. हेडगेवारजी को देखा और बेहद रोमांचित हो उठे, हालाँकि वे उनकी झलक भर ही देख पा रहे थे, क्योंकि वहाँ इतनी अधिक संख्या में लोग थे कि करीब से देखना तो संभव ही नहीं था। अटलजी याद करते हुए कहते थे कि 'वह मेरे जीवन का स्मरणीय क्षण था।' वहाँ संघ के बड़े-बड़े नेताओं ने अपना भाषण दिया। उनका संदेश था कि हर देशवासी को अपने देश के प्रति कर्तव्यों का निर्वाह करना चाहिए। बालासाहेब आप्टे देख रहे थे कि युवावस्था की ओर बढ़ रहे अटल का रुझान संघ की ओर भी बढ़ रहा है। वे अटलजी को नागपुर के इस समारोह में देखकर बेहद खुश थे।

धीरे-धीरे अटलजी की रुचि संघ में और बढ़ने लगी। वे संघ की गतिविधियों के विषय में और जानने के लिए उत्सुक हो उठे। उन्हें उत्सुकता हुई कि आखिर कैंप को कैसे चलाया जाता है! वहाँ क्या-क्या होता है! बालासाहेब आप्टेजी ने अटलजी की उत्सुकता को देखते हुए उन्हें यह सुझाव दिया कि अगले साल वे भी ओ.टी.सी. का पहला साल करके देखें।

अटलजी ने भी संघ के ऑफिसर्स ट्रेनिंग कैंप में जाने का निर्णय ले लिया। इसमें स्वयंसेवकों को एक ट्रेनिंग दी जाती थी। इसे अंग्रेजी में 'ऑफिसर्स ट्रेनिंग कैंप' (ओ.टी.सी.) और हिंदी में 'अधिकारी शिक्षण वर्ग' कहा जाता था। अब इसे 'संघ प्रशिक्षण' कहा जाता है। अटलजी ने ओ.टी.सी. के पहले साल की ट्रेनिंग अपने शहर ग्वालियर से ही की।

यह सन् 1941 की बात है। अटलजी अपने स्वभाव के कारण श्री नारायण राव तर्टेजी का अत्यंत स्नेह प्राप्त करने लगे थे। वे उन्हें अपनेपन से 'मामू' कहकर बुलाया करते थे। वे अकसर अटलजी से कहते कि तुम्हारे भीतर बहुत प्रतिभा है और मुझे विश्वास है कि तुम एक दिन संघ के लिए बहुत बड़े-बड़े काम करोगे। तुम हमारे संगठन के रत्न हो अटल और मैं तुम्हें संघ के बड़े-बड़े नेताओं से मिलवाऊँगा।

जब ओ.टी.सी. के पहले वर्ष का समापन समारोह आयोजित हुआ तो अटलजी और बाकी सभी स्वयंसेवक बहुत उत्साहित थे। उन्हें यह सिखाया गया कि वे ऊँची जिम्मेदारियों के लिए तैयार किए जा रहे हैं और उन्हें आनेवाले समय में और अधिक मेहनत करनी होगी।

ओ.टी.सी. के दूसरे साल की ट्रेनिंग के लिए अटलजी लखनऊ गए। लखनऊ में कालीचरण हाईस्कूल में यह ट्रेनिंग कैंप आयोजित किया गया था। अटलजी संघ के कार्यों से बहुत प्रभावित थे। तब वहाँ संघ के प्रांत प्रचारक श्री भाऊरावजी देवरसजी थे। जिन विचारधाराओं को लेकर संघ कार्य कर रहा था, वे महत्त्वपूर्ण थीं। संघ के पास संसाधनों का अभाव था, लेकिन फिर भी अपने उच्च मानवीय मूल्यों और परिश्रमी सदस्यों की शक्ति से यह बखूबी चल रहा था।

अब तो संघ उनकी आत्मा बन चुका था। उन्हीं दिनों की बात है कि 'बौद्धिक कार्यक्रम' का आयोजन हुआ और अटलजी ने मंच से अपनी लिखी कविता 'परिचय' का पाठ किया। सभी स्वयंसेवक एक माह के शिक्षण वर्ग के लिए यहाँ आए हुए थे। सभी स्वयंसेवकों के रूप में एक-दूसरे से घुल-मिल गए थे। जब अटलजी ने अपनी यह कविता सुनानी शुरू की तो सभी का ध्यान सिर्फ उनकी कविता और उनकी ओजस्वी वाणी पर ही था—

हिंदू तन मन, हिंदू जीवन, रग-रग हिंदू मेरा परिचय॥
मैं शंकर का वह क्रोधानल, कर सकता जगती क्षार-क्षार
डमरू की वह प्रलय ध्वनि हूँ, जिसमें नाचता भीषण संहार
रणचंडी की अतृप्त प्यास, मैं दुर्गा का उन्मत्त हास...

जैसे ही उन्होंने अपनी इस कविता की अंतिम कड़ियों को पढ़ा तो सभी स्वयंसेवक उनके साथ सुर-से-सुर मिलाकर गाने लगे, 'हिंदू तन मन, हिंदू जीवन, रग-रग हिंदू मेरा परिचय'...अटलजी याद किया करते थे कि उस समय बड़ा अद्भुत वातावरण बन गया था और मैं आत्मविभोर हो उठा था।

लोग पुनः-पुनः सुनाने की जिद करने लगे। गुरुजी ने अटलजी को अपने गले से लगा लिया और इसी के बाद से यह कविता उनकी पहचान बन गई। वे जहाँ भी जाते, सब यह कविता सुनाने की फरमाइश करते। कई स्वयंसेवकों ने तो इसका एक-एक शब्द कंठस्थ कर लिया था। □

ट्रेनिंग में भाई के साथ

संघ की शाखा में अटलजी के भाई प्रेम बिहारी भी जाया करते थे। एक बार कैंप में दोनों भाई साथ शामिल हुए। कैंप सर्दियों में आयोजित किया गया था। अटलजी के भाई को अपने उच्च कुल के ब्राह्मण होने पर हमेशा से ही गर्व था। कैंप में सभी स्वयंसेवक मिल-जुलकर काम किया करते थे। सबका खाना भी एक साथ और एक-सा ही बनता था। ये स्वयंसेवक देश के विभिन्न हिस्सों से आते थे और अलग-अलग जातियों के होते थे। संघ में भेदभाव की भावना से दूर, प्रेम से साथ मिल-जुलकर रहने की सीख दी जाती थी, लेकिन साथ-ही-साथ किसी की व्यक्तिगत भावना को ठेस भी नहीं पहुँचाई जाती थी। सबकी भावनाओं का भरपूर सम्मान किया जाता था। एक दिन भोजन के समय अटलजी के भाई ने सबके लिए एक साथ बने भोजन को ग्रहण करने से मना कर दिया, "मैं ऊँचे कुल का ब्राह्मण हूँ। मैं किसी के भी हाथ का बना भोजन नहीं कर सकता। मैं अपना भोजन खुद ही पकाऊँगा।"

आयोजक असमंजस में पड़ गए, लेकिन उन्होंने कुछ नहीं कहा, बल्कि उनके लिए अलग भोजन बनाने की व्यवस्था कर दी। भैया ने अपना भोजन खुद ही बनाया। अटलजी ने उन्हें समझाया भी, किंतु वे अपनी बात पर अटल थे। अब, चूँकि अटलजी को सबके साथ भोजन करने में कोई एतराज नहीं होता था, इसलिए वे भोजन करने चले गए, बल्कि उन्हें तो सबके साथ साझी रसोई का भोजन करने में ही आनंद आता था। उस दिन तो भैया ने अपना खाना खुद बना लिया, लेकिन अगले ही दिन सब देखते क्या हैं कि भैया भी उसके साथ भोजन की पंक्ति में आकर खड़े हो गए हैं। यह सभी के लिए सुखद आश्चर्य था। किसी ने भी उन्हें पलटकर कुछ नहीं कहा, बल्कि दिल खोलकर उनका स्वागत किया। अटलजी ने उन्हें अपने साथ पंक्ति में लगा लिया और कहा, "दद्दा! अच्छा हुआ कि आप भी आ गए। मुझे आपके बिना भोजन करना अच्छा

नहीं लग रहा था।"

"मुझे भी तुम सबके साथ ही खाना अच्छा लगता है अटल! अब से हम साथ ही खाया करेंगे।"

संघ सबके साथ मिल-जुलकर रहना सिखाता है, एकजुटता की भावना का निर्माण करता है।

□

जनेऊ उतार दिया

एक बार घर में बड़ी घटना घट गई। हुआ यूँ कि संघ के ट्रेनिंग कैंप के दौरान अटलजी ने अपना जनेऊ उतार दिया था। वे इस बात को बिल्कुल ही भूल गए और जब घर पहुँचे तो एक दिन बड़ी घटना घट गई। वे गुसलखाने से बाहर निकल रहे थे और सामने से उनके पिताजी आ रहे थे। अटलजी को तो कुछ याद ही नहीं था, लेकिन उनके पिताजी की निगाह जैसे ही उनके सीने की तरफ गई तो कड़क आवाज में पूछा, "तुम्हारा जनेऊ कहाँ है ?"

अटलजी ने बड़ी विनम्रता से कहा कि मैंने उतार दिया है। इतना सुनना भर था कि उनके पिताजी का गुस्सा सातवें आसमान पर पहुँच गया, वे गरजते हुए बोले कि अभी तुरंत जनेऊ पहनो। अटलजी ने भी दृढ़ता से कहा कि जब तक हर हिंदू मात्र को जनेऊ पहनने का अधिकार नहीं दिया जाएगा, तब तक मैं भी जनेऊ नहीं पहनूँगा।

पिताजी गुस्से से चीखते हुए बोले कि तुम अभी जनेऊ पहनो, वरना मैं यह घर छोड़ दूँगा। उनका इतना कहना भर था कि घर के सभी सदस्य भयभीत हो उठे। अटलजी के बड़े भाई घबराकर जनेऊ ढूँढ़ने भागे। जनेऊ उठा लाए और छोटे भाई के गले में डाल दिया, तब जाकर पिताजी शांत हुए।

□

बहन के चबूतरे पर बैठे बहन का ही घर खोज रहे

एक दिलचस्प घटना है। अटलजी की बहन विमला की शादी लखनऊ हुई थी और वे अपने परिवार के साथ लखनऊ में थीं। अटलजी की उनसे मिलने की इच्छा हुई। वे अपने मित्र गोखले और प्रभुदयाल के साथ ट्रेनिंग कैंप में गए हुए थे। तीनों ने लौटते में लखनऊ घूमते हुए और बहन से मिलते हुए आने का कार्यक्रम बनाया।

"प्रभुदयाल! तुमने अमीनाबाद में ठंडाई पी है कभी? आओ, आज तुम्हें ठंडाई पिलाएँ।" अटलजी ने चहकते हुए कहा।

"अटल! मुझे तो भई भूख भी लगी है। चलो, कुछ खाएँगे पहले।" गोखले अपने पेट पर हाथ फिराते हुए बोले।

"हाँ-हाँ जरूर···चलो-चलो। अमीनाबाद में खाने-पीने की खूब वैरायटी है।"

अटलजी को खाने-पीने का शुरू से ही बहुत शौक था। तीनों अमीनाबाद चल दिए। वहाँ नाश्ता किया और घूमते-घामते हुए वे लोग शाम तक बहन के यहाँ सरस्वती लेन पहुँचे, लेकिन तभी न जाने कैसे अटलजी अपनी बहन का घर भूल गए। बहुत खोजा, सरस्वती लेन के कई चक्कर काट लिये, लेकिन उनका मकान नहीं मिल पा रहा था।

"यहीं तो था···सरोदे में···मिल ही नहीं रहा।" उन्होंने मकानों की तरफ देखते हुए और सोचते हुए कहा।

"कोई बात नहीं अटल! कई नए मकान भी बन गए हैं, इसीलिए तुम्हें नहीं मिल पा रहा होगा। चलो, एक और चक्कर लगा लेते हैं। इस बार हर एक मकान ध्यान से देखना।"

"हाँ! हाँ! चलो अटल, हम फिर से खोजते हैं।"

"अच्छा···तुम दोनों कहते हो तो फिर कोशिश करता हूँ···लेकिन था तो यहीं कहीं, न जाने मिल क्यों नहीं रहा?"

"तुम्हें मकान नंबर याद है?"

"मकान नंबर कभी याद ही नहीं किया, मकान का रास्ता जो याद था, लेकिन आज न जाने क्यों वो रास्ता भी पहचान में नहीं आ रहा।"

"कोई बात नहीं···एक काम करते हैं, कुछ देर के लिए यहाँ बैठकर सुस्ता लेते हैं। काहे कि बहुत थक गए हैं। थोड़ी देर के बाद फिर खोजेंगे।"

"हाँ, ये ठीक है।" ऐसा कहकर तीनों मित्र वहीं एक घर की सीढ़ियों पर बैठ गए। वे लोग सुस्ता ही रहे थे कि अचानक उस घर का दरवाजा खुला। इन तीनों का मुँह सड़क की ओर और पीठ घर की ओर थी। तभी एक बच्ची उनके पीछे आकर खड़ी हुई और बोली, "अरे मामाजी! आप यहाँ क्यों बैठे हैं! अंदर चलिए न!"

जैसे ही तीनों ने एक साथ मुड़कर पीछे देखा तो भौचक्के रह गए, क्योंकि वह लड़की कोई और नहीं, बल्कि अटलजी की भानजी ही थी—यानी कि वे सही मकान की सीढ़ियों पर बैठे थे, उस घर को बस इसीलिए नहीं ढूँढ़ पा रहे थे, क्योंकि वहाँ आसपास काफी परिवर्तन हो चुके थे। तीनों हँसते हुए घर के भीतर दाखिल हुए। बहन ने तीनों का सत्कार किया और फिर जब उनके हँसने का कारण पूछा तो मित्रों ने यह बात बहन को बताई। इसके बाद सभी लोग काफी देर तक हँसते रहे।

□

बिना तैयारी के ही वाद-विवाद प्रतियोगिता जीती

अटलजी भाषण और वाद-विवाद में बहुत निपुण थे। जब वे बोलना शुरू करते तो लोग उन्हें मंत्रमुग्ध होकर सुनने लगते थे। उनकी वाणी में बहुत प्रभाव था। उनका विद्यालय उन्हें विभिन्न वाद-विवाद प्रतियोगिताओं में भेजता रहता था। एक बार की बात है, वे अपने विद्यालय की तरफ से एक वाद-विवाद प्रतियोगिता में शामिल हुए, यह प्रतियोगिता उदयपुर में आयोजित की गई थी। विषय था, 'हिंदी राष्ट्रभाषा होनी चाहिए।' अटलजी को इसके पक्ष में बोलना था और इसके पक्ष में बोलने के लिए उनके पास अनेक बेहतरीन तर्क थे। उन्होंने खूब तैयारी की और उदयपुर पहुँच गए। तय समय पर सभी प्रतिभागी इकट्ठे हो गए थे। जज भी पहुँच चुके थे, लेकिन तभी एक प्रतिद्वंद्वी प्रतिभागी बेचैन हो उठा। वह बेहद नर्वस हो रहा था और रोने जैसी स्थिति में आ चुका था।

अटलजी ने उससे पूछा, "क्या हुआ तुम्हें, तुम इतने परेशान क्यों हो?"

वह रुआँसा होकर बोला, "मेरी इसके विपक्ष में बोलने की तैयारी अच्छी नहीं हो पाई है। पता नहीं, मैं कुछ बोल भी पाऊँगा कि नहीं!"

"क्यों! तुम्हें पहले से नहीं मालूम था?"

"मालूम तो था, लेकिन मुझे लग रहा है कि मैं इसके पक्ष में ज्यादा अच्छा बोल पाऊँगा।"

"अच्छा! तो तुम पक्ष में ही बोल लो···मैं इसके विपक्ष में बोल लेता हूँ।"

"सच में, तुम इसके विपक्ष में बोल लोगे?" वह खुश होकर उछलते हुए बोला।

"हाँ, मैं बोल लूँगा।" अटलजी ने आत्मविश्वास से भरकर कहा।

···और फिर उन्होंने अपने भाषण में ऐसे-ऐसे तर्क दिए कि सभी सुनकर दंग रह

गए। उन्होंने अपने भाषण में एक खास बात शामिल की कि 'राष्ट्रभाषा हिंदी नहीं, बल्कि हिंदुस्तानी होनी चाहिए' वे इसी को अपना विषय बनाकर बोलते चले गए और जज उनकी बातों को ध्यानपूर्वक सुनते रहे। जब भाषण समाप्त हुआ और वे अपनी जगह पर जाकर बैठे तो वह प्रतिभागी भी उनकी तारीफ करने से खुद को रोक न सका। निर्णय सुनाया गया और अटलजी को पहला पुरस्कार मिला।

धीरे-धीरे उनके विक्टोरिया कॉलेजिएट में यह बात सभी की जबान पर चढ़ गई कि 'डिबेट और भाषण में अटल का मुकाबला कोई नहीं कर सकता।' इसके बाद तो अटलजी अपने स्कूल के प्रतिनिधि बनकर कई जगह गए और जीतकर ही लौटे।

□

विलंब से पहुँचने पर भी जीतकर ही लौटे

अटलजी ने विक्टोरिया कॉलेजिएट स्कूल से हाईस्कूल और इंटरमीडिएट किया और इसके बाद विक्टोरिया कॉलेज में ही बी.ए. में एडमिशन लिया। अब इस कॉलेज का नाम 'रानी लक्ष्मीबाई महाविद्यालय' है। वे बी.ए. प्रथम वर्ष में ही अपने कॉलेज के डिबेट सेक्रेटरी चुन लिये गए। वे विभिन्न विषयों पर वाद-विवाद हेतु विद्यार्थियों को तैयार करते और विभिन्न आयोजनों में अपना सहयोग भी देते।

एक दिन प्रिंसिपल साहब ने उन्हें अपने कक्ष में बुलाया और कहा कि तुम्हें इलाहाबाद जाना होगा। वहाँ राष्ट्रीय स्तर पर एक वाद-विवाद प्रतियोगिता हो रही है और मैं चाहता हूँ कि इस प्रतियोगिता में हमारे कॉलेज से तुम और रघुनाथ भाग लो।

तय तिथि को अटलजी और रघुनाथ सिंह इलाहाबाद चल दिए। दोनों ट्रेन से जा रहे थे। एक तो दूर का सफर और दूसरे वह ट्रेन बहुत धीरे-धीरे चल रही थी।

"यार रघुनाथ, यह ट्रेन हमें इलाहाबाद पहुँचा तो देगी न?"

"पता नहीं अटल, जिस तरह से यह रेंग-रेंगकर चल रही है, उससे तो लगता है कि यह इलाहाबाद तो क्या कहीं भी नहीं पहुँचा पाएगी।"

"अरे यार! ऐसे मत बोलो...मुझे तो अब चिंता होने लगी है।"

"घबराओ मत, धीरज से काम लो। अब तो जो भी होगा, देखा जाएगा।"

सचमुच इसके बाद दोनों मित्र धैर्य से बैठ गए। इसके अतिरिक्त उनके पास और कोई चारा भी तो नहीं था। ट्रेन में बेहद भीड़ थी। भीड़, धक्का-मुक्की और गरमी के कारण कपड़ों का भी बुरा हाल हो चुका था। आखिरकार दोनों इलाहाबाद पहुँच ही गए, लेकिन तब तक ट्रेन काफी लेट हो चुकी थी। दोनों जल्दी-जल्दी इलाहाबाद विश्वविद्यालय की ओर भागे, लेकिन जब तक वहाँ पहुँचे, प्रतियोगिता समाप्त हो चुकी थी।

अटलजी ने संचालक से निवेदन किया और अपनी समस्या उन्हें बताई, लेकिन

संचालक महोदय भी क्या कर सकते थे, वे भी नियम और शर्तों से बँधे हुए थे। उन्होंने अटलजी को समझाया कि मैं इसमें कुछ भी नहीं कर सकता हूँ। सारे प्रतिभागी अपने-अपने विचार रख चुके हैं। अब तो निर्णायक मंडल के सदस्य भी अपना निर्णय तैयार करने में व्यस्त हैं। आप खुद यहाँ से झाँककर देख सकते हैं।

अटलजी ने मंच के पीछे से झाँककर देखा। सचमुच सभी प्रतिभागी मंच पर बैठे अपनी-अपनी साँसें रोके निर्णय सुनाए जाने का इंतजार कर रहे थे और जज आपस में बातचीत कर रहे थे। वास्तव में वे सभी आपस में निर्णय ले रहे थे। उनमें हिंदी के मूर्धन्य कवि डॉ. हरिवंशराय बच्चन भी थे। अटलजी उन्हें बेहद पसंद करते थे और उनकी 'मधुशाला' अनेक बार पढ़ चुके थे और आज उन्हीं के सामने बोलने का इतना महत्त्वपूर्ण मौका गँवा रहे थे। वे निराश हो उठे और उन्हें अपनी हताशा पर बहुत गुस्सा आने लगा, लेकिन तभी अचानक उनके अंदर आत्मविश्वास जाग उठा। उन्होंने संचालक से फिर अनुरोध किया, "अच्छा! आप एक काम कीजिए। हमें निर्णायक मंडल के सामने अपने देर से आने का कारण रखने दीजिए। हम उनसे क्षमा माँग लेंगे। अपना भाषण नहीं पढ़ेंगे। यदि वे हमें अनुमति दे देंगे, तभी हम आगे कुछ और बोलेंगे वरना क्षमा माँगकर मंच से उतर जाएँगे।"

न जाने क्या हुआ कि उनकी बातों से संचालक का मन पिघल गया और उसने मंच पर जाकर अटलजी का नाम पुकारा और उनके देर से पहुँचने का कारण सबको बताया।

अटलजी आत्मविश्वास से भरकर मंच पर चढ़ गए और सबसे पहले निर्णायक मंडल को प्रणाम किया और श्रोताओं का अभिवादन किया। विलंब से पहुँचने के लिए माफी भी माँगी।

"अध्यक्ष महोदय! मैं क्षमाप्रार्थी हूँ, क्योंकि मैं समय से नहीं पहुँच सका, किंतु मेरी ट्रेन विलंब से आई, इसके लिए मैं मजबूर था, कुछ नहीं कर सकता था।"

सभी शांति से उनकी बात को सुनने लगे, "मेरी आप सभी से विनम्र प्रार्थना है कि मुझे अपने विचार रखने का अवसर दें। यदि आप मुझे यह अवसर देंगे तो मैं सदैव आपका कृतज्ञ रहूँगा।"

अद्‍भुत संयोग था कि निर्णायक मंडल ने आपस में बातचीत की और उन्होंने आपसी सहमति से उन्हें अपनी बात कहने का अवसर दे दिया, "हम सभी ने आपस में तय किया है कि चूँकि आपके विलंब से आने का कारण आपकी ट्रेन का लेट होना है, जिसमें कि आपका कोई दोष नहीं है, अत: हम आपको दस मिनट अपनी बात कहने का अवसर देते हैं। आप जैसे चाहें, इन दस मिनटों का उपयोग कर सकते हैं।"

बस फिर क्या था! मौका मिलने भर की देर थी। अटलजी ने अपना धाराप्रवाह भाषण शुरू कर दिया। सभी श्रोता और निर्णायक मंत्रमुग्ध होकर उनका भाषण सुनने

लगे। वे दस मिनट से अधिक समय तक धाराप्रवाह बोलते रहे। किसी को भी वक्त का खयाल न रहा। जैसे ही उन्होंने अपनी बात समाप्त की, पूरा हॉल तालियों की आवाज से गूँज उठा। परिणाम घोषित हुए और उन्हें ही पहला पुरस्कार प्राप्त हुआ। जब वह पुरस्कार लेकर वे अपने कॉलेज लौटे तो रघुनाथ सिंह ने सारा किस्सा प्रिंसिपल सर को और सहपाठी मित्रों को सुनाया। सभी आश्चर्यचकित रह गए। प्रिंसिपल साहब ने उन्हें अपने कक्ष में बुलाया और इस आत्मविश्वास के लिए उन्हें खूब शाबाशी दी।

अटलजी जब भी इस घटना को याद करते थे तो सहसा उनके चेहरे पर मुसकान दौड़ जाती थी। वे बताते थे कि "उस समय तो मुझे यह भी नहीं मालूम था कि मुझसे पहले के प्रतिभागी क्या-क्या बोलकर जा चुके हैं, किन-किन बिंदुओं पर प्रकाश डाल चुके हैं। मैं तो बस अपनी बात कहता चला गया था।"

□

स्वतंत्रता आंदोलन में जेल गए

यह तब की बात है, जब स्वतंत्रता का आंदोलन अपने चरम पर था। इस दौरान अटलजी के भीतर भी स्वतंत्रता आंदोलन में भाग लेने की प्रबल इच्छा जागने लगी। संघ में जिस किसी के सामने भी वे अपनी इस इच्छा को व्यक्त करते तो सभी उन्हें खूब प्रोत्साहित करते। संघ में सभी को देशप्रेम और आजादी का ही पाठ पढ़ाया जाता था। उन्हें सिखाया जाता था कि आजादी किसी अकेले व्यक्ति के प्रयास से नहीं मिलेगी, बल्कि इसे पाने के लिए सभी को मिल-जुलकर प्रयत्न करने होंगे।

यह द्वितीय विश्वयुद्ध का समय था। 27 जुलाई, 1942 को ब्रिटिश सरकार ने लंदन से घोषणा की कि भारतीय ब्रिटिश फौज को भी इस युद्ध में शामिल किया जाएगा। सरकार के इस निर्णय से भारतीय नेता काफी नाराज हुए और बारह दिनों के बाद ही उन्होंने आंदोलन कर दिया। बंबई में कांग्रेस की बैठक में 8 अगस्त, 1942 को 'अंग्रेजो, भारत छोड़ो' प्रस्ताव पारित किया गया। महात्मा गांधी के 'अंग्रेजो, भारत छोड़ो' का नारा बुलंद करते ही चारों तरफ आजादी की ज्वाला जल उठी थी। पूरा देश आजादी के लिए छटपटा उठा। देश का कोई भी भाग इस आंदोलन से अप्रभावी न रह सका था।

ग्वालियर में भी इस आंदोलन की आग धधकने लगी। अनेक प्रदर्शन शुरू हो गए। विदेशी कपड़ों और सामानों की होली जलाई जाने लगी। नियमों के बहिष्कार किए जाने लगे। इस स्वतंत्रता आंदोलन का प्रभाव अटलजी पर भी पड़ना स्वाभाविक था। अत: वे और उनके भाई मौका मिलते ही रैली में शामिल हो जाते, नारे लगाते। वे लोग प्रभात फेरी तो पहले से ही निकालते थे। एक दिन उन लोगों ने छात्रों की एक रैली निकाली। बस फिर क्या था! उसी दिन शहर के कोतवाल साहब उनके पिताजी के पास पहुँच गए।

"प्रिंसिपल साहब! आपको पता है कि आजकल आपके चिरंजीव क्या कर रहे हैं?"

"मैं कुछ समझा नहीं कोतवाल साहब···कृपया साफ-साफ कहिए। सब ठीक तो है न?"

"अब तक तो सब ठीक है, लेकिन आगे बात बिगड़ सकती है। आप एक सरकारी नौकरीपेशा व्यक्ति हैं और ग्वालियर में आपका बहुत सम्मान है, इसीलिए मैं खुद आपके पास चला आया, ताकि आपको सावधान कर सकूँ। आपके बेटे रैली और आंदोलन कर रहे हैं। ये सब काम सरकार के खिलाफ हैं और उन्हें इस अपराध में जेल हो सकती है, यहाँ तक कि आपकी नौकरी पर भी आँच आ सकती है।"

पिताजी कोतवाल साहब की इस सूचना से परेशान हो उठे, चूँकि वे एक सरकारी नौकरी में थे, अत: उनका परेशान होना लाजिमी भी था। उन्होंने बेटों को बुलाया और एक लाइन से खड़ा कर दिया। सभी अपने पिताजी से बहुत डरा करते थे। सब भाई-बहनों में सबसे ज्यादा शरारती अटल ही है, यह बात पिताजी अच्छी तरह से जानते थे। वे बाकी सबको तो डरा-धमकाकर ही रोक सकते थे, लेकिन अटल पर अंकुश लगाना जरा मुश्किल था, अत: उन्होंने इस समस्या का यह हल निकाला—

"अटल! मैं चाहता हूँ कि तुम कुछ समय के लिए बटेश्वर चले जाओ। प्रेम भी तुम्हारे साथ जाएगा। प्रेम! तुम अटल पर निगाह रखोगे। मैं नहीं चाहता कि यह किसी भी रैली-वैली में भाग ले।"

"जी बाबूजी!"

पिताजी ने अटलजी के साथ प्रेम बिहारी को भी बटेश्वर भेज दिया। उन्होंने तो यह सोचकर बटेश्वर भेजा था कि यहाँ स्वतंत्रता की कोई चिनगारी नहीं होगी। बटेश्वर एक ऐसा शांत स्थान था, जहाँ के लोग सिर्फ शिव आराधना में ही डूबे रहते थे, किंतु अब समय करवट ले रहा था। समूचा देश एकजुट होकर फिरंगियों के खिलाफ हो चला था, अपनी खोई हुई आजादी माँग रहा था, तो ऐसे में बटेश्वर कैसे अछूता रह जाता! सब लड़के मिलकर यहाँ भी प्रभातफेरी निकालने लगे। एक दिन की बात है, बटेश्वर के बाजार में ढोलक और मँजीरों की आवाजें आ रही थीं। बटेश्वर के लोग रामायण के पाठ के साथ-साथ आल्हा भी बहुत शौक के सुनते थे। आल्हा गीत का मधुर संगीत सुनते ही अटलजी भी खुद को रोक न सके और बाजार पहुँच गए। सभी आल्हा सुनते-सुनते जोश में आ चुके थे। अचानक दो युवक वहाँ आए और उन्होंने रोष से भरकर जोरदार आवाज में कहा, "आप लोग आल्हा का मजा ले रहे हैं, जबकि देश भर में आग लगी हुई है। आप लोगों को पता भी है कि गांधीजी और अन्य सैकड़ों नेताओं को पकड़कर जेल में डाल दिया गया है। क्या अपने देश के लिए हमारा कोई फर्ज नहीं है? आज देश का हर हिस्सा आजादी की इस लड़ाई में शामिल हो चुका है, ऐसे में हमें भी अपना योगदान देना चाहिए।"

ये दोनों युवक थे—लीलाधर वाजपेयी और शिव कुमार। गाँव के लोग इन्हें खूब अच्छी तरह से पहचानते थे। दोनों युवकों के प्रभावशाली भाषण से वहाँ मौजूद लोगों में भी जोश छा गया। आल्हा रोक दी गई और देखते-ही-देखते उसकी जगह नारे लगने लगे, 'अंग्रेजो, भारत छोड़ो'। लोगों की भीड़ एक बड़ी रैली में तबदील हो गई और सब मिलकर चिल्लाने लगे—

"आज से हमारा बटेश्वर आजाद है। हम पर अंग्रेजों का राज नहीं है।"

युवकों से लेकर वृद्धों तक सभी में जोश भर गया। वे हर हाल में आजादी के इस हवन में अपनी-अपनी आहुतियाँ डालने के लिए उतावले हो उठे। लीलाधर वाजपेयी ने लोगों को संबोधित करते हुए कहा, "चलिए, हम सब मिलकर फॉरेस्ट ऑफिस में अपना तिरंगा झंडा फहराएँ और अंग्रेजों को यह संदेश दें कि हमारा बटेश्वर भी अब उनकी दासता को नहीं मानता।"

उन दोनों का भाषण इतना जोरदार था कि जोश से भरी हुई भीड़ उनके पीछे-पीछे चल दी। करीब दो सौ लोगों की यह भीड़ लीलाधर और शिव कुमार के नेतृत्व में बटेश्वर वन विभाग के दफ्तर में जा पहुँची। अटल और प्रेम भी इस भीड़ में शामिल थे। वे लोग नारे लगाते हुए चले जा रहे थे। एक अलग ही जुनून सवार था उस वक्त। लोगों ने मिलकर दफ्तर की ईंट-से-ईंट निकाल फेंकी और वहाँ आग लगा दी। गोवर्धनदास, भवानीप्रसाद, शोभाराम, ककुआ आदि कई लोग इस तोड़-फोड़ में शामिल थे। इसके बाद 'अंग्रेजो, भारत छोड़ो' के नारे लगाती हुई यह भीड़ भिखौली की तरफ बढ़ने लगी। वहाँ पर भी सबने मिलकर चौकी की खिड़कियाँ उखाड़ फेंकी और उन्हें आग की भेंट कर दिया। लोगों का गुस्सा इन सरकारी दफ्तरों पर उतर रहा था।

हालाँकि उस समय देश भर में जिस तरह की सरकार विरोधी घटनाएँ हो रही थीं, उसके सामने यह घटना तो बहुत ही छोटी थी, लेकिन फिर भी सरकारी महकमे मुस्तैद हो उठे और अगले ही दिन पूरे बटेश्वर गाँव को पुलिस की टुकड़ियों ने चारों तरफ से घेर लिया। लोगों को आतंकित किया जाने लगा। अंधाधुंध गिरफ्तारियाँ शुरू हो गईं। जो हाथ लगा, उसे ही पकड़कर आगरा जेल में ठूँस दिया गया। उन पर मुकदमे चलाए गए। अटल और प्रेम को भी आगरा की जेल में भेज दिया गया। जब पिताजी के पास यह खबर पहुँची तो उनके पैरों के नीचे से जमीन ही खिसक गई। वे दौड़े-दौड़े जेल पहुँचे।

"जिस डर से मैंने तुम दोनों को बटेश्वर भेजा था, तुम दोनों ने मेरा वही डर सच साबित कर दिया।" पिताजी बेटों को देखने जेल आ तो गए, लेकिन बहुत गुस्से में थे। उनका गुस्सा जायज था, क्योंकि वह एक पिता का गुस्सा था, जो कि अपने बच्चों पर आँच तक नहीं आने देना चाहता था। पिताजी जमानत दिलाने के प्रयास में जुट गए। उन्होंने बेटों को बाहर निकालने के लिए जमीन-आसमान एक कर दिया। इस बीच

पुलिस भी अपनी पूछताछ में लगी हुई थी। लोगों के बयान लिये गए। अनेक काररवाइयाँ की गईं और अंतत: वे लोग, जो भीड़ का हिस्सा थे, उन्हें छोड़ दिया गया, जबकि जो इस तोड़-फोड़ और आगजनी में शामिल थे, उन पर कड़ी कारवाई की गई। पूरे बटेश्वर गाँव पर दस हजार रुपए का सामूहिक जुरमाना लगाया गया। यह उस समय एक बड़ी रकम हुआ करती थी। दोनों भाई तेईस दिन तक आगरा जेल में बंद रहे और चौबीसवें दिन छूटे।

अटलजी याद करते हुए कहते थे कि "आज भी उस समय की मेरी फोटो कहीं रखी होगी, खाकी हाफ निक्करवाली। अब तो बस इन सब बातों की यादें ही शेष हैं। मुझे आज भी याद है कि घर लौटकर हम दोनों भाइयों को पिताजी से खूब डाँट खानी पड़ी थी। माँ का भी तब तक रो-रोकर बुरा हाल हो चुका था। उन दिनों मैं बी.ए. का छात्र था और मैं व मेरे दद्दा विक्टोरिया कॉलेज के मेधावी छात्र थे। हमें सब लोगों ने खूब समझाया। माँ-पिताजी ने मुझे कसम दी कि अब से मैं अपनी पढ़ाई में ही ध्यान लगाऊँ, लेकिन मेरे भीतर तो देशप्रेम की ज्वाला जाग चुकी थी।"

□

मिट्टी के तेल का स्पेशल कोटा मंजूर कराया

अटलजी जब कॉलेज पहुँचे तो अपनी वाक्पटुता के कारण सभी के बीच लोकप्रिय हो गए। अपने मित्रों के बहुत अनुरोध करने पर वे भी यूनियन के चुनाव में छात्रसंघ के महासचिव (जनरल सेक्रेटरी) के पद के लिए खड़े हुए। चूँकि वे छात्रों में खासे लोकप्रिय थे, अतः बड़ी ही आसानी से यह चुनाव जीत गए। दोस्तों ने तो मानो उन्हें अपने सिर-आँखों पर ही बिठा लिया हो।

जनरल सेक्रेटरी होने के नाते उनके पास अनेक विद्यार्थी सहपाठी अपनी समस्याएँ लेकर आते थे। जनरल सेक्रेटरी का काम होता था छात्रों की शिकायतें सुनना और कॉलेज के अधिकारियों की मदद से उन्हें सहायता पहुँचाना। अटलजी के पास भी अनेक गरीब छात्र आया करते और उनसे विनती करते कि वे उनकी फीस माफ करवा दें। अटलजी यह देखकर द्रवित हो उठते कि इतने होनहार बच्चे सिर्फ अपनी गरीबी के कारण पढ़ने से वंचित रह जाते हैं। उनके मार्मिक किस्से अटल के मन को पिघला देते। उन्हें इस बात की भी हैरानी होती कि कितने ही संघर्षों के बाद ये गरीब विद्यार्थी अपनी स्कूली पढ़ाई पूरी कर कॉलेज तक पहुँचते थे। वे ऐसे विद्यार्थियों को फीस में राहत तो दिलवाते ही, साथ-ही-साथ विद्यार्थी सहायक संघ से पुस्तकें भी मुहैया करवाते थे।

उन्हीं दिनों की बात है, द्वितीय विश्वयुद्ध भी छिड़ा हुआ था, जिसकी वजह से सभी जगह त्राहि-त्राहि मची हुई थी। सरकार की तरफ से खाने-पीने की वस्तुओं पर राशनिंग लगा दी गई थी। देश-विदेश के समाचार प्राप्त करना मुश्किल काम हो गया था। यातायात के साधनों और रोजमर्रा की जिंदगियों पर इसका बड़ा ही विपरीत प्रभाव पड़ रहा था। रेलगाड़ियों-बसों आदि का चलना भी प्रभावित हुआ। बड़ी संख्या में जवान फौज में भरती किए जा रहे थे और यह सब तब हो रहा था, जब हमारा देश गुलामी की जंजीरों में जकड़ा हुआ था। देशवासियों को यह सोचकर बहुत दुःख होता कि हमारे भारतीय युवक ब्रिटिश फौज के झंडे तले अपनी जान की बाजी लगा रहे हैं। इधर आजादी

की आवाज भी निरंतर बुलंद होती जा रही थी। देश के नरम और गरम दल सरकार की नाक में दम किए हुए थे। विद्रोह तीव्र से तीव्रतर होते जा रहे थे, जेलें भरी जा रही थीं, साधारण जनता भी अपने अधिकारों के प्रति सचेत हो चुकी थी। सब ओर अशांति का वातावरण था, लेकिन यह जरूरी भी था। उस समय यदि इतना तेज विरोध न हुआ होता तो हमारा देश अंग्रेजों के चंगुल से और न जाने कितने सालों के बाद मुक्त होता।

छात्रों पर भी अनेक प्रकार की पाबंदियाँ लग गई थीं। उन्हें पढ़ने के लिए समयबद्ध बिजली मिला करती थी। बाकी समय लालटेन ही एक सहारा होती थी। लेकिन उन दिनों लालटेन के लिए मिट्टी का तेल मिलना भी एक विकट समस्या बन चुकी थी। विश्वयुद्ध के कारण इसकी आपूर्ति भी कम कर दी गई थी। पर्याप्त मिट्टी का तेल न मिल पाने के कारण छात्र पढ़ नहीं पाते थे। ऐसे में छात्रनेता होने के नाते सारी समस्याएँ अटलजी को ही बताई जातीं और उनसे यह उम्मीद की जाती कि वे ही कुछ समाधान निकालेंगे, एडमिनिस्ट्रेशन के सामने छात्रों की आवाज बनेंगे।

अटलजी अपने साथियों की इस समस्या को लेकर एडमिनिस्ट्रेटिव अधिकारी से जाकर मिले और उन्होंने वास्तविक स्थिति से अवगत कराया। उन्होंने बताया कि यह मुमकिन नहीं है। इस समय देश के सामने जो स्थितियाँ हैं, उनमें इससे अधिक मिट्टी का तेल नहीं दे सकते। सभी का कोटा तय है।

अटलजी ने भी उनके सामने अपनी बात दृढ़ता से रखी और समझाया कि विद्यार्थियों को तो तेल मिलना ही चाहिए। विद्यार्थी किसी भी देश का भविष्य होते हैं। हम पहले ही गुलामी में जकड़े हुए हैं और ऐसे में यह युद्ध हमारे जवानों पर थोप दिया गया। यदि आज का विद्यार्थी किन्हीं भी कारणों से पढ़ न सका तो इस देश का क्या भविष्य होगा? अटलजी अपने मन की बात कहकर वापस आ गए।

अगले दिन जब वे कॉलेज पहुँचे तो कुछ छात्रों ने गेट पर ही उन्हें अपने कंधों पर उठा लिया और जय-जयकार के नारे लगाने लगे, 'अटल बिहारी जिंदाबाद!' 'जिंदाबाद-जिंदाबाद!' 'हमारा नेता जिंदाबाद!' 'जिंदाबाद-जिंदाबाद!'

दरअसल एडमिनिस्ट्रेशन ने उनकी माँग को स्वीकार कर लिया था और विद्यार्थियों के लिए तेल का स्पेशल कोटा मंजूर कर दिया गया था। इस घटना के बाद से तो वे सबके दिलों पर छा गए।

उनके कॉलेज में सोशल गैदरिंग आयोजित होती रहती थी, जिसके तहत कोई-न-कोई कार्यक्रम होता रहता था और इसकी जिम्मेदारी भी जनरल सेक्रेटरी और छात्रसंघ के अध्यक्ष पर ही होती। उस साल कॉलेज में आयोजित सोशल गैदरिंग पार्टी में विद्यार्थियों ने मिलकर उन्हें स्नेहपूर्वक याद के तौर पर एक लालटेन भेंट में दी।

□

उनके तो नाम में ही सेंट है

यह बात तब की है, जब अटलजी अपने कॉलेज के चुनाव में उपाध्यक्ष के पद के लिए खड़े हुए थे, हालाँकि वे चुनाव प्रचार में बहुत अधिक भागीदारी नहीं निभाते थे। वे कभी भी अपने पोस्टर आदि नहीं लगाते थे। उनकी मित्र-मंडली उनसे बहुत जिद करती, लेकिन वे टाल जाते। अटलजी का मानना था कि चुनाव प्रचार के लिए पोस्टर-वोस्टर चिपकाकर काहे दीवार खराब करनी? बस एक-दो बैनर लगा दो... काफी हैं, उसी से हो जाएगा चुनाव प्रचार और वैसे भी जिसे वोट देना है, वो तो देगा ही...जिसे नहीं देना, उसे बाध्य थोड़े ही किया जा सकता है!

लेकिन दोस्त नहीं मानते और वे खुद ही पोस्टर छपवाकर लाते और फिर खुद ही दीवारों पर चिपकाते। अटलजी उनका स्नेह देखकर बस मुसकरा देते, लेकिन हाँ! चुनाव हो जाने के बाद पोस्टर हटाने में अटलजी सबसे आगे रहते। वे उस वक्त सबकी मदद जरूर करते थे। सभी उनसे कहते, "कमाल हो यार तुम भी! पोस्टर चिपकाने तो कभी नहीं आते हो, लेकिन हाँ, हटाने सबसे पहले चले आते हो।"

उसी समय की एक और घटना है—चुनाव में खड़े उम्मीदवार कनवेंसिंग कार्ड भी बाँटा करते थे। दरअसल ये विजिटिंग कार्ड के साइज के ही छोटे-छोटे कार्ड होते थे, जो कि प्रचार के लिए उपयोग में लाए जाते थे। इसमें उम्मीदवार का नाम और पार्टी आदि की पूरी जानकारी छपी होती थी। उम्मीदवार खुद अपने हाथों से ये कार्ड छात्रों को बाँटते थे। वे इन कार्डों पर सुगंधित इत्र छिड़ककर दिया करते थे, लेकिन यह इत्र-वित्र छिड़कना अटलजी के वश की बात तो थी नहीं, इसलिए वे तो यूँ ही दे दिया करते। एक दिन वे जूनियर विद्यार्थियों को कार्ड बाँट रहे थे। उनके आसपास बहुत से लड़के-लड़कियों की भीड़ लगी हुई थी। तभी अटलजी के एक मित्र ने उनकी ओर सेंट की शीशी बढ़ाते हुए कहा, "अरे अटल! क्या करते हो तुम भी! जरा सेंट छिड़ककर दो। देखो बाकी लोग कैसे दे रहे हैं।"

अटलजी ने शीशी पीछे करते हुए कहा, "रहने दो तुम लोग···मैं ऐसे ही ठीक हूँ। मुझे नहीं छिड़कना यह सेंट-वेंट।"

लड़के-लड़कियों की उस भीड़ में से एक लड़की ने तुरंत जवाब दिया, "अटलजी के कार्ड को सेंट की जरूरत ही नहीं है···उनके तो नाम में ही सेंट है।"

उस लड़की की इस हाजिरजवाबी पर सभी हैरान रह गए और फिर उनके मित्र कई दिन तक यह वाक्य दोहरा-दोहराकर उन्हें चिढ़ाते रहे।

□

कॉलेज में कवि सम्मेलन

अटलजी के कॉलेज में कवि सम्मेलन और साहित्यिक गोष्ठियाँ भी आयोजित की जाती थीं, जिनमें देश भर से सुप्रसिद्ध कवि और साहित्यकार आमंत्रित किए जाते थे। ऐसे ही एक बार की बात है, कॉलेज का वार्षिक स्नेह सम्मेलन होना था और इसमें तय किया गया कि बड़े-बड़े कवि और शायरों को आमंत्रित किया जाए। उस समय कॉलेज के छात्रनेता, यानी उपाध्यक्ष अटलजी ही थे और अध्यक्ष प्राचार्य एफ.सी. पीयर्स। वरिष्ठ प्राध्यापक प्रो. बागची छात्रसंघ के परामर्शदाता थे। यह सन् 1944-45 के सत्र की बात है। तब सांस्कृतिक मंत्री रामकुमार चतुर्वेदी 'चंचल' थे। सभी ने सर्वसम्मति से यह तय किया कि कॉलेज का वार्षिक स्नेह सम्मेलन का समापन एक कवि सम्मेलन और मुशायरे से किया जाए। उन दिनों कवि और शायरों को एक ही मंच पर बुलाने का भी बड़ा चलन था और अटलजी के कॉलेज के लिए यह बड़ी खुशी की बात थी कि प्रो. जाँ निसार अख्तर और शिवमंगल सिंह 'सुमन' जैसे शायर और कवि इसी कॉलेज से थे। प्रो. जाँ निसार अख्तर उर्दू के प्राध्यापक थे, जबकि सुमनजी हिंदी के लेक्चरर नियुक्त हुए थे।

इस कार्यक्रम के लिए बाहर के कवि-शायरों में मजाज लखनवी, तन्मय बुखारिया, शैल चतुर्वेदी, वीरेंद्र मिश्र, देवेंद्र नारायण वर्मा, कविरत्न पाराशर, महावीर प्रसाद 'विरही', श्रीकृष्ण वार्ष्णेय आदि को भी आमंत्रित किया गया था। कार्यक्रम का समय रात्रि आठ बजे का रखा गया। मजाज लखनवी, प्रो. जाँ निसार अख्तर और शिवमंगल सिंह 'सुमन' जी की पीने-पिलाने में खास दिलचस्पी रहती थी। आदत के अनुसार सुमनजी के घर इन तीनों की महफिल जम गई और वे 'खाने-पीने' में मशगूल हो गए।

कार्यक्रम अपने तय समय पर शुरू कर दिया गया। स्थानीय कवि वीरेंद्र मिश्र, देवेंद्र नारायण वर्मा, कविरत्न पाराशर, महावीर प्रसाद 'विरही', श्रीकृष्ण वार्ष्णेय आदि अपनी

रचनाएँ सुना चुके थे, लेकिन इन तीनों कवि-शायरों का कहीं अता-पता नहीं था। रात के दस बज रहे थे और लोग इन्हें सुनने के लिए बैठे हुए थे। इन अतिथि कवि-शायरों के आने की कोई संभावना नजर नहीं आ रही थी। मजाज लखनवी और जाँ निसार अख्तर मशहूर शायर थे और लोग इन्हें सुनने के लिए दूर-दूर से आए थे। अटलजी ने अपने एक मित्र को सुमनजी के घर भेजा, ताकि पता लग सके कि इन लोगों के कब तक आने की उम्मीद है।

उनका मित्र तुरंत गया, लेकिन उलटे पैर वापस भी आ गया। उसने बताया कि वहाँ तो महफिल जमी हुई है। न जाने वे यहाँ तक चलकर आ भी पाएँगे कि नहीं!

यह सुनते ही छात्रनेता अटलजी को बहुत बुरा लगा। सरस्वती के मंच का ऐसा अपमान! उन्होंने मन-ही-मन कुछ निश्चय किया और प्रो. बागची के पास जा पहुँचे। प्रो. बागची खुद ही बहुत चिंता में थे। उन्होंने अटलजी की तरफ प्रश्नभरी नजर डाली कि आखिर दोनों अतिथि शायर और सुमनजी अब तक स्टेज पर आए क्यों नहीं! "सर, मैं आपसे इसी विषय पर बात करने आया था। यदि आपकी आज्ञा हो," अटलजी ने प्रो. बागची से दृढ़तापूर्वक कहा, "मैं इस कार्यक्रम को यहीं पर समाप्त करना चाहता हूँ।"

लेकिन प्रो. बागची को चिंता हुई कि इतनी पब्लिक तो उन्हीं को सुनने के लिए अब तक बैठी हुई है···उनका क्या!

अटलजी ने उत्तर दिया, "सर! यदि वे लोग यहाँ बुला भी लिये गए तो भी वे अपना पाठ नहीं कर पाएँगे। मैंने उनकी हालत पता करवा ली है। बेहतर है कि लोगों से क्षमा माँगकर इसे यहीं समाप्त कर दिया जाए।"

अटलजी का इतना कहना ही था कि वे कविगण बैक स्टेज की तरफ से लड़खड़ाते हुए आते नजर आए, चूँकि इस कार्यक्रम के संयोजक अटलजी ही थे, अत: इसकी सारी जिम्मेदारी भी उन्हीं पर थी। प्रो. बागची ने भी अब उन लोगों की हालत देख ली थी, अत: उन्होंने भी 'हाँ' कहा। उनकी 'हाँ' मिलते ही अटलजी तुरंत स्टेज पर चढ़ गए और इस कवि सम्मेलन-मुशायरे के समापन की घोषणा कर दी। छात्र और अभिभावक, जो कि अतिथि शायरों को सुनने के लिए अब तक शांतिपूर्वक बैठे हुए थे, उठ-उठकर जाने लगे। अटलजी के चेहरे से ही लग रहा था कि उन्हें ऐसा करते हुए बहुत दु:ख हो रहा है, लेकिन उस वक्त इसके अतिरिक्त और कोई चारा भी तो नहीं था।

□

जब पिता-पुत्र एक ही कक्षा में पढ़े

अटलजी बी.ए. में फर्स्ट डिवीजन से पास हुए थे। उनके पास हिंदी, अंग्रेजी और संस्कृत विषय थे। उस समय ग्वालियर रियासत के महाराजा वाजीराव सिंधिया बी.ए. में प्रथम आनेवाले छात्रों को 75 रुपए प्रतिमाह छात्रवृत्ति दिया करते थे। अटलजी को भी छात्रवृत्ति मिलने लगी थी। उन्होंने अपने घरवालों से अपनी आगे की पढ़ाई डी.ए.वी. कॉलेज कानपुर से करने की इच्छा व्यक्त की। अटलजी के बड़े भाई वहाँ पहले ही कानून की पढ़ाई कर चुके थे। उनके दद्दा वहाँ के शैक्षिक वातावरण की बहुत प्रशंसा किया करते थे। वहाँ शाम को कक्षाएँ लगा करतीं, दिन का उपयोग अन्य कामों के लिए भी किया जा सकता था और अटलजी तो वैसे भी संघ के अनेक कामों में पहले से ही लगे हुए थे।

अटलजी की दिली इच्छा थी कि वे राजनीति विज्ञान से एम.ए. करें और कानून की भी शिक्षा प्राप्त करें। उन दिनों कानपुर के सभी कॉलेज आगरा विश्वविद्यालय से संबद्ध थे और आगरा विश्वविद्यालय में छात्रों को एम.ए. और एल.एल.बी. एक साथ करने की अनुमति प्राप्त थी, किंतु सिर्फ एम.ए. प्रीवियस और एल.एल.बी. प्रीवियस ही साथ किए जा सकते थे, फाइनल किसी एक में ही संभव था। दूसरे का फाइनल ईयर इसके अगले साल किया जा सकता था। अत: अटलजी ने निश्चय किया कि पहले साल तो वे दोनों में एडमिशन ले लेंगे, फिर फाइनल के समय सोचेंगे कि किसे पहले पूरा किया जाए और किसे बाद में।

उन्हीं दिनों की एक दिलचस्प बात है, उस समय उनके पिताजी भी सेवानिवृत्त हो चुके थे। उनके पिताजी ने भी अपना एक निर्णय सुनाया, "अटल! मैं भी तुम्हारे साथ कानून की पढ़ाई करना चाहता हूँ।" सब अवाक् होकर पिताजी को देखने लगे। "अरे! तुम लोग इतने हैरान क्यों हो रहे हो? पढ़ने की कोई उम्र थोड़े ही न होती है। अब तक मैं

नौकरी करता रहा, लेकिन अब तो रिटायर हूँ। मैं भी एल.एल.बी. करूँगा।"

…और पिता-पुत्र कानपुर आ पहुँचे।

सन् 1945 की बात है, उस समय कानपुर डी.ए.वी. कॉलेज के प्राचार्य श्री कालिका प्रसाद भटनागर थे। अटलजी और उनके पिताजी प्राचार्य के दफ्तर पहुँचे। भटनागरजी ने पिताजी की कद-काठी और उम्र से यह अंदाजा लगाया कि शायद वे नौकरी की तलाश में यहाँ आए हैं। सो उनकी तरफ देखते हुए बोले कि अभी कोई रिक्त स्थान नहीं है। यदि होगा तो आपको सूचित कर दिया जाएगा।

तब पिताजी ने स्पष्ट रूप से बताया, "प्राचार्य महोदय, मैं भी आपके कॉलेज में विधि के छात्र के रूप में प्रवेश लेना चाहता हूँ। यदि कोई समस्या न हो तो मुझे भी प्रवेश दें।"

प्राचार्यजी अब पूरी बात समझ गए थे। अटलजी और उनके पिताजी दोनों ने साथ-साथ विधि (लॉ) में प्रवेश ले लिया। इसके साथ-साथ अटलजी ने एम.ए. राजनीति विज्ञान में भी प्रवेश लिया।

इसके बाद भी रोचक घटनाएँ घटीं। एल.एल.बी. में उनका और पिताजी का सेक्शन तक एक था। शुरू-शुरू में तो वे दोनों बड़े उत्साहित रहे। पूरे कॉलेज में एक प्रेरक उदाहरण की तरह देखे जाते रहे। कुछ दिन तक तो पिता-पुत्र कक्षा में साथ-साथ जाते रहे, लेकिन उसके बाद यह क्रम टूट गया। बाद में एक ही कक्षा में साथ-साथ बैठना थोड़ा अटपटा-सा लगने लगा। सबसे अधिक दिक्कत इस बात पर होती थी कि उनके प्रोफेसर उन दोनों से अकसर एक-दूसरे के बारे में पूछा करते। यदि किसी कारण से पिताजी कक्षा में न जा पाते तो अटलजी से पूछा जाता, "अटल! आज आपके पिताजी कहाँ रह गए, कक्षा में आए क्यों नहीं?"

और यदि अटलजी कक्षा में नहीं दिखाई देते तो यही प्रश्न पिताजी से पूछा जाता, "वाजपेयीजी! आज आपके सुपुत्र कहाँ हैं, कक्षा में नजर क्यों नहीं आ रहे?" उस समय बड़ी अजीब स्थिति हो जाती थी। कक्षा के सारे लड़के ठहाका लगाकर हँसने लगते। हद तो तब होती थी, जब कुछ लड़कों के झुंड सिर्फ इस पिता-पुत्र की जोड़ी को एक कक्षा में बैठा देखने भर के लिए वहाँ आते और उन्हें देखकर हँसने लगते। बाद में अटलजी ने इसका हल निकाला और अपना सेक्शन ही बदलवा लिया।

□

त्रिलोकी के लड्डू चुराकर खा जाते

अटलजी के कॉलेज के दिनों की बात है, उनके होस्टल में एक मित्र था, जिसका नाम था त्रिलोकीनाथ। उसके घरवाले उससे बहुत लाड़ करते थे···माँ तो बहुत ही ज्यादा। वह जब भी अपने घर से लौटता तो उसके पास देसी घी के स्वादिष्ट लड्डू हुआ करते। उसकी माँ अपने लल्ला के लिए बहुत वात्सल्य भाव से वे लड्डू बनाया करती थीं। वे अकसर उसके खाने-पीने के लिए अन्य सामान भी भेजती रहती थीं और कदाचित् यह कहती भी होंगी कि वह पढ़ाई-लिखाई के साथ-साथ अपने खाने-पीने का भी खूब ध्यान रखा करे, क्योंकि वह अपने खाने का सामान बड़ी एहतियात से रखता था, लेकिन अटलजी उसके छुपाए हुए सामान को भी खोज निकालते।

जब त्रिलोकी अपने कमरे में नहीं होता, तब अटलजी और गुलाबचंद्र चुपचाप दबे पाँव उसके कमरे में जाते और डिब्बे में से लड्डू निकाल लेते। "अटल गुरु! कितने स्वादिष्ट हैं ये लड्डू! हैं न?"

"हाँ यार गुलाबचंद्र! बहुत ही स्वादिष्ट हैं। त्रिलोकी की अम्मा लड्डू बड़े ही स्वादिष्ट बनाती हैं। चलो गुरु! एक और खाया जाए?"

"और लेंगे तो डिब्बा खाली-खाली-सा लगेगा। त्रिलोकी समझ जाएगा कि किसी ने उसके लड्डू चुराए हैं।"

"अरे छोड़ो न गुरु···तब की तब देखेंगे। अभी तो एक-एक और खाया जाए। तुम्हारी तुम देखो, मुझसे तो नहीं रहा जाता।"

···और ऐसे एक-एककर वे दोनों उसके कई लड्डू खा जाते। जब त्रिलोकी को उन पर शक होता तो वह उनसे लड़ने चला आता। "तुमने हमारे लड्डू खाए? तुम्हारी हिम्मत कैसे हुई?"

वे उसे प्यार से समझाते, "अरे छोड़ो न यार! काहे इतना हल्ला कर रहे हो ···लड्डू ही तो थे।"

"हमारी अम्मा ने कितने प्यार से हमारे लिए बनाए थे और तुम सब खा गए।"

"हाँ यार, तुम्हारी अम्मा लड्डू बहुत ही स्वादिष्ट बनाती हैं, लेकिन तुम चिंता न करो। चलो हम तुम्हें ठंडाई पिलाकर लाएँ।"

"छोड़ो तुम···हमें नहीं पीनी तुम्हारी कोई ठंडाई-वंडाई···हमारे सब लड्डू चुराकर खा गए और अब बातें बना रहे हो।" लेकिन अटलजी उसे मना लेते और अपने साथ बाहर ले जाते। कुछ खा-पी लेने के बात त्रिलोकी का गुस्सा ठंडा पड़ जाता।

समय बीता और उनकी शिक्षा पूरी हुई। परीक्षा परिणाम बोर्ड पर चिपका दिए गए। सभी विद्यार्थी अपना-अपना नतीजा देखने के लिए उत्सुक हो रहे थे। डी.ए.वी. कॉलेज ने चारों उच्च स्थानों पर अपना कब्जा जमाया था। त्रिलोकीनाथ श्रीवास्तव पहले स्थान पर था। दूसरा स्थान अटलजी को मिला था और जी.एस. गहराना तीसरे स्थान पर था। चौथे स्थान पर एक छात्रा ने बाजी मारी थी। अटलजी और त्रिलोकी के बीच मात्र दो अंकों का अंतर था। परिणाम देखने के बाद उसने ठिठोली करते हुए अटलजी से कहा, "अटल गुरु! तुमने खूब मेरे लड्डू चुरा-चुराकर खाए हैं, तभी तो इतना बढ़िया रिजल्ट लाए हो।"

"हाँ त्रिलोकीजी महाराज, सही कहा आपने···ये सब उन लड्डुओं का ही प्रताप है। अच्छा हुआ जो हम आपके लिए भी छोड़ देते थे, वरना कहीं हम सारे ही खा जाते तो आपका क्या होता!"

"हा···हा···हा···तुम्हारी हाजिरजवाबी का भी जवाब नहीं।"

"तो चलो, इसी खुशी में रबड़ी खाई जाए।"

"चलो गुरु!"

···और सभी मित्र हँसते हुए चल दिए।

□

रात-रात भर पहरा दिया

यह घटना तब की है, जब अटलजी कानपुर में रहकर एम.ए. कर रहे थे। उन दिनों देश में सांप्रदायिकता का रंग गहराता जा रहा था। यह सन् 1946 की बात है। मुसलिम सांप्रदायिकता के ऊपर जिन्ना जो पक्का रंग चढ़ा रहे थे, उसके कारण देश में जगह-जगह हिंसा और संघर्ष की स्थिति उत्पन्न हो रही थी। मौका मिलते ही आदमी ही आदमी को पशुओं की तरह काटने पर उतारू था। मुसलिम अपना अलग आजाद मुल्क चाहते थे। उनका तर्क यह था कि हमारा धर्म अलग है, भाषा अलग है, संस्कृति अलग है। ऐसे में हमारा हिंदुस्तान में रहना मुनासिब ही नहीं है, इसलिए हमें अलग मुल्क दिया जाए। इधर नेहरू भी जल्दी-से-जल्दी आजादी चाहते थे, लेकिन गांधीजी किसी भी सूरत में देश का बँटवारा नहीं चाहते थे। "मैं भारत के दो टुकड़े नहीं होने दूँगा। यदि बँटवारा हुआ तो मेरी लाश पर ही होगा।" यह उनका कहना था''लेकिन घटनाक्रम कुछ यूँ बदला कि देश आजाद भी हुआ और देश के दो टुकड़े भी हो गए। भारत दो भागों में बँट गया।

उन दिनों घटनाएँ बहुत तेजी से घट रही थीं। उसी समय की एक घटना है—देश भर में जगह-जगह भारत-विभाजन की हिंसात्मक क्रियाएँ हो रही थीं, ऐसे में कानपुर कैसे इससे अछूता रह जाता। कुछ उपद्रवी लोगों ने कानपुर में भी हिंसात्मक गतिविधियों को अंजाम देने की योजना बनाई। वे हिंसा भड़काना चाहते थे। दोपहर में अटलजी और उनके मित्र अपने छात्रावास में थे, तभी कुछ लोग वहाँ आ पहुँचे और बोले, "हम सभी हिंदू मोहल्ले से आए हैं और हमें पक्की खबर मिली है कि रात को हमारे आसपास के मुसलिम मोहल्लों से कुछ लोग हमारे घरों पर हमला करेंगे।"

सभी लड़के उनकी बात सुनकर सकते में आ गए। अविश्वास या संदेह का तो कोई प्रश्न ही नहीं उठता था, क्योंकि उन दिनों पूरे देश में ऐसा ही वातावरण बना हुआ

था। इस तरह की मारपीट और हिंसा सामान्य बात हो गई थी। एक गुट दूसरे गुट पर घात लगाए रहता था, चूँकि अटल और उनके कुछ मित्र संघ से जुड़े थे और कार्यकर्ता भी थे, इसलिए उन्होंने सुरक्षा के मद्‌देनजर गश्त करने का निर्णय लिया। उन्होंने उन लोगों को ढाढ़स बँधाया और कहा, "आप लोग डरिए मत और सभी निश्चिंत होकर अपने-अपने घर जाइए। हम लोग रात को आपके मोहल्ले में आकर पहरा देंगे। आप सभी रात को निश्चिंत होकर सोइएगा। हम सब सँभाल लेंगे।"

छात्रों ने उन्हें आश्वस्त करके भेज दिया और रात को उनके मोहल्ले में पहरा देने पहुँच गए। उधर दंगाइयों को भी इस बात की खबर लग गई कि डी.ए.वी. कॉलेज के छात्र वहाँ पहरा देने पहुँच चुके हैं। वे सड़क के उस पार से ही उत्तेजक नारे लगाते रहे, लेकिन इस तरफ आने की हिम्मत नहीं कर पा रहे थे। अटलजी ने अपने मित्रों के साथ कई रातों तक वहाँ पहरा दिया और वहाँ के लोगों ने उनका बड़ा उपकार माना, लेकिन इस घटना का एक खमियाजा यह उठाना पड़ा कि वे 14 अगस्त की रात को प्रधानमंत्री जवाहरलाल नेहरू का ऐतिहासिक भाषण नहीं सुन पाए और उस महत्त्वपूर्ण क्षण से वंचित रह गए, लेकिन उन्हें इस बात की तसल्ली हमेशा रही कि उनके और उनके साथियों के कारण कई लोगों के जीवन पर मँडरानेवाला खतरा हमेशा के लिए टल गया था।

□

गांधीजी की हत्या और संघ में गिरफ्तारियाँ

यह घटना तब की है, जब एक दिन एक प्रार्थना सभा में जाने के दौरान अचानक गांधीजी की हत्या कर दी गई। देखते-ही-देखते पूरे देश में खलबली मच गई, लोग हतप्रभ थे। जिस व्यक्ति ने देश को आजाद कराने में अपना समूचा जीवन अर्पित कर दिया था, जो देश का राष्ट्रपिता था, वह अब इस दुनिया से जा चुका था, लेकिन इसका एक दुष्परिणाम यह हुआ कि संघ पर अनेक प्रकार के प्रतिबंध लग गए। शंका व्यक्त की गई कि इसमें संघ की भूमिका है। देश भर में संघ के लोगों को गिरफ्तार किया जाने लगा। श्री दीनदयाल उपाध्यायजी, श्री नानाजी देशमुख आदि को जेल में बंद कर दिया गया। अटलजी ने मौके की नजाकत को देखा और वे भूमिगत हो गए, क्योंकि उन जैसे कुछ लोगों को बाहर रहकर संघ पर लगे इस कलंक को मिटाने का काम करना था। वह बहुत ही कठिन समय था। कांग्रेस के कुछ लोग संघ के लोगों के साथ मतभेद रखते थे। साम्यवादी विचारधारा के प्रति झुकाव रखने के कारण तत्कालीन प्रधानमंत्री पंडित जवाहरलाल नेहरू भी संघ की विचारधारा का विरोध करते थे। नाथूराम गोडसे ने महात्मा गांधी की हत्या की थी और प्रतिबंध संघ पर लगा दिया गया। 'नाथूराम गोडसे संघ का स्वयंसेवक है और गांधीजी की हत्या का षड्यंत्र आर.एस.एस. ने रचा है' यह आरोप लगवाकर कांग्रेस की तत्कालीन सरकार ने राष्ट्रीय स्वयंसेवक संघ पर न केवल प्रतिबंध लगाया, बल्कि देश भर में उससे जुड़े अनेक लोगों को प्रतिबंधक कानून के अंतर्गत गिरफ्तार कर जेल में भी बंद करवा दिया।

नाथूराम गोडसे और संघ के संबंध में स्वयं गोडसे ने अदालत में अपना बयान दिया कि वह किसी समय संघ की शाखा जाया करता था, लेकिन बाद में उसने संघ

छोड़ दिया था। पंडित नेहरू आर.एस.एस. के संबंध में पूर्वग्रह से ग्रसित थे और उन्हें तत्कालीन वामपंथी विचारकों/नेताओं द्वारा लगातार संघ के प्रति भड़काया जा रहा था। कांग्रेस के शीर्ष नेताओं के भड़काऊ भाषणों से देश भर में कांग्रेस के लोग संघ से संबंध रखनेवाले लोगों को प्रताड़ित करने लगे। संघ कार्यालयों पर पथराव हुआ, तोड़-फोड़ हुई और कई जगह आगजनी भी की गई, लेकिन संघ के अनुशासित स्वयंसेवकों ने कोई प्रतिकार नहीं किया। उन्होंने इस हिंसा का सामना शांति से करके यह साबित कर दिया कि संघ एक अहिंसक संगठन है। गांधीजी की हत्या में आर.एस.एस. की भूमिका की पड़ताल करने के लिए तत्कालीन गृहमंत्री सरदार पटेल की निगरानी में देश भर में अनेक गिरफ्तारियाँ, छापेमारी और गवाहियाँ हुईं।

उस समय के सरसंघचालक श्री गुरुजी को दो फरवरी की मध्यरात्रि में गिरफ्तार कर लिया गया। संघ के करीब बीस हजार कार्यकर्ताओं के घरों की भी तलाशी ली गई, लेकिन गांधीजी की हत्या की साजिश में संघ के सहभागी होने का रत्तीभर भी प्रमाण नहीं मिल सका। अपने ऊपर हो रहा अन्याय दूर करने के लिए दूसरा कोई भी मार्ग शेष न रहने के कारण 9 दिसंबर, 1948 से संघ ने सत्याग्रह आरंभ कर दिया। आरंभ में इस सत्याग्रह की बड़ी हँसी उड़ाई गई। कहा गया कि 'हिंसा पर विश्वास रखनेवाले शांतिपूर्ण सत्याग्रह कर ही नहीं सकेंगे' और यह भी कहा गया कि एक-दो हजार लड़के ही इसमें भाग लेंगे, लेकिन सत्याग्रह पूरी तरह से शांतिपूर्ण हुआ। कुछ स्थानों पर पुलिस ने जरूर अत्याचार किए, लेकिन स्वयंसेवकों ने किसी भी तरह से शांति को भंग नहीं किया। इस सत्याग्रह में सत्तर हजार से भी अधिक स्वयंसेवकों ने अपनी गिरफ्तारियाँ दीं।

इस सत्याग्रह ने समाज के अनेक बुद्धिजीवियों का ध्यान अपनी ओर आकृष्ट किया।

☐

पी-एच.डी. करने लखनऊ आए, किंतु संघ में नियुक्त हुए

अटलजी ने एम.ए. कानपुर के डी.ए.वी. कॉलेज से किया था। उस समय दो विषयों से एम.ए. कर सकने की सुविधा थी। प्रीवियस ईयर में दोनों विषय लिये जा सकते थे, लेकिन फाइनल में सिर्फ एक विषय लेने की सुविधा थी, दूसरा विषय तीसरे साल में पूरा करना होता था। अटलजी ने पहले साल में राजनीति और कानून दोनों विषय लिये। दूसरे साल उन्होंने राजनीति में फाइनल किया, किंतु तीसरे साल कानून में फाइनल करने का मन न बना सके और उनकी लॉ की पढ़ाई अधूरी ही रह गई।

वे एम.ए. में प्रथम आए थे और उस समय प्रथम श्रेणी से उत्तीर्ण होनेवाले लगभग सभी छात्र या तो आई.ए.एस. की परीक्षा देते थे या फिर पी-एच.डी. किया करते थे। अटलजी ने भी आगे पी-एच.डी. करने का मन बनाया, क्योंकि वे सिविल सर्विस में नहीं जाना चाहते थे। उनकी रुचि शिक्षा के क्षेत्र में नौकरी करने की थी, वे प्रोफेसर बनना चाहते थे। उन दिनों सिविल सर्विस और प्राध्यापिकी, दोनों ही सम्मानजनक नौकरियाँ मानी जाती थीं। अंततः उन्होंने लखनऊ विश्वविद्यालय से पी-एच.डी. करने का फैसला किया। उस समय लखनऊ विश्वविद्यालय की भी खूब ख्याति थी। यहाँ शिक्षा पाने के लिए देश के कोने-कोने से छात्र-छात्राएँ आया करते थे। यहाँ के राजनीति विभाग के प्रोफेसरों का बहुत नाम था। अटलजी ने अपने घरवालों के साथ इस पर चर्चा की और अपनी आगे की पढ़ाई के लिए लखनऊ जाने का मन बना लिया।

अटलजी आगे के अध्ययन का मन बना चुके थे, तभी उन्हें अपनी नियुक्ति का ऑफर मिला, चूँकि उन्होंने प्रथम श्रेणी से राजनीति विज्ञान में एम.ए. पास किया था और साथ-ही-साथ विश्वविद्यालय में उनका दूसरा स्थान था, इसलिए उनकी नियुक्ति उज्जैन

के माधव कॉलेज में की गई थी, लेकिन अटलजी वहाँ नहीं गए, क्योंकि वे तो ग्वालियर के विक्टोरिया कॉलेज में प्रोफेसर बनने का सपना देखा करते थे।

...लेकिन नियति को तो कुछ और ही मंजूर था, जो कि भविष्य के गर्भ में छिपा हुआ था। अंततः अटलजी पी-एच.डी. करने के उद्देश्य से लखनऊ आ गए, लेकिन यहाँ भी नियति कुछ और ही खेल दिखा रही थी। वे लखनऊ आ तो गए, लेकिन लखनऊ विश्वविद्यालय नहीं पहुँच पाए, बल्कि संघ के कार्यालय में पहुँच गए। दरअसल हुआ यह कि उन्हें एक वर्ष के लिए लखनऊ में संघ के काम से नियुक्त कर दिया गया। उन दिनों संघ का मुख्य कार्यालय चारबाग स्टेशन के पास स्थित था, 6 ए.पी.सेन रोड पर। श्री भाउराव देवरस प्रांत प्रचारक थे। उन्होंने सभी कार्यकर्ताओं की एक बैठक को संबोधित करते हुए बताया कि पूज्य गुरुजी लखनऊ से एक मासिक पत्र निकालना चाहते हैं।

पूज्य गुरुजी को तो बहुत पहले ही आभास हो गया था कि देश के दो टुकड़े हो जाएँगे, लेकिन वे चाहते थे कि ऐसे में देश में नवजागरण हो। हमारे भीतर सांस्कृतिक चेतना जागे। आजाद देश का हर नागरिक देशप्रेम से ओत-प्रोत हो और इसीलिए उनके मन में एक मासिक पत्र के प्रकाशन का विचार पनपा। सभी कार्यकर्ताओं ने इसका स्वागत किया। पंडित दीनदयाल उपाध्यायजी को इस पत्र का कार्यभार सौंपा गया।

□

पत्रकारिता के क्षेत्र में पदार्पण

पं. दीनदयाल उपाध्याय बहुत दूरदर्शी तो थे ही, साथ-ही-साथ गहन चिंतक और श्रेष्ठ लेखक भी थे। वे कुछ भी शुरू करने से पहले बहुत सूझ-बूझ से काम लेते थे। इतनी सब विशेषताओं के बावजूद उन्हें घमंड छू तक न गया था। वे बड़े सहज और सरल स्वभाव के थे, सभी को साथ लेकर चलते थे।

उन्होंने प्रारंभ में एक बैठक बुलाई और सभी स्वयंसेवकों के सामने अपने विचार रखे, "मैं इसे एक ऐसे पत्र के रूप में निकालना चाहता हूँ, जिसे लोग सिर्फ पढ़ने भर के लिए या मनोरंजन के लिए ही न पढ़ें, अपितु अपने गौरवमय अतीत को जानने और वर्तमान की शोचनीय दशा को समझने तथा भविष्य के निर्माण के लिए पढ़ें।" सभी ने उनकी बात का समर्थन किया। सभी उत्साहित थे कि संघ अपनी संस्कृति की रक्षा और भविष्य निर्माण की दिशा में ठोस कदम उठा रहा है। बैठक में इसकी पूरी रूपरेखा तैयार की गई। सबसे पहले यह प्रश्न उठा कि इसका संपादक किसे बनाया जाए? अनेक कर्मठ और योग्य कार्यकर्ता संघ के साथ जुड़े हुए थे। श्री देवरसजी और उपाध्यायजी ने संपादक के लिए अटलजी और राजीव लोचन अग्निहोत्री का नाम प्रस्तावित किया, जिसे सहर्ष स्वीकार कर लिया गया। उनका मत था कि इन दोनों युवाओं की प्रतिभा से संघ तो परिचित है ही, साथ-ही-साथ जनता भी इन्हें जानती है, क्योंकि ये मंचीय कवि भी हैं। अटलजी की कविता 'हिंदू तन-मन, हिंदू जीवन, रग-रग हिंदू मेरा परिचय' संघ के साथ-साथ बाहर भी बहुत चर्चित रही थी। इस कविता ने उन्हें बहुत ख्याति दिलाई थी।

श्री राजीव लोचन अग्निहोत्री भी सुपरिचित व्यक्ति थे। वे संघ-प्रचारक के साथ-साथ शोधकार्य में भी लगे हुए थे। वे संस्कृत के विद्वान् थे और सुंदर कविताएँ भी लिखा करते। उनका गीत 'प्राची के मुख की अरुण ज्योति यह भगवा ध्वज फहरे'

बहुत प्रसिद्ध हुआ था। इस प्रकार अंतिम स्वीकृति मिल जाने पर अटलजी और राजीव लोचन अवैतनिक संपादक द्वय 6 ए.पी.सेन रोड लखनऊ पहुँच गए। ये दोनों युवा अपना जीवन संघ के नाम कर चुके थे। संघ ही उनका परिवार था। वे अपने देश और अपनी संस्कृति के रक्षक के रूप में कार्य करना चाहते थे। एक साधारण-सी नौकरी और घर-परिवार उनका सपना नहीं था।

□

ईंटों का तकिया लगाकर सो गए

अटलजी के पत्रकारिता के दिनों की एक दिलचस्प घटना है—वे, राजीव लोचनजी और दीनदयालजी अकसर रात भर काम किया करते थे। यही उन लोगोंकीका प्रेस थी, यही कार्यालय था और यही उनका घर भी बन चुका था। वे लोग रात भर काम करते थे, इसलिए दिन में समय बाँधकर बारी-बारी से कुछ देर की नींद ले लिया करते। उनके दफ्तर में चटाइयाँ रखी रहती थीं।

एक दोपहर अटलजी और दीनदयालजी जमीन पर चटाई बिछाकर लेट गए। वहीं सिराहने कुछ ईंटें रखी हुई थीं। उन दोनों ने नींद में उन्हीं ईंटों को तकिए की तरह अपने सिर के नीचे लगा लिया। उस समय भारत प्रेस के हिसाब-किताब का काम श्री राधेश्याम कपूरजी देखा करते थे। वैसे तो उनकी अमीनाबाद में अपनी दुकान भी थी, लेकिन वे उसमें कम ही बैठते, क्योंकि उनका दिल तो भारत प्रेस में ही लगा रहता था।...तो अचानक वे आ गए और दोनों को ऐसे सोता देख द्रवित हो उठे, जबकि सच तो यह है कि अटलजी और दीनदयालजी को किसी भी प्रकार का कोई कष्ट महसूस ही नहीं हुआ था, वे दोनों तो थकान के बाद की नींद का आनंद ले रहे थे। बाद में तो यह अकसर ही होने लगा। कोई भी सोता तो उन्हीं ईंटों का तकिया लगा लेता।

□

'राष्ट्रधर्म' समाचार-पत्र से जुड़े

यह घटना तब की है, जब दीनदयालजी, अटलजी और राजीव लोचनजी ने मासिक-पत्र निकालने की योजना तैयार कर ली थी। वे लोग इस पत्र का नाम सोचने लगे। अनेक लोगों ने अनेक नाम सुझाए। उन्हीं लोगों के बीच देहरादून के रहनेवाले एक स्वयंसेवक थे, जो कि उस समय लखनऊ विश्वविद्यालय में पढ़ रहे थे, उन्होंने एक बहुत ही प्रभावशाली नाम सुझाया—राष्ट्रधर्म। सबने जैसे ही इस नाम को सुना, तुरंत एकसाथ इस पर अपनी स्वीकृति दे दी। इस समाचार-पत्र के लिए संपादक के रूप में अटलजी और राजीव लोचनजी को चुना गया था।

अब तक चार बातें तय हो चुकी थीं। पहली यह कि इस पत्र के मैनेजिंग डायरेक्टर उपाध्यायजी होंगे, दूसरी यह कि पत्रिका मासिक निकाली जाएगी, तीसरी यह कि संपादक अटल और राजीव लोचन होंगे तथा चौथी यह कि पत्रिका का नाम 'राष्ट्रधर्म' रखा जाएगा। अब इस पत्र के प्रकाशक का चयन शुरू किया गया। पंडित दीनदयालजी ने लखनऊ के ही एक प्रतिष्ठित नागरिक और स्वयंसेवक श्री राधेश्याम कपूर का नाम प्रस्तावित किया। जब कपूर साहब से उनकी इच्छा पूछी गई तो वे भी सहर्ष राजी हो गए। दरअसल उस समय ऐसे ही लोगों की आवश्यकता थी, जो नफे-नुकसान का हिसाब न रखें, बल्कि समाज और राष्ट्रहित में अपने सामर्थ्य के अनुसार योगदान देने को तत्पर रहें।

अब बारी थी इस पत्र के लिए पत्रक तैयार करने की। इसके लिए पंडित दीनदयालजी ने हरदोई निवासी स्वयंसेवक श्री चंद्रपाल सिंह से संपर्क किया। श्री चंद्रपालजी उस समय कॉलेज के प्राचार्य पद पर थे। वे हिंदी के प्रसिद्ध विद्वान् भी थे। दीनदयालजी ने उनसे कहा कि आप एक ऐसा पत्रक तैयार कीजिए, जिसमें राष्ट्रधर्म के उद्देश्यों की स्पष्ट चर्चा हो। श्री चंद्रपालजी ने उनकी आशा के अनुरूप सुस्पष्ट और प्रभावी पत्रक तैयार कर दिया।

सभी काम बड़े ही सुचारु रूप से होते जा रहे थे। अब राष्ट्रधर्म को डिजाइन किया जाना शेष था। इस कार्य में कला महाविद्यालय में पढ़नेवाले स्वयंसेवक शांतिदेव की सहायता ली गई। उन्होंने अपनी कलात्मक रुचि के अनुसार बहुत ही आकर्षक डिजाइन तैयार किया, जो कि उपाध्यायजी को बेहद पसंद आया। अब राष्ट्रधर्म के लिए ग्राहक जुटाने का महत्त्वपूर्ण काम किया जाने लगा, क्योंकि यदि ग्राहक ही नहीं होंगे तो माल खरीदेगा कौन और दूसरे अंक के लिए पैसों की व्यवस्था कहाँ से हो पाएगी? इस पत्र का वार्षिक शुल्क दस रुपए, अर्धवार्षिक शुल्क छह रुपए और प्रत्येक अंक का मूल्य बारह आने, यानी कि पचहत्तर पैसे मात्र रखा गया। इसके लिए सभी ने जिम्मेदारी ली।

ग्राहक बनाए जाने लगे। अग्रिम राशि भी काफी आ गई। इसकी व्यवस्था देखने का काम श्री बजरंग तिवारी को सौंपा गया। इसका कार्यालय अमीनाबाद की मारवाड़ी गली में एक छोटे से कमरे में खोला गया। यह कमरा संघ के एक समर्पित कार्यकर्ता श्री कृष्ण गोपाल कलंत्री का था। उन्होंने अपने घर के पासवाले मंदिर के बगलवाला कमरा इस काम के लिए खोल दिया था। उन्होंने यह कमरा हमें नि:शुल्क दिया था; यहाँ तक कि उन्होंने कमरे में एक चटाई, चादर, एक छोटी सी मुनीमी डेस्क, कुछ कागज, कुछ कलमें, दवात आदि सामान भी रखवा दिया था और इस प्रकार से 'राष्ट्रधर्म' का कार्यालय शुरू हो गया। कलंत्रीजी ने कुछ समय तक तो ग्राहकों द्वारा आए शुल्क को सँभालने का काम किया, लेकिन बाद में पंडित दीनदयालजी ने अमीनाबाद में स्थित सेंट्रल बैंक में खाता खोल लिया और फिर पैसा वहीं जमा किया जाने लगा।

अब तक राष्ट्रधर्म की पूरी टीम तैयार हो चुकी थी। सभी काम बखूबी अंजाम दिए जा रहे थे। बस एक ही आवश्यक काम बाकी रह गया था और वह था, इसका घोषणा-पत्र तैयार करवाना। इसके लिए अवध प्रिंटिंग वर्क्स के मालिक श्री राजेश्वर भार्गवजी से बात की गई और वे सहर्ष तैयार हो गए। पत्र के प्रकाशक श्री राधेश्याम कपूर के पास पुलिस का दारोगा पूछताछ करने पहुँचा। श्री राधेश्याम कपूर ने बहुत ही समझदारी से उससे बातचीत की। उन्होंने उस दारोगा से कहा, "मेरा परिवार काफी बड़ा है और मेरी कपड़े की दुकान से इतनी आमदनी नहीं होती कि घर ठीक से चल सके। इसलिए मैंने अपने काम को और बढ़ाने का विचार बनाया। यह काम मैंने इसलिए शुरू किया, ताकि मेरे परिवार का खर्चा ठीक से चलता रहे।" दारोगा उनके जवाब से संतुष्ट हो गया और उसने अपनी सकारात्मक रिपोर्ट लिखी। इस प्रकार इसका घोषणा-पत्र भी स्वीकार हो गया और इस प्रकार 'राष्ट्रधर्म' के प्रकाशन की तैयारी शुरू हो गई।

□

पढ़ाई और संघ का काम साथ-साथ

डी.ए.वी. कॉलेज के प्रसिद्ध आचार्य डॉ. मुंशीराम शर्मा 'सोम' देश के प्रतिष्ठित हिंदी विद्वान् थे। कॉलेज के साहित्यिक कार्यक्रमों के प्रभारी सोम सर ही हुआ करते थे। वे अटलजी से बहुत स्नेह रखते थे। वे उन्हें शहर के बाहर होनेवाली अनेक वाद-विवाद प्रतियोगिताओं में पूरे विश्वास के साथ भेजा करते। उन दिनों डी.ए.वी. कॉलेज की गिनती आगरा विश्वविद्यालय के श्रेष्ठ कॉलेजों में होती थी। यहाँ बहुत अच्छे-अच्छे प्रोफेसर कार्यरत थे। हिंदी विभाग में डॉ. मुंशीराम शर्मा, अंग्रेजी विभाग में प्रो. शारदाप्रसाद सक्सेना, अर्थशास्त्र में डॉ. महेंद्र प्रताप माथुर थे। लॉ डिपार्टमेंट में प्रो. निवासचंद, प्रो. देवेंद्र स्वरूप, प्रो. शाह बशीर आलम और प्रो. गणेश प्रसाद थे। अच्छी पढ़ाई होने के कारण यहाँ छात्र भी बहुत दूर-दूर के शहरों से पढ़ने आते थे। यहाँ का माहौल बहुत ही अच्छा था। कक्षाएँ खूब बड़ी-बड़ी थीं और कैंपस में खूब दूर-दूर तक हरियाली फैली रहती थी। चाहे जहाँ बैठो, चाहे जहाँ पढ़ो। हॉस्टल का मेस भी खूब साफ-सुथरा होता। बड़ा ही स्वादिष्ट खाना बना करता था।

अटलजी राजनीति विज्ञान और वकालत एक साथ पढ़ रहे थे। कुछ समय तक तो वे एल.एल.बी. की कक्षा में जाते रहे, लेकिन बाद में उन्होंने वहाँ जाना कम कर दिया। दरअसल वे संघ की गतिविधियों में बहुत व्यस्त रहने लगे थे, लेकिन फिर भी वे अपनी पढ़ाई हमेशा पूरी रखते थे। राजनीति विज्ञान में एम.ए. में पढ़ानेवाले तीन प्रोफेसर थे—श्री एस.एन.वर्मा, श्री मदन मोहन पांडेय और श्री के.के.प्रधान। हमारे सभी प्रोफेसर बहुत अच्छा पढ़ाते थे। वर्मा सर अमेरिका से पढ़कर लौटे थे। प्रधान सर बहुत मेहनत से पढ़ाते और बच्चों को नोट्स भी देते।

पांडेय सर छात्रों के बीच बहुत लोकप्रिय थे। वे सभी से खूब घुलते-मिलते थे। सबकी समस्याओं को हल करते थे। वे उन्हें एक्स्ट्रा क्लास भी देते थे। वे अकसर कहते

कि मैं अपने विद्यार्थियों को स्कॉलर देखना चाहता हूँ। वे पी.पी.एन. रोड पर रहा करते थे। अटलजी अकसर उनके घर जाकर भी उनकी मदद माँग लिया करते और वे हमेशा उन्हें स्नेहपूर्वक पढ़ाते थे। उनकी पत्नी भी बहुत स्नेही थीं। अटलजी जब भी सर के घर जाते और यदि वे घर पर न मिलते तो वहीं बाहर बरामदे में पड़ी चटाई पर आसन जमा लेते और मैडम से कोई पुस्तक लेकर पढ़ते रहते। जब सर आते तो अटलजी को वहाँ बैठकर पढ़ते देख प्रसन्न हो उठते और कहते, "तुम्हारी यही आदत मुझे बहुत अच्छी लगती है अटल! तुम कभी भी अपना समय जाया नहीं करते हो, हर समय कोई-न-कोई काम करते ही रहते हो। यह आदत तुम्हें एक दिन कामयाब इनसान बनाएगी। तुम्हारे अंदर समय की पाबंदी के साथ-साथ विषय को ग्रहण करने और संबंधित विषय को तुलनात्मक ढंग से समझने की भी अद्‌भुत क्षमता है। यह क्षमता सभी में नहीं होती अटल!"

दरअसल अटलजी पांडेय सर की बातों को बहुत ध्यान से सुना करते थे और अपनी तरफ से पूरी कोशिश करते थे कि उनकी सभी अपेक्षाओं पर खरे उतरें। वे उनसे अनेक महत्त्वपूर्ण विषयों पर चर्चा किया करते। जो भी कठिनाई आती, उसे उनके घर जाकर समझ लेते, यहाँ तक कि वे उनसे अनेक पुस्तकें भी माँगकर ले आते, जिन्हें पढ़ने के बाद ज्यों-की-त्यों लौटाना कभी नहीं भूलते थे। अकसर ऐसा भी होता कि सर के भोजन का समय हो जाता और ऐसे में अकसर उनकी पत्नी अटलजी को भी बहुत स्नेह से भोजन करातीं। अटलजी को उनके परिवार में बेटे के समान स्नेह प्राप्त था।

अटलजी के सहपाठी राममोहन सिंह, जी.एस. गहराना और मोहन आदि थे। मोहन तो संघ के कार्यकर्ता भी थे। एक बार की बात है, सभी क्लास में पढ़ रहे थे, तभी अटलजी को संघ का एक काम याद आ गया और वैसे भी पांडेय सर, जो टॉपिक पढ़ा रहे थे, उसे वे पहले ही पढ़ चुके थे। अटलजी ने राममोहन के कान में फुसफुसाकर कहा कि मैं क्लास से जाना चाहता हूँ। शाखा में जाना है। सर जिस टॉपिक को पढ़ा रहे हैं, वह मैं पहले ही पढ़ चुका हूँ। इस पर साथ ही बैठे मोहन ने भी साथ चलने के लिए कहा, क्योंकि उन्हें भी उस दिन शाखा में काम था। राममोहन ने दोनों को घूरा और बोले, "चुपचाप पढ़ो।"…लेकिन जैसे ही सर बोर्ड पर कुछ लिखने के लिए पलटे, अटलजी धीरे से झुके और पीछेवाले दरवाजे से क्लास से बाहर निकल गए। उनके पीछे-पीछे मोहन भी कक्षा से बाहर। राममोहन उन्हें अब भी गुस्से से घूर रहे थे, लेकिन अटलजी उन्हें देखकर मुसकरा दिए। किसी भी लड़के ने उन्हें कक्षा से बाहर निकलते देख शोर नहीं मचाया, लेकिन तभी अचानक सर की आवाज आई, "अरे राममोहन! अटल कहाँ गया? अभी तो वो तुम्हारे बगल में ही बैठा था! और मोहन भी नजर नहीं आ रहा!"

"जी-जी सर…वो…वो…"

"अरे क्या जी-जी वो-वो कर रहे हो? खैर, कोई बात नहीं, जाने दो। उसे कोई जरूरी काम याद आ गया होगा''उसने यह टॉपिक तैयार कर लिया होगा। मुझसे ही तो किताब लेकर गया था उस दिन।"

सर के मुँह से अपना नाम सुनकर अटलजी डरकर वहीं दीवार की ओट में खड़े हो गए, लेकिन जब उन्होंने यह बात कही, तब उनकी जान-में-जान आई और वे संघ के काम के लिए निश्चिंत होकर निकल गए।

□

'राष्ट्रधर्म' के पहले अंक की तैयारी

यह तब की बात है, जब 'राष्ट्रधर्म' मासिक के पहले अंक की तैयारी चल रही थी। बैठक बुलाई गई और उसमें यह तय किया गया कि छियानबे पृष्ठों का पत्र निकाला जाएगा। अटलजी ने उपाध्यायजी से अनुरोध किया कि इसके प्रत्येक अंक के लिए 'बिंदु-बिंदु विचार' शीर्षक से वे संपादकीय लिखें। उपाध्यायजी इसके लिए राजी नहीं हो रहे थे, उनका कहना था कि "संपादक तो तुम और राजीव लोचन हो। वह तो तुम दोनों को ही लिखना चाहिए।"

लेकिन अटलजी अड़ गए कि "आपको एक पृष्ठ तो लिखना ही पड़ेगा।"

"अच्छा, पहले शुरू तो करो।" दीनदयालजी ने फिलहाल बात को टालने के लिए कहा, लेकिन बाद में अटलजी उनसे 'बिंदु-बिंदु विचार' नाम से संपादकीय लिखवाकर ही माने।

अब इस पत्र के लिए सामग्री (लेख आदि) मँगवाने का काम शुरू किया गया। देश के उच्चकोटि के विद्वानों, कवियों, संस्कृति-प्रेमियों से संपर्क किया गया। उन्होंने भी अपनी सामग्री भेजनी प्रारंभ कर दी। जब प्रवेशांक की बात उठी तो भाउराव देवरसजी ने अपना सुझाव दिया कि इसके प्रवेशांक में प्रथम पृष्ठ पर अटलजी की कविता 'हिंदू तन-मन, हिंदू जीवन…' छापी जाए, लेकिन अटलजी को यह सुझाव कुछ ठीक नहीं लगा। उनका कहना था कि "मैं ही इसके संपादक मंडल में हूँ और मेरी ही कविता प्रवेशांक में छपे और वो भी प्रथम पृष्ठ पर…यह कतई ठीक नहीं लगेगा। इससे लोगों के बीच आत्ममुग्धता का संदेश जाएगा।" लेकिन दीनदयालजी भी देवरसजी के ही सुझाव के साथ थे। जब अटलजी ने देखा कि कोई चारा नहीं है तो उन्होंने अपनी कविता को अंदर के पृष्ठों में छापने की बात रखी, लेकिन उनकी एक न चली और अंततः यह तय हुआ कि वह कविता प्रथम पृष्ठ पर ही एक उपयुक्त चित्र के साथ छापी जाएगी।

सभी लोग दिन-रात बड़े ही परिश्रम से प्रथम अंक की तैयारी में जुटे हुए थे। एक-एक सामग्री बहुत सजगता से चुन रहे थे, बारीक-से-बारीक त्रुटि पर भी अपनी पैनी नजर बनाए रखते थे। जब सारा मैटर तैयार हो गया तो उसे प्रेस मालिक श्री राजेश्वर भार्गवजी को सौंप दिया। छपाई का काम शुरू करने से पहले भार्गवजी ने पूछा कि इसकी कितनी प्रतियाँ छपेंगी? अटलजी ने उन्हें तीन हजार प्रतियाँ छापने के लिए कहा। भार्गवजी 'तीन हजार' सुनकर अचंभित हो उठे और उन्होंने दोबारा पूछा, लेकिन जब दूसरी बार भी वही संख्या बताई तो वे बोले, "देख लीजिए, कहीं अधिक न छप जाएँ, क्योंकि मासिक पत्रिकाओं की बिक्री पाँच-छह सौ प्रतियों से अधिक नहीं हो पाती है। आप एक बार फिर अच्छी तरह से सोच लीजिए, क्योंकि कहीं ऐसा न हो कि हम दूसरा अंक निकाल ही न सकें।"

"आप चिंता न करें भार्गवजी! निश्चिंत होकर छापें। इतने ग्राहकों ने तो पूरे वर्ष का ही चंदा एडवांस में भेज दिया है। दूसरा अंक तो इससे भी अधिक प्रतियों का निकलेगा।" अटलजी ने आत्मविश्वास के साथ मुसकराते हुए कहा।

भार्गवजी यह बात जानकर खुश हो गए। उनका तो लाभ ही था। प्रेस में तीस हजार प्रतियों के लिए कागज पहुँचा दिया गया। छपाई का काम शुरू हो गया।

□

प्रथम अंक के कार्टून पर मशीनमैन की नाराजगी

यह घटना तब की है, जब 'राष्ट्रधर्म' के प्रथम अंक की छपाई का काम जोर-शोर से चल रहा था। अटलजी और राजीव लोचन एक-एक फार्म की छपाई पर अपनी नजर बनाए हुए थे, ताकि कहीं कोई गलती न होने पाए। तभी अचानक एक मशीनमैन ने हल्ला मचा दिया।

उसने बड़ी नाराजगी से कहा, "मैं तो इसे नहीं छापूँगा।" वह अड़ गया कि पहले इस कार्टून को हटाया जाए।

दरअसल इस अंक में एक कार्टून छप रहा था, जिसमें खीर पकाने का दृश्य था। एक बुढ़िया को कांग्रेस के प्रतीक के रूप में दिखाया गया था। वह अँगीठी पर कढ़ाई में खीर पका रही थी। उसने अँगीठी को जलाने के लिए चरखे को आग में जला दिया था। यहाँ चरखा अखंडता का प्रतीक था। एक कुत्ता आकर अपनी चीभ से खीर चाट रहा था, जो कि मुसलिम लीग का प्रतीक था। वह बुढ़िया मजे से ढोल बजाने में लगी हुई थी। इस कार्टून के नीचे अमीर खुसरो की पंक्तियाँ लिखी थीं—

खीर पकाई जतन से, चरखा दिया चलाय।
आया कुत्ता खा गया, तू बैठी ढोल बजाय॥

यह कार्टून ग्वालियर के श्री हरिमोहन ने बनाया था। इसी को देखकर मुसलिम मशीनमैन भड़क उठा था और उसने पत्र न छापने की जिद पकड़ ली थी। उसने साफ कहा कि इस कार्टून में इसलाम की बेइज्जती की गई है, इसलिए मैं तो इसे कतई नहीं छापूँगा। देखते-ही-देखते प्रेस के कुछ हिंदू कर्मचारी भी भड़क उठे और मामला गरमाहट पकड़ने लगा, किंतु राजीव लोचन ने तुरंत अपनी सूझ-बूझ का परिचय दिया और इससे

पहले कि मामला और बिगड़े, उन्होंने सभी के साथ बैठकर बातचीत की और उन्हें समझाया। उनकी समझदारी से यह मामला शांत हुआ और फिर छपाई शुरू हो सकी।

यह छोटी सी घटना हुई तो प्रेस में थी, लेकिन बाहर भी इसकी खूब चर्चा हुई, विशेषकर बुद्धिजीवियों के बीच। इसका प्रभाव यह पड़ा कि यह अंक और भी चर्चित और लोकप्रिय हो गया। लोग इसके आने का बेसब्री से इंतजार करने लगे।

□

जब 'राष्ट्रधर्म' के पहले ही अंक की और प्रतियाँ छापनी पड़ीं

अटलजी स्मरण करते हुए बताते थे कि "'राष्ट्रधर्म' का पहला अंक श्रावणी संवत् 2004 में तैयार होकर आया था। हम लोगों ने इसके पहले ही अंक की पाँच हजार प्रतियाँ छापी थीं। जैसे-जैसे 'राष्ट्रधर्म' लोगों के पास पहुँचा, हमें उनकी प्रतिक्रियाएँ मिलनी शुरू हो गईं। साहित्यिक और सांस्कृतिक क्षेत्र के बुद्धिजीवियों ने इस पत्रिका को खूब सराहा और यह पत्रिका उनके बीच चर्चा का विषय बन गई, यहाँ तक कि कई जगहों से तो इस अंक की और माँग आ गई। जब यह बात भार्गवजी को बताई गई तो वे आश्चर्य के साथ-साथ प्रसन्नता से भर उठे। उन्होंने तुरंत सामग्री उपलब्ध कराई और इस अंक की पाँच सौ प्रतियाँ और छापी गईं। ये प्रतियाँ भी ग्राहकों तक बिना देरी किए पहुँचा दी गईं। सभी लोग पंडित दीनदयालजी, देवरसजी, राजीव लोचनजी और मुझे बधाइयाँ देने लगे। हम लोगों ने वाकई में इस अंक के लिए दिन-रात एक कर दिए थे। इस अंक की सभी जगह अत्यंत प्रशंसा हुई। हम जहाँ भी जाते, हमारे साथ बस इसी बात की चर्चा की जाती।"

एक ओर तो लोगों ने इसका हृदय से स्वागत किया, लेकिन दूसरी ओर इस अंक को देखकर कुछ लोगों को बड़ा कष्ट हुआ। कुछ लोग, जिन्हें अब तक यही भ्रम था कि संघवाले तो सिर्फ शाखा ही लगाते हैं। इन्हें लाठी भाँजना, कबड्डी खेलना और एक-आध सांस्कृतिक कार्यक्रम करने में ही दिलचस्पी रहती है। संघ के बारे में ऐसे विचार रखनेवाले लोगों की आँखें खुली-की-खुली रह गईं। इस अंक को देखकर उनका सारा भ्रम टूट गया, लेकिन जब उन्हें यह पता चला कि 'राष्ट्रधर्म' की तीन हजार प्रतियाँ तो हाथोहाथ बिक गई हैं, बल्कि पाँच सौ प्रतियाँ और छापी गई हैं तो उनके होश उड़ गए,

क्योंकि अब तक वे लोग यही सोचते थे कि वे ही लेखन कर सकते हैं और किसी भी पत्र की अधिक से अधिक प्रतियाँ उनके होलटाइमर्स ही फुटपाथ पर बेच सकते हैं।

'राष्ट्रधर्म' के इस प्रथम अंक ने सभी के आत्मविश्वास को बढ़ा दिया था। संपादक मंडल और अन्य सहयोगी मित्र बहुत उत्साहित थे। दरअसल यह अंक सभी की लगन और परिश्रम का ही प्रतिफल था। अब इसके दूसरे अंक में भी अपनी प्रतिभा का लोहा मनवाने का समय आ गया था।

□

'राष्ट्रधर्म' का दूसरा अंक

अटलजी और उनकी पूरी टीम 'राष्ट्रधर्म' के पहले अंक की सफलता से बहुत उत्साहित थे। दूसरा अंक भी बहुत शानदार निकले, यह अब किसी चुनौती से कम नहीं था। सभी दूसरे अंक की तैयारी में जुट गए। उत्तम से उत्तम सामग्री छाँटने लगे। इस अंक के कवर पर सिंहगढ़ का चित्र छापने का निर्णय लिया गया। इस चित्र के नीचे लिखा गया—'न दैन्यं न पलायनम्'। इस अंक के लिए भी प्रभावी कार्टून देने के विचार से अनेक कार्टूनों पर चर्चा हुई। अंतत: जो कार्टून दिया गया, उसमें दिखाया गया था कि गांधीजी गणेशजी का चित्र बना रहे हैं, लेकिन वह चित्र एक वानर का बन गया है। इसका भाव यह था कि हम सबने मिलकर जिस पूर्ण स्वराज की कल्पना की थी, वह पूरी न हो सकी और भारत के दो टुकड़े हो गए। इस कार्टून के नीचे लिखा गया था—'विनायकं प्रकुर्वाणी रचयामास वानरम्'। बाद में इस कार्टून की भी बहुत चर्चा हुई। अनेक प्रतिक्रियाएँ प्राप्त हुईं। 'राष्ट्रधर्म' का यह दूसरा अंक भी अवध प्रिंटिंग वर्क्स में ही छपा। इस अंक की आठ हजार प्रतियाँ छापी गईं। अटलजी के हठ के कारण इसका संपादकीय भी उपाध्यायजी को ही लिखना पड़ा।

दूसरे अंक को भी पाठकों का भरपूर स्नेह मिला। उनकी प्रतिक्रियाएँ पहुँचने लगीं। हर एक पाठक की प्रतिक्रिया कुछ नया करने की प्रेरणा देती और नवीन विचारों से भर देती। इसी बीच उन्होंने एक विजयादशमी विशेषांक भी निकाला। इसमें विषयानुकूल सामग्री डाली गई।

'राष्ट्रधर्म' का अगला अंक संयुक्तांक निकालने का निर्णय लिया गया, यानी अंक 3 और अंक 4 एक साथ। इस अंक की बारह हजार प्रतियाँ निकालने का विचार बनाया गया तथा इसके हर अंक का मूल्य एक रुपया और बारह आना रखने पर सहमति बनी। इस अंक के कार्टून में दिखाया गया कि चर्चिल शिवजी की तरह बैठे सिगार पी रहे हैं

और सामने दस सिर वाले जिन्ना अपने दोनों हाथ जोड़कर खड़े प्रार्थना कर रहे हैं। इस कार्टून के नीचे लिखा था—'वर पाए कीन्हें सब काजा'। संपादकीय लेख इस बार भी उपाध्यायजी का ही गया।

'राष्ट्रधर्म' लगातार सभी का स्नेह प्राप्त कर रहा था। अब तक यह सभी का पसंदीदा पत्र बन गया था।

□

‘पाञ्चजन्य’ का संपादन

संघ की ओर से ‘राष्ट्रधर्म’ मासिक पत्र शुरू किया गया था। इस पत्र को पाठकों का अपार स्नेह मिल रहा था। दिनोदिन मिलनेवाली उनकी प्रतिक्रियाएँ सभी को उत्साहित कर रही थीं। इसी उत्साह में एक दिन दीनदयालजी ने एक प्रस्ताव रखा कि “क्यों न हम एक साप्ताहिक भी प्रकाशित करें?” सभी को उनका यह प्रस्ताव बहुत अच्छा लगा। अब उसके लिए भी संपादक का चुनाव और बाकी अन्य व्यवस्थाएँ करनी थीं। सामग्री की चिंता तो थी नहीं, क्योंकि मशीन, प्रेस, कागज आदि तो पहले से ही था। सबने मिलकर इस साप्ताहिक पत्र का नाम ‘पाञ्चजन्य’ रखा। तय हुआ कि इसका संपादन अटलजी करेंगे। राजीव लोचन ‘राष्ट्रधर्म’ को स्वतंत्र रूप से सँभालेंगे।

इस प्रकार अटलजी के संपादन में एक साप्ताहिक पत्र शुरू हुआ ‘पाञ्चजन्य’। इसका पहला अंक पौष शुक्ल 3 संवत् 2004 को निकला। इसका प्रकाशन भी भारत प्रेस से ही हुआ। जैसा कि अनुमान था, पाठकों ने इस साप्ताहिक का खुलकर स्वागत किया। इसने अपना पाठक वर्ग बनाना प्रारंभ कर दिया। संघ के कई विरोधी भी थे। उन्हें इन दोनों पत्रों की प्रसिद्धि चुभने लगी थी।

...खैर, इसी दौरान एक अनहोनी घटना घट गई, गांधीजी की हत्या हो गई। कांग्रेस को संघ की ये दोनों पत्रिकाएँ पहले से ही नहीं सुहा रही थीं। ऐसे में गांधीजी की हत्या हो जाने से देश का माहौल बेहद खराब हो गया और संघ पर भी प्रतिबंध लगा दिया गया। इस प्रतिबंध का यह दुष्परिणाम हुआ कि भारत प्रेस पर भी सरकारी ताला लग गया। □

जब फटे कुरते में भाषण देने पहुँचे

यह घटना तब की है, जब एक समारोह को संबोधित करने के लिए अटलजी का बंबई जाना हुआ। वे पहली बार बंबई जा रहे थे और वह भी बंबई की जनता के बीच एक समारोह में भाषण देने के लिए। वे देहरादून एक्सप्रेस से बंबई सेंट्रल पर उतरे तो आश्चर्य से प्लेटफॉर्म के इधर-उधर देखने लगे। काफी बड़ा प्लेटफॉर्म था। इतने में एक गोरे-चिट्टे, हट्टे-कट्टे पंजाबी व्यक्ति ने उनके नजदीक आकर पूछा, "त्वाडा नाम अटल बिहारी है?"

अटलजी ने उन्हें हाथ जोड़कर नमस्कार किया और बताया कि हाँ! मुझे दिल्ली से जनसंघ के अध्यक्ष दीनदयालजी ने भेजा है। अटलजी ने निक्कर और शर्ट पहन रखी थी, कंधे पर एक थैला था। ये पंजाबी व्यक्ति बख्शीजी थे, जो कि बंबई में स्थापित भारतीय जनसंघ के सर्वेसर्वा थे। वे अटलजी की तरफ देखकर बोले, "चलो।"

अटलजी उनके पीछे-पीछे चल दिए। वे उन्हें अपनी कार में बैठाकर अपने निवास पर ले गए। उनका घर सांताक्रूज में था। अटलजी रास्ते भर बंबई की चकाचौंध, वहाँ की डबल डेकर बसें, सरपट दौड़ती गाड़ियाँ, ऊँची-ऊँची इमारतें आदि देखते रहे। उस समय बंबई में जनसंघ की नई-नई स्थापना हुई थी और उन्हें वहाँ दीनदयाल उपाध्यायजी ने जनसंघ के प्रचार के लिए सार्वजनिक भाषण देने भेजा था। कदाचित् बख्शीजी उनकी कम आयु और उनकी चुँधियाती आँखों को देखकर असमंजस में थे कि यह युवक मुंबई की जनता के सम्मुख सार्वजनिक भाषण दे भी पाएगा या नहीं!

…खैर, वे अटलजी को अपने घर ले गए। घर पहुँचते ही अटलजी ने अपनी जेब से दो रुपए का एक नोट निकाला और बख्शीजी को देते हुए कहा, "जब मैं दिल्ली से चला था, तब ये रुपए मुझे उपाध्यायजी ने दिए थे।"

बख्शीजी ने हैरान होते हुए पूछा, "अरे! तुमने इतने लंबे सफर के दौरान कुछ भी नहीं खाया?"

फिर उन्होंने अटलजी को अपने साथ भोजन कराया और थोड़ा आराम करने के लिए कहा, क्योंकि उसी शाम बंबई के विलेपार्ले में अटलजी का भाषण होना था।

शाम को जब अटलजी तैयार हुए तो बख्शीजी की निगाह उनके कुरते पर पड़ी, कुरता आस्तीन से फटा हुआ था। बख्शीजी ने अटलजी से वह कुरता बदल लेने की सलाह दी। अटलजी ने तुरंत अपने झोले से दूसरा कुरता निकालकर पहन लिया, लेकिन वह भी गरदन के पास से फटा हुआ था।

तभी उन्होंने देखा कि बख्शीजी प्रश्न भरी दृष्टि से उनकी ओर देख रहे हैं। अब उन्होंने तुरंत अपनी जैकेट निकालते हुए कहा, "इसे पहन लूँगा तो फटा कुरता नजर नहीं आएगा।"

"गरमी में जैकेट पहनोगे! लोग हँसेंगे।"

"वे नहीं हँसेंगे...वे लोग मुझे सुनने आ रहे हैं...और बस मुझे ही सुनेंगे।" अटलजी ने आत्मविश्वास से भरकर कहा, लेकिन बख्शीजी की आँखें साफ बता रही थीं कि वे दुविधा में थे। उन्हें लग रहा था कि उपाध्यायजी ने एक छोटी उम्र के सीधे-सादे लड़के को बंबई जैसी बड़ी जगह पर सार्वजनिक भाषण देने के लिए क्या सोचकर भेज दिया!

खैर, वे दोनों घर से निकले। अटलजी का यह भाषण तिलक भवन में रखा गया था। अटलजी ने जैसे ही बोलना शुरू किया कि थोड़ी ही देर में ऐसा लगने लगा, मानो बंबई ठहर गई हो...पूरा हॉल तालियों की गड़गड़ाहट से गूँज उठा। उन्होंने अपने भाषण में कहीं-कहीं पर मराठी भाषा का भी इस्तेमाल किया था। लोग रुक-रुककर तालियाँ बजा रहे थे। लोगों का अपार स्नेह उन्हें मिल रहा था। भाषण समाप्त होते ही बख्शीजी उठे और दौड़कर अटलजी के पास आए और उन्हें गले से लगा लिया।

□

खाने-पीने के शौकीन अटलजी

अटलजी को कानपुर की गलियाँ और वहाँ का खाना-पीना खूब भाता था। उनके मित्र राममोहन भी ग्वालियर के ही रहनेवाले थे, इसलिए जब भी घर जाना होता तो वे दोनों अकसर साथ ही ग्वालियर आते-जाते। जब वे लोग वहाँ से लौटते थे तो कानपुर स्टेशन में उतरते ही नयागंज की ओर चल देते। वहाँ मिलनेवाली सरसों के तेल में सिंकी बेढ़ई उन्हें बेहद पसंद थीं। अटलजी अकसर अपने मित्रों से कहते, "कानपुर आओ और उन्हें न खाओ, सरासर अपमान है यह तो उन बेढ़ई का!"

बेढ़ई खाने के बाद वे लोग नयागंज, कमला टावर, शिवाला होते हुए पैदल ही हॉस्टल पहुँचते।

अटलजी अकसर अपनी मित्र-मंडली के साथ बाबा घाट पर भी निकल जाया करते थे। वे लोग वहीं घाट पर राजनीतिक चर्चा, साहित्यिक चर्चा और कविता-पाठ किया करते। कभी-कभी तो लोग-बाग भी उनकी चर्चा या कविता सुनकर रुक जाते और उनमें शामिल हो जाते।

अटलजी को गंगाजी में नहाना बहुत पसंद था। वे अपने मित्रों के साथ गंगा में डुबकी लगाते और वहाँ से निकलकर बाजार तक आते, जहाँ खूब मजे से कभी रबड़ी-कचौड़ी खाते तो कभी ठंडाई पीते। अटलजी खाने-पीने के बेहद शौकीन थे। खाने की बढ़िया-बढ़िया चीजें देखकर वे कभी भी अपने आप को रोक नहीं पाते थे।

एक बार की बात है, सब दोस्त घाट पर बैठे राजनीति पर चर्चा कर रहे थे, तभी राममोहन की नजर गंगाजी में बहती एक छोटी सी पोटली पर पड़ी। वह कपड़े की छोटी सी पोटली थी और बहती हुई उन्हीं लोगों की ओर चली आ रही थी। वह छोटी-सी पोटली बहती-बहती राममोहन के सामने आ पहुँची। राममोहन ने उसे गंगाजी से बाहर निकाला और खोलकर देखने लगा।

"अरे! इसमें तो पंद्रह रुपए बँधे हैं!"

"किसी के गिर गए होंगे। वह बेचारा अपने पैसे की खोजबीन कर रहा होगा।"

"एक काम करते हैं, हम यहीं बैठकर उसका इंतजार करते हैं। यह पैसे सामने ही रख लेते हैं, जिसके भी होंगे, वो आकर ले जाएगा।"

"हाँ, यह ठीक रहेगा।"...और हम मित्र फिर से अपनी चर्चा में व्यस्त हो गए।

जब बहुत देर हो गई और वापस हॉस्टल चलने की बात हुई तो फिर सबका ध्यान उन रुपयों की तरफ गया। "कोई आया ही नहीं अपने पैसे खोजते हुए!"

"अब इन रुपयों का क्या किया जाए?"

"किया क्या जाए! चलो, इन रुपयों से रबड़ी और ठंडाई छानी जाए।" और उस दिन सभी दोस्तों ने उन पंद्रह रुपयों से दावत की।

□

शौचालय में कविता-पाठ

विक्टोरिया कॉलेज उन दिनों आगरा विश्वविद्यालय के अंतर्गत आता था। विश्वविद्यालय स्तर की सभी प्रतियोगिताएँ आगरा में ही हुआ करती थीं। प्रत्येक वर्ष आगरा कॉलेज में काव्य प्रतियोगिता का आयोजन होता था। विक्टोरिया कॉलेज भी इसमें भाग लेता था और पिछले तीन साल से लगातार पहला पुरस्कार जीत रहा था। एक बार की बात है कि कॉलेज से चार छात्रों को काव्यपाठ के लिए भेजने का निर्णय हुआ—श्रीकृष्ण वार्ष्णेय, वीरेंद्र मिश्र, रामकुमार चतुर्वेदी 'चंचल' और अटल बिहारी वाजपेयी। उन्हें पंजाब मेल से आगरा निकलना था। अटलजी गाड़ी के समय से काफी पहले ही स्टेशन पहुँच गए और अपने मित्रों का इंतजार करने लगे। धीरे-धीरे सभी इकट्ठे हो गए। गाड़ी आई और सभी अपनी-अपनी सीटों पर जाकर बैठ गए।

आगरा में इन छात्रों के ठहरने की व्यवस्था सेंट जोंस कॉलेज के छात्रावास में की गई थी, लेकिन अटलजी इस छात्रावास में नहीं ठहरे। वे अपने एक मित्र विद्याराम गुप्त के पास उनके छात्रावास में रुके। रामकुमार भी उन्हीं के साथ रहे। उनके ये मित्र विद्याराम गुप्त वहाँ कानून की पढ़ाई कर रहे थे और वैश्य हॉस्टल में रहा करते थे। दोनों वहीं पहुँचे।

उसी समय की एक दिलचस्प घटना है—अगले दिन की बात है, काव्य प्रतियोगिता में जाने से पहले दोनों तैयार हो रहे थे। वे शौचालय गए। वहाँ सभी शौचालय एक लाइन से बने हुए थे। अटलजी और रामकुमार अलग-अलग शौचालयों में जाकर बैठ गए। अटलजी ने शौचालय के भीतर से ही बैठे-बैठे अपनी कविता गानी शुरू कर दी। पासवाले शौचालय से रामकुमार की आवाज आई, "वाह गुरु, बहुत खूब! क्या आज यही कविता सुनाओगे?"

"हाँ रामकुमार! कैसी लगी?"

"बहुत बढ़िया गुरु। बहुत दमदार कविता है।"

"रामकुमार! तुम भी अपनी कविता सुनाओ।"

रामकुमार ने भी ऊँची आवाज में अपनी कविता सुनानी शुरू कर दी।

"बहुत बढ़िया कविता है रामकुमार···लेकिन तुम बीच में रुक क्यों गए? पूरी कविता सुनाओ।"

रामकुमार ने अपनी कविता पूरी की ही थी कि शौचालय के बाहर से तालियों की आवाज आने लगी। दोनों बाहर निकले तो देखा कि वैश्य हॉस्टल के पचास-साठ लड़के उनकी कविता सुनने के लिए वहाँ इकट्ठे हो गए थे। वे लोग उनकी कविताएँ सुनकर तालियाँ बजा रहे थे।

सब उन दोनों को देखकर 'वाह-वाह' करने लगे।

"अरे वाह रामकुमार, यह तो शौचालय में कविता-पाठ हो गया!···हा···हा···हा···।"

"हा···हा···हा···हाँ गुरु, सही कहा···शौचालय में कविता-पाठ।"

□

जब कॉलेज के लिए ट्रॉफी जीती

यह दिलचस्प घटना तब की है, जब अटलजी और उनके मित्र अपने विक्टोरिया कॉलेज की ओर से प्रतियोगी बनकर आगरा विश्वविद्यालय आए थे। चूँकि विक्टोरिया कॉलेज, ग्वालियर के छात्र पिछले तीन साल से लगातार यह प्रतियोगिता जीत रहे थे, इसलिए इस बार आगरा के छात्र भी खूब तैयारी से आए थे। वे इस साल किसी भी तरह से उन्हें जीतने नहीं देना चाहते थे। उन लोगों ने अटलजी और उनके साथियों को मंच से उखाड़ने के लिए हूटिंग करने का प्लान बनाया। इन लोगों को अपनी कविता से भटकाने के लिए जितनी हूटिंग की जा सकती थी, की जाए, इसके लिए लड़कियों को अगली पंक्ति में बैठा दिया गया। दरअसल आगरा कॉलेज में लड़कियों का एक कुख्यात हॉस्टल था, डेविस हॉस्टल। कुख्यात इसलिए, क्योंकि वहाँ की लड़कियाँ बहुत तेज-तर्रार थीं। उनमें से अधिकतर अंग्रेज थीं, बाकी उनकी नकलची अर्थात् अंग्रेजी सभ्यता की दीवानी। उन लड़कियों ने तय कर रखा था कि ग्वालियर के कवियों को जमने ही नहीं देंगे, उन्हें शुरू में ही हूट करेंगे, ताकि वे अपना पाठ ठीक से कर ही न सकें।

काव्य पाठ शुरू हुआ। वीरेंद्र मिश्र ने अपना साधना गीत गाना शुरू किया ही था कि लड़कियों ने उन्हें बुरी तरह से हूट करना शुरू कर दिया। यह सब देखकर एक बार तो हम सभी के पसीने छूट गए। रामकुमार भी उनकी हरकतें देखकर सन्न थे। अटलजी ने रामकुमार को समझाते हुए कहा, "ये लोग आज पूरी प्लानिंग के साथ यहाँ आकर बैठी हैं। ग्वालियर के लड़के पिछले तीनों सालों से जीत रहे हैं, इसीलिए ये लोग नहीं चाहते कि इस बार हमें जमने भी दिया जाए।"

"ये तो कविता पढ़ने ही नहीं दे रही हैं···देखो तो जरा।"

"तुम चिंता मत करो···हमारी बारी आने दो। एक बार जब हमने बोलना शुरू किया तो सबकी बोलती बंद कर देंगे।"

अटलजी खुद भी अपने भीतर के आत्मविश्वास को मजबूत करने में लगे हुए थे और रामकुमार को भी हौसला दे रहे थे, लेकिन लड़कियों की वह खतरनाक हूटिंग देखकर उनके साथ बैठे कविरत्न पाराशर तो इतने घबरा गए कि आयोजन स्थल से ही गायब हो गए। जब अटलजी की बारी आई तो उन्होंने अपनी वीर रस से भरी कविता सुनानी शुरू की—

नौ अगस्त सन् बयालीस का स्वर्णिम रक्त प्रभात
जली आँसुओं की कारा में काली-काली रात।

उन्होंने ये दो पंक्तियाँ अभी बोली ही थीं कि लड़कियों ने अपनी योजना के अनुसार उनकी कविता के एक शब्द 'प्रभात' को चुन लिया और हूटिंग करने लगीं—'प्रभात… प्रभात' उनके चिल्लाते ही पूरा हॉल चिल्ला उठा, 'प्रभात…प्रभात।' अटलजी को बड़ा गुस्सा आया, वे हलके से उखड़े भी, लेकिन फिर उन्होंने भीतर-ही-भीतर खुद को मजबूत किया और आँखें तरेरकर जोर से अपना कविता पाठ शुरू कर दिया…बस फिर क्या था! बाजी पलट गई और अब सब उनकी कविता ध्यान से सुनने लगे। कुछ ही देर में हूटिंग वाहवाही में तबदील हो गई।

अपना कविता पाठ पूरा कर वे रामकुमार के पास पहुँचकर बोले, "जरा भी मत घबराना। खूब शान से अपनी कविता सुनाना। हमें इस साल भी इन्हें सबक सिखाना है।"

"हाँ गुरु! आप देखना…मैं ऐसी कविता सुनाऊँगा कि ये आज के बाद हूटिंग करना ही भूल जाएँगी।"

…और वही हुआ। रामकुमार भी एक बार जो जमा तो बस हर तरफ से 'वाह-वाह' की ही आवाज आने लगी। इस प्रतियोगिता का परिणाम घोषित हुआ। रामकुमार को पहला पुरस्कार, अटलजी को दूसरा और वीरेंद्र मिश्र को तीसरा पुरस्कार मिला। चौथे साल भी उन्हीं का कॉलेज यह प्रतियोगिता जीता था। लगातार चार साल जीतने के कारण ट्रॉफी भी विक्टोरिया कॉलेज को ही मिली। अटलजी जब भी इस घटना को याद करते तो मुसकरा उठते थे।

□

घाट पर नहाना और चना जोर गरम खाना

अटलजी का गाँव बटेश्वर था, इसीलिए उन्हें बचपन से ही नदी में नहाने का बहुत शौक था। वे अपने बचपन में यमुनाजी में खूब नहाते थे। कानपुर आने के बाद यही शौक गंगाजी में पूरा किया करते थे। सभी दोस्त मिलकर कभी परमट घाट तो कभी सरसैया घाट पहुँच जाते और खूब डुबकियाँ लगाते। कभी-कभी जब कॉलेज की छुट्टी होती और संघ का भी कोई काम न रहता तो वे लोग पिकनिक के लिए निकल जाते थे। अटलजी बताते थे कि एक बार वे कई दोस्त मिलकर बिठूर के लिए निकले और बातें करते-करते पैदल ही बिठूर पहुँच गए। अटलजी को नाव में बैठना और एक-दूसरे पर पानी उलीचना भी बड़ा अच्छा लगता था। बड़े स्वच्छंद थे उनके कॉलेज के वे दिन।

कानपुर आने के बाद से उन पर कानपुर का पूरा रंग ही चढ़ चुका था। बातचीत के लहजे से कोई भी नहीं कह सकता था कि वे कानपुर के नहीं, बल्कि ग्वालियर के हैं। बात-बात पर उनके मुँह से 'और गुरु', 'आओ पहलवान' आदि निकलते रहते थे। सचमुच हमारी देशज भाषा कितनी सुंदर है...अपनेपन और मिठास से भरी हुई। अटलजी कानपुर में चने बेचनेवालों द्वारा गाया जानेवाला वह लटका खूब याद करते थे—

कानपुर कनकैया, जाके नीचे गंगा मैया,
ऊपर चले रेल का पहिया, जहाँ बना घाट सरसैया,
चना जोर गरम।

वे चना जोर गरम बहुत स्वाद लेकर खाते थे। चने की पुड़िया बनवा लेते और एक-एक चना उछाल-उछालकर अपने मुँह में डालते जाते। खाते जाते और चलते जाते। इन चनों को खाते-खाते रास्ता कब कट जाता और चलते-चलते चने कब खत्म हो जाते, पता ही न चलता था।

□

घोड़ी पर चढ़कर जनसभा को संबोधित करने पहुँचे

अटलजी अपना चुनाव प्रचार साइकिल और बैलगाड़ी से ही करना पसंद करते थे। वे किसी चुनाव सभा के लिए भी जाते तो इन्हीं की सवारी करते। कार्यकर्ता साइकिल लेकर झुंड-के-झुंड आसपास के सभी गाँवों में जाते और सबसे मिलते, उनसे वोट माँगते। जब अटलजी बलरामपुर में अपना चुनाव प्रचार कर रहे थे, तब वे गाँव के हर छोटे-बड़े व्यक्ति से मिले। उन्होंने यहाँ के छोटे और मँझोले किसानों की व्यथाएँ सुनी। जमींदारों द्वारा किया जानेवाला आर्थिक, सामाजिक और धार्मिक उत्पीड़न करीब से देखा। अटलजी को वहाँ के लोगों से बहुत प्रेम और अपनापन मिला। उन्हें सुनने के लिए बड़ी संख्या में लोग आ जुटते थे।

अटलजी की आदत थी कि जिस भी गाँव में उन्हें रात हो जाती, वे वहीं विश्राम कर लेते थे। गाँववाले भी बड़े स्नेह से उन्हें ठहराते थे। एक बार की बात है। सभा को संबोधित करने के बाद वे चौखड़ा गाँव में रात्रि विश्राम कर रहे थे। अचानक आधी रात को तेज बरसात शुरू हो गई। रात भर मूसलाधार बरसात होती रही। सुबह हर ओर पानी-ही-पानी भर चुका था। सुबह ही उन्हें उतरौला और रेहरा बाजार में चुनावी सभा को संबोधित करना था। कार्यक्रम पहले से तय था, इसलिए अटलजी के मन में यह बेचैनी बढ़ने लगी कि बेचारे ग्रामीण अपना काम छोड़कर बैठे राह देख रहे होंगे। कीचड़ में किसी भी सवारी के पहिए तो घूम ही नहीं सकते थे, इसलिए कार्यकर्ताओं में से किसी ने अपना दिमाग चलाया और तुरंत उनके लिए एक पालकी मँगवा ली गई। अटलजी पालकी देखकर अचंभित रह गए। तुरंत बोले, "अरे धत्त्! मैं इसमें नहीं बैठूँगा।"

"दद्दा, और कोई रास्ता ही नहीं सूझा हम लोगों को।"

"जो भी हो···मैं इस पालकी में तो कतई नहीं बैठूँगा।"

अब सब लोग फिर से सोच-विचार करने लगे। तभी किसी को विचार आया कि घोड़ी मँगवाई जाए और तुरंत ही एक परिचित की घोड़ी मँगवाई गई। अटलजी उस घोड़ी पर चढ़कर उस जनसभा को संबोधित करने पहुँचे।

□

खुद अटलजी ने धक्का लगाया

बलरामपुर के लोगों ने अटलजी को बहुत प्यार दिया था। वे जब कभी भी वहाँ जाते तो पार्टी के कार्यकर्ता उनकी खूब आत्मीयता से खातिरदारी करते। वे उनके लिए अपने घरों में स्वादिष्ट भोजन बनवाते। देहात की सब्जी और चूल्हे से निकली गरम-गरम रोटी की बात ही अलग होती है। चुनाव प्रचार के लिए वहाँ के स्थानीय कार्यकर्ता अटलजी के लिए एक जीप का प्रबंध किया करते थे। ऐसी ही एक बार की रोचक घटना है—एक बार अटलजी चुनाव प्रचार के लिए वहाँ पहुँचे तो कार्यक्रमों की व्यस्तता और समय का अभाव देखते हुए कार्यकर्ताओं ने एक जीप का इंतजाम किया, लेकिन जो जीप आई, उसकी हालत बहुत ही खराब। कुछ दूर तक चलती, फिर रुक जाती। कार्यकर्ता उसे धक्का लगाते तो वह फिर कुछ दूर तक चल देती, लेकिन फिर रुक जाती। अब तो अटलजी भी खुद उतर गए और उसे धक्का लगाने लगे। आखिरकार थक-हारकर उन्होंने कार्यकर्ताओं से कहा, "भैया! ये जहाँ से भी लाए हो, वहीं ले जाओ। आप लोग बस एक साइकिल का प्रबंध कर दो मेरे लिए। वही ठीक रहेगी।"

···और फिर अटलजी ने साइकिल से या पैदल ही चुनाव रैली की।

ऐसी ही एक और रोचक घटना देहरादून की है। अटलजी वहाँ एक सभा को संबोधित करने पहुँचे। वे नरेंद्र स्वरूप मित्तल के साथ उनकी फिएट कार में जा रहे थे। तभी अचानक कार हिचकोले खाकर रुक गई। बड़ी कोशिश की कि स्टार्ट हो जाए, लेकिन नहीं हुई। अंततः दोनों मित्र कार से उतर गए और बाहर आकर उसे धक्का लगाने लगे। ठीक उसी समय उनके बगल से एक ताँगा गुजरा, जिसमें माइक लगाए कुछ स्थानीय लोग ऐलान कर रहे थे, "देश के महान् नेता अटल बिहारी वाजपेयी देहरादून में···आज उनकी जनसभा में आप सभी जरूर आएँ···अपने प्रिय नेता को

सुनें।" यह सुनकर धक्का लगाने में लगे हुए दोनों मित्र हँस दिए।

ऐसे अद्भुत थे अटलजी। अहंकार तो उनको छू तक नहीं गया था। जिस शहर में चुनाव प्रचार के लिए गए थे, उसी शहर में खुद कार को धक्का लगा रहे थे, जबकि कार्यकर्ता भी उन्हें देख न सके, क्योंकि उनके पास से गुजरने पर अटलजी ने अपना चेहरा दूसरी ओर जो कर लिया था।

□

देश के भावी प्रधानमंत्री

1957 के चुनाव के समय की घटना है। महाराष्ट्र में अधिकांश पार्टियों ने कांग्रेस के विरुद्ध एक होकर चुनाव लड़ने का फैसला किया। इसमें भारतीय जनसंघ भी शामिल था। इस समिति का नाम रखा गया—संयुक्त महाराष्ट्र समिति। वहाँ श्री उत्तम राव पाटिल धूलिया से और प्रेमजी भाई आसर से चुनाव लड़ रहे थे। पाटिल जी एडवोकेट थे और प्रेमजी भाई अपना व्यवसाय करते थे। वहाँ के कार्यकर्ताओं ने अटलजी की प्रभावशाली भाषण कला से प्रभावित होकर उन्हें चुनाव प्रचार के लिए आमंत्रित किया। अटलजी बड़ी ही प्रसन्नतापूर्वक वहाँ के अपने उम्मीदवारों के लिए चुनाव सभा करने बंबई पहुँचे।

उनकी पहली सभा चौपाटी पर रखी गई थी। एक कार अटलजी के लिए तैयार रखी गई थी। अटलजी ने चौपाटी की ओर प्रस्थान किया। रास्ते में कार्यकर्ताओं ने उनसे कहा, "दद्दा! आपके आने की खबर से हम लोग बहुत उत्साहित थे। इस सभा का प्रचार करने के लिए पूरे शहर में पोस्टर लगाए गए हैं।"...और ऐसा कहते हुए एक कार्यकर्ता ने अटलजी को पोस्टरों की ओर देखने के लिए कहा। अटलजी चलती कार से बाहर दीवार पर लगे पोस्टरों को देखने लगे। दीवारों पर पोस्टरों के अलावा चूने से सुंदर-सुंदर अक्षरों में भी कुछ-न-कुछ लिखा गया था। एक चौराहे पर कुछ लिखा देखकर अटलजी विस्मित हो गए और उन्होंने गाड़ी धीमी करने को कहा ताकि उसे पढ़ सकें।

दरअसल कुछ युवकों ने उत्साह से भरकर बड़े-बड़े सुंदर अक्षरों में लिखा था—देश के भावी प्रधानमंत्री माननीय अटल बिहारी वाजपेयी के बंबई आगमन पर हार्दिक अभिनंदन। चौपाटी पर शाम को साढ़े सात बजे उनकी होनेवाली सभा में हजारों की संख्या में शामिल हो जाइए। भारत के भावी प्रधानमंत्री के विचार परिपूर्ण व प्रभावशैली से युक्त भाषण के रूप में सुनिए।

अटलजी इसे पढ़कर एक ओर अचंभित हो उठे तो दूसरी ओर स्नेह से प्रसन्न भी, क्योंकि इन युवकों ने उनमें देश के भावी प्रधानमंत्री की छवि देखी थी।

यह बड़ी ही प्रसन्न कर देनेवाली और विस्मयकारी घटना थी। अब अटलजी को 'देश के भावी प्रधानमंत्री' के रूप में देखा जाने लगा था।

□

गुलाबजामुन की कहानी

यह अटलजी के महाराष्ट्र दौरे की दिलचस्प घटना है। उन्हें कई जगहों पर जाना था और जनसंघ का काम देखना था। सभी जगह उनके लिए भोजन की अच्छी व्यवस्था की गई थी। भोजन देखकर ही लग रहा था कि उन लोगों ने अटलजी के भोजनप्रेमी होने के बारे में पहले से ही पता कर लिया था। पहले दिन जहाँ पर उन्होंने भोजन किया, वहाँ दोपहर के भोजन के बाद मीठे में गुलाबजामुन परोसे गए। जब रात को भोजन लगा, तब फिर गुलाबजामुन दिए गए। अटलजी ने बिना कुछ कहे रात को भी उन्हें खा लिया। अगले दिन वे अन्यत्र पहुँचे। वहाँ भी दोनों समय दोपहर और रात के भोजन के साथ उन्हें गुलाबजामुन के दर्शन हो गए। अब तक गुलाबजामुन खा-खाकर अटलजी का मन भर चुका था, लेकिन वे शिष्टाचारवश कुछ नहीं बोल रहे थे, लेकिन तीसरे दिन तीसरी जगह पर भी जब दोनों समय भोजन में गुलाबजामुन ही दिखे तो उनसे नहीं रहा गया और उन्होंने व्यवस्थापक से पूछा, "क्या महाराष्ट्र में गुलाबजामुन सबसे प्रिय मिष्टान्न माना जाता है?"

जिस कार्यकर्ता के घर पर अटलजी भोजन कर रहे थे, उसने बड़ी ही मासूमियत से उत्तर दिया, "केंद्रीय कार्यालय की ओर से जो पत्रक आया था, उसमें साफ-साफ लिखा था कि आपको गुलाबजामुन बहुत पसंद हैं, इसलिए हमने हर जगह गुलाबजामुनों की व्यवस्था अवश्य की है।"

तभी अटलजी को याद आया कि जब वे पिछली बार महाराष्ट्र आए थे, तब उन्होंने शिष्टाचार के नाते गुलाबजामुनों की तारीफ कर दी थी। यही कारण था कि इस बार भी उन्हें बार-बार हर जगह गुलाबजामुन ही परोसे जा रहे थे।

अटलजी और मैंने दिल्ली लौटकर यह बात अपने मित्रों को बताई। सभी खूब हँसे।

□

युवक ने विमान हाईजैक कर लिया

अटलजी जब भी लखनऊ जाते थे तो मीराबाई गेस्ट हाउस में रुकते थे। एक बार की बात है, अटलजी मीराबाई गेस्ट हाउस में बैठे रात का खाना खा रहे थे। खाना खाने के बाद ही उन्हें वापस दिल्ली के लिए निकलना था। वे जिस कमरे में थे, उसी के बाहर लालजी टंडन और अन्य बी.जे.पी. नेता भी बैठे बातचीत कर रहे थे। तभी अचानक लखनऊ के तत्कालीन डी.एम. और राज्यपाल मोतीलाल वोरा के सलाहकार घबराए हुए गेस्ट हाउस पहुँचे। उन्होंने घबराते हुए लालजी टंडन से कहा कि मुझे अभी अटलजी से मुलाकात करनी है। टंडनजी ने कहा कि अटलजी भोजन कर लें, उसके बाद आप मुलाकात कर लीजिएगा, लेकिन उन्होंने कहा कि मेरा अभी तुरंत उनसे मिलना बेहद जरूरी है। ऐसा कहते हुए वे आगे बढ़े और अटलजी के कमरे में दाखिल हो गए। उन्हें यूँ अचानक आया देख अटलजी ने पूछा, "कैसे आना हुआ डी.एम. साहब, कुछ विशेष बात है?"

डी.एम. ने घबराते हुए कहा, "अमौसी एयरपोर्ट पर एक युवक ने एक विमान हाईजैक कर लिया है और उसके हाथ में कोई बम जैसी चीज है, जिससे वह विमान को उड़ाने की धमकी दे रहा है, लेकिन वह साथ में यह भी कह रहा है कि अगर अटल बिहारी वाजपेयीजी आ जाएँ तो वह सभी यात्रियों को सही-सलामत छोड़ देगा। इसलिए आप अगर हमारे साथ तुरंत चलें तो शायद सभी यात्रियों की जान बच जाए।" वहाँ मौजूद लोग अटलजी के लिए चिंतित होने लगे, लेकिन अटलजी ने अपनी सुरक्षा की जरा भी परवाह नहीं की और अपना भोजन यूँ ही छोड़कर उठ खड़े हुए। अन्य लोग भी उनके साथ चल दिए।

उस समय लखनऊ के अमौसी एयरपोर्ट पर आज जैसी सुविधाएँ नहीं होती थीं, सिर्फ एक हवाई पट्टी होती थी। अटलजी एयरपोर्ट के एक टावर पर पहुँचे। वहाँ

पहुँचकर अटलजी ने विमान हाईजैक करनेवाले युवक से बात करनी शुरू की। हाईजैकर ने अटलजी की आवाज सुनी, लेकिन तब भी यही कहा कि आप अटल बिहारी वाजपेयी नहीं हैं। उस युवक को विश्वास कैसे दिलाया जाए, इसलिए यह तय हुआ कि अटलजी विमान में जाकर उस युवक से रू-ब-रू बात करेंगे। बी.जे.पी. नेता इस बात के लिए राजी नहीं हुए, लेकिन अटलजी ने गजब का साहस दिखाते हुए बिना अपने बारे में सोचे डी.एम. को विमान तक चलने की व्यवस्था करने के लिए कहा। एक कार में बैठकर अटलजी, लालजी टंडन, राज्यपाल के सलाहकार और जिलाधिकारी आदि सभी लोग विमान तक पहुँचे।

सबसे पहले लालजी टंडन जहाज के नीचे पहुँचे और उस युवक को अपना परिचय दिया। उस युवक ने लालजी टंडन को पहचानने की बात स्वीकार कर ली। जब लालजी टंडन को कोई खतरे की बात महसूस नहीं हुई तो फिर उन्होंने अटलजी को विमान में बुलाया। जब अटलजी पहुँचे तो लालजी टंडन ने उस युवक से कहा कि "वाजपेयीजी इतनी दूर से तुमसे मिलने आए हैं, इनके पैर तो छू लो।" उनके इतना कहते ही युवक अटलजी के पैर छूने के लिए झुक गया। वह जैसे ही झुका, वहाँ मौजूद पुलिस अधिकारी ने उसे गिरफ्तार कर लिया। तभी उस युवक ने अपने हाथ में पकड़े एक सुतली के गुच्छे को फेंकते हुए कहा कि "मेरे पास कोई बम नहीं है, मैं तो सर्फ इन्हें यह बताना चाहता था कि देश में राम जन्मभूमि आंदोलन को लेकर कितना आक्रोश है।"

युवक की गिरफ्तारी के बाद अटलजी जहाज में बैठे अन्य यात्रियों से मिले। सभी बेहद डरे हुए थे। इस पूरे घटनाक्रम के बीच अटलजी की ट्रेन भी छूट गई और वे उस दिन दिल्ली न जा सके।

□

अगर जागते हुए विमान क्रैश हुआ तो बहुत तकलीफ होगी

एक बार की बात है, अटलजी हिमाचल प्रदेश में एक चुनावी सभा को संबोधित करने के लिए एक छोटे विमान से धर्मशाला की ओर जा रहे थे। इस यात्रा में उनके साथ वरिष्ठ पत्रकार और राज्यसभा सांसद रहे बलबीर पुंज भी थे। अटलजी विमान में सो गए। इसी बीच विमान का सह-पायलट कॉकपिट से बाहर आया और उसने पुंज से पूछा, "क्या आप इससे पहले कभी धर्मशाला आए हैं?" जब पुंज ने पूछा कि "आप ऐसा क्यों पूछ रहे हैं!" तो सह-पायलट ने कहा, "सर, एयर ट्रैफिक कंट्रोल से हमारा संबंध टूट गया है और हमें धर्मशाला मिल ही नहीं रहा है। हमारे पास बहुत पुराना नक्शा था और नीचे जो दिख रहा है, वह उस नक्शे से मेल नहीं खा रहा हे।" इतने में अटलजी की नींद टूट गई। उन्होंने पूछा कि आखिर इतना समय क्यों लग रहा है धर्मशाला पहुँचने में, क्या बात है? तब पुंज ने उन्हें सारी बात बताई।

पूरी बात सुनने के बाद अटलजी बोले, "अगर जागते हुए विमान क्रैश हुआ तो बहुत तकलीफ होगी, इसलिए बेहतर है कि फिर से सो जाता हूँ।" ऐसा कहकर वे दोबारा सो गए।

बाद में विमान का संपर्क इंडियन एयरलाइंस के एक विमान से हुआ और उसकी मदद से उसे धर्मशाला की जगह कुल्लू में सुरक्षित उतार लिया गया।

□

कश्मीर की वेदी पर वह आत्मबलिदान

अटलजी डॉ. मुकर्जी के सचिव के रूप में उनके साथ पूरी तरह से संलग्न रहते थे। डॉ. मुकर्जी के नेतृत्व में भारतीय जनसंघ निरंतर प्रगति कर रहा था। देश को इस नए राजनीतिक दल पर भरोसा होने लगा था। देश की जनता जनसंघ के सिद्धांतों को पसंद कर रही थी। डॉ. श्यामाप्रसाद मुकर्जीजी के सचिव होने के नाते अटलजी भी देश भर के दौरों पर उनके साथ जाया करते थे।

डॉ. मुकर्जी जम्मू-कश्मीर को भारत से अलग एक स्वतंत्र राज्य बनाए जाने के विरुद्ध थे। वहाँ के लिए अलग कानून-व्यवस्था उन्हें ठीक नहीं लगती थी। वे इसके पीछे के दुष्प्रभावों को देख रहे थे और जनता को उससे अवगत कराना चाहते थे। वे अपने भाषणों द्वारा देशवासियों को यह समझाने का प्रयत्न करते कि हम बिना पार-पत्र (परमिट) के जम्मू-कश्मीर की सीमा में प्रवेश क्यों नहीं कर सकते, जबकि वह भी आजाद भारत का ही हिस्सा है, ऐसी कोई व्यवस्था दूसरे प्रदेश के लिए तो नहीं है, आखिर एक संपूर्ण राष्ट्र होने के बाद भी हमारे उसी राज्य का संविधान, ध्वज अलग क्यों है, वहाँ का मुख्यमंत्री वजीर-ए-आजम अर्थात् प्रधानमंत्री क्यों कहलाता है और वहाँ के गवर्नर को सदर-ए-रियासत क्यों कहा जाता है?

डॉ. मुकर्जी के भाषण अटलजी के दिल और दिमाग को झकझोर डालते थे। उनमें अद्भुत क्षमता थी। लोग उनका भाषण सुनकर हतप्रभ रह जाते। वे देश की जड़ों से जुड़े जननायक थे। अकसर ऐसा भी होता कि किसी-किसी सभा में उनके भाषण से पूर्व अटलजी भी लोगों को संबोधित करते। डॉ. मुकर्जी सदैव अटलजी की भाषण-शैली की तारीफ किया करते थे।

डॉ. मुकर्जी ने निश्चय किया कि वे एक ही देश में दो प्रधान, दो विधान और दो ध्वज के विरोध में सत्याग्रह करेंगे, वह भी श्रीनगर में। डॉ. मुकर्जी जम्मू-कश्मीर को

भारत का पूर्ण और अभिन्न अंग बनाना चाहते थे। संसद् में अपने भाषण में डॉ. मुकर्जी ने धारा-370 को समाप्त करने की भी जोरदार वकालत की। अगस्त, 1952 में जम्मू की विशाल रैली में उन्होंने अपना संकल्प व्यक्त किया था कि या तो मैं आपको भारतीय संविधान प्राप्त कराऊँगा या फिर इस उद्देश्य की पूर्ति के लिए अपना जीवन बलिदान कर दूँगा। उस वक्त अटलजी भी उनके साथ थे।

इसके बाद उन्होंने तत्कालीन सरकार को चुनौती दी और अपने संकल्प को पूरा करने के लिए 1953 में बिना परमिट लिये जम्मू-कश्मीर की यात्रा पर निकल पड़े। इससे पहले उन्होंने समझा-बुझाकर अटलजी को वापस भेज दिया, हालाँकि अटलजी उन्हें अकेला नहीं छोड़ना चाहते थे, लेकिन डॉ. मुकर्जी की जिद के आगे उनकी एक न चली और उन्हें वापस दिल्ली लौटना पड़ा। डॉ. श्यामाप्रसाद मुकर्जी को 11 मई को पंजाब के माधोपुर से जम्मू-कश्मीर में प्रवेश करने पर गिरफ्तार कर नजरबंद कर दिया गया। माधोपुर पंजाब का अंतिम छोर है और यहीं से रावी नदी को पार करके जम्मू-कश्मीर प्रांत प्रारंभ हो जाता है। उन दिनों कश्मीर में प्रवेश करने के लिए भारतीयों को पार-पत्र (परमिट) लेना पड़ता था। डॉ. मुकर्जी बिना परमिट लिये जम्मू-कश्मीर में प्रवेश कर गए। अगले ही महीने 23 जून को जेल में उनकी संदेहजनक परिस्थितियों में मृत्यु हो गई।

उनकी मृत्यु सभी के लिए हृदयविदारक थी। वे मरे नहीं थे, बल्कि विभाजित भारत की एकता को बनाए रखने के लिए कुरबान हो गए थे। औरों को आजादी के मायने सिखाते-सिखाते खुद ही इस संसार से आजाद हो गए थे। उन्होंने अपने जीवन को देश के लिए बलिदान कर दिया था। कश्मीर को भारत का अभिन्न अंग बनाना और पूरे देश में एक ही संविधान देखना उनका सपना था। जब पार्टी के लोगों ने उनकी मृत्यु का समाचार सुना तो पहले-पहल किसी को भी अपने कानों पर विश्वास नहीं हुआ। कुछ देर बाद अटलजी बिलख-बिलखकर रो पड़े। वे हमेशा उनके साथ ही रहते थे, लेकिन इस बार उन्होंने अटलजी को वापस भेज दिया था और खुद शहीद हो गए थे।

डॉ. मुकर्जी की इस असामयिक मृत्यु ने युवा अटल के भीतर एक ऐसा झंझावात पैदा कर दिया कि वे राजनीति में अब और सक्रिय हो गए। उस समय उन्होंने डॉ. मुकर्जी पर केंद्रित एक लेख लिखा—'कश्मीर की वेदी पर वह आत्मबलिदान'।

□

भाषण का प्रभाव

1952 में पहले लोकसभा चुनाव प्रारंभ हुए। इसमें जनसंघ के 94 प्रत्याशी खड़े किए गए। चुनाव प्रचार प्रारंभ हो गए और अटलजी को भी अच्छे वक्ता के तौर पर अनेक चुनावी रैलियों में और सभाओं में भाषण देने के लिए भेजा गया। उस समय उन्हें चुनाव में तो खड़ा नहीं किया गया था, लेकिन उनके प्रभावशाली भाषणों द्वारा उनकी प्रतिभा लोगों के सामने खुलकर आने लगी थी। अब वे एक अच्छे पत्रकार के साथ-साथ एक अच्छे वक्ता के रूप में भी पहचाने जाने लगे थे।

उन्हीं दिनों की एक घटना है—गोरखपुर में डॉ. श्यामाप्रसाद मुकर्जी एक सार्वजनिक सभा को संबोधित करनेवाले थे। बहुत बड़ी संख्या में लोग उन्हें सुनने के लिए एकत्रित हो चुके थे, लेकिन डॉ. मुकर्जी की ट्रेन लेट हो गई। नानाजी देशमुख और उपाध्यायजी भी वहाँ मौजूद थे, वे दोनों पहले ही पहुँच चुके थे। उपाध्यायजी ने अटलजी को पास बुलाकर कहा, "अटल, लोगों को रोके रखने के लिए तुम भाषण शुरू करो।" अटलजी ने लोगों का ध्यान खींचा और अपना भाषण शुरू कर दिया। उनका वह भाषण सुनकर सभी स्तब्ध रह गए और वरिष्ठ स्वयंसेवकों ने उन्हें भी जनसंघ में भेजने का प्रस्ताव रख दिया।

दरअसल डॉ. श्यामाप्रसाद मुकर्जी दीनदयाल उपाध्यायजी से बहुत प्रभावित थे और उपाध्यायजी ने ही अटलजी का परिचय डॉ. मुकर्जी से करवाया था। इसके बाद डॉ. मुकर्जी ने अटलजी को अपना सचिव बनाया था। इसके बाद तो अटलजी और डॉ. मुकर्जी हर जगह साथ जाने लगे।

□

ताँगा क्यों करते हो? साइकिल ही निकाल लाओ

एक बार की बात है, अटलजी एक चुनावी सभा को संबोधित करने के लिए झाँसी गए। उन्हें लेने के लिए कुछ कार्यकर्ता पहले से ही स्टेशन पर पहुँच चुके थे। अटलजी ट्रेन से उतरे। वे निक्कर और कमीज पहने हुए थे…साथ में एक छोटा-सा थैला था। एक मेजबान साथी बापूराव सरदेसाई ने पूछा, "ताँगा कर लिया जाए?"

अटलजी ने हामी भर दी, लेकिन तभी वे देखते क्या हैं कि बापूराव सरदेसाई को छोड़ बाकी सभी कार्यकर्ता वापस जाने लगे हैं। अटलजी ने सभी को रोकते हुए कहा कि "आप लोग कहाँ जा रहे हैं? आप लोग भी हमारे साथ ही चलिए।"

वे बोले, "हम साइकिलों से आए हैं और हमारी साइकिलें स्टैंड पर खड़ी हैं। उन्हें भी तो वापस लेकर जाना होगा। आप बापूरावजी के साथ ताँगे से चलिए, हम सब भी पीछे-पीछे आते हैं।"

अटलजी तुरंत बोले, "तो फिर ताँगा क्यों करते हो? साइकिल निकाल लाओ। हम सब साइकिल से ही चलते हैं।" अटलजी का इतना कहना भर था कि सब उनकी तरफ श्रद्धा से देखने लगे। वे उनकी सादगी के कायल हो गए। इस तरह से अटलजी पहली ही मुलाकात में सबको अपना बना लेते थे।

□

हमेशा ही देश सर्वोपरि रहा

14 मई, 1970 की बात है, सांप्रदायिकता के प्रश्न पर संसद् में बहुत हंगामा हुआ। बड़ी ही तीखी बहस हुई। अटलजी ने भी इस विषय पर महत्त्वपूर्ण बिंदुओं पर प्रकाश डाला, "भिवंडी में मुसलिम जनसंख्या अधिक है। इस बार शिवाजी जयंती के कुछ दिन पहले भिवंडी के तीस-पैंतीस प्रमुख मुसलमानों ने शिवाजी जयंती के जुलूस पर कुछ शर्तें लगाने की कोशिश की। एक शर्त तो यह थी कि छत्रपति शिवाजी महाराज की जयंती के जुलूस में भगवा झंडा नहीं रहेगा। क्या भगवा झंडा शिवाजी महाराज का झंडा नहीं है? क्या तिरंगे से पहले इस देश में कोई झंडा नहीं था? क्या हम गांधीजी की कल्पना बिना झंडे के कर सकते हैं? क्या इसलाम कहता है कि भगवा रंग बुरा है? दूसरी शर्त थी कि गुलाल न उड़ाया जाए। क्या आपत्ति है गुलाल पर? गुलाल अनुराग का प्रतीक है। गुलाल का रंग लाल होता है। जब हम आनंद में होते हैं तो गुलाल उड़ाते हैं। गुलाल का धार्मिक जुलूस से कोई संबंध नहीं है। अगर शिवाजी जयंती के जुलूस में थोड़ा-सा गुलाल फेंक दिया जाए तो क्या किसी को आपत्ति होनी चाहिए? जुलूस पर हमला हुआ और उसके साथ भिवंडी शहर में जगह-जगह पर आग लगाई गई। मैं यह पूछना चाहता हूँ कि भिवंडी में फौज क्यों नहीं बुलाई गई, मेरा प्रश्न यह है कि दंगे क्यों आरंभ किए जाते हैं? मैं चाहता हूँ कि सदन इस पर विचार करे। मैं अभी तक किसी परिणाम पर नहीं पहुँचा हूँ। लोग दंगे क्यों आरंभ करते हैं, मुझे इसके तीन कारण नजर आते हैं—एक कारण तो यह हो सकता है कि हमारे मुसलमान भाई इस नतीजे पर पहुँच गए हैं कि अब हिंदुस्तान में हमारे लिए जगह नहीं है, हिंदुस्तान में हमारा कोई मुस्तकबिल नहीं है। दूसरा कारण यह हो सकता है कि मुसलमानों में कुछ लोग ऐसे हैं, जो पाकिस्तान से संबंध रखते हैं और पाकिस्तान के इशारे पर दंगे कराते हैं। तीसरा और महत्त्वपूर्ण कारण जो मालूम होता है, वह यह है कि मुसलमानों के कुछ नेता नहीं चाहते

कि मुसलमान अपने को राष्ट्र की मुख्यधारा का अंग बनाएँ।"

इस प्रकार अटलजी बहुत ही सटीक और तथ्यपरक बात कहते थे। अटलजी व्यक्तिगत प्रहार कभी नहीं करते थे। उनके लिए हमेशा ही देश सर्वोपरि रहा। वे जब भी देश में संकट देखते थे तो व्यथित हो जाते थे और बहुत ही संयमित, किंतु तीखे शब्दों में अपनी बात सदन में रखते थे।

□

स्पेशल बेस्ट चूड़ा भंडार

अटलजी राजनीति में अत्यंत सक्रिय थे। समय के साथ-साथ उनकी व्यस्तता बढ़ती ही जा रही थी, लेकिन उन्हें जब भी जरा फुरसत मिलती तो अपने झोले में दो जोड़ी कपड़े डालते और ग्वालियर आ जाते। ग्वालियर की एक-एक सड़क, एक-एक गली उनके लिए परिचित थी, क्योंकि उनका बचपन और किशोरावस्था इन्हीं गलियों में बीता था। यहाँ की हर दुकान उनके लिए अपनी थी। वे किसी को 'चाचा' पुकारा करते तो किसी को 'काका', सारे बुजुर्ग उनके बाबा होते थे। उनके सभी दोस्त अब बड़े हो चुके थे। कोई अपना काम सँभाल रहा था, तो कोई नौकरी कर रहा था। अटलजी जब भी ग्वालियर की सड़कों से गुजरते तो उन्हें पुराने दिन याद आ जाते। उन्हें ग्वालियर में पैदल या फिर साइकिल से ही घूमना अच्छा लगता था।

ग्वालियर के पालिका बाजार में एक बहुत छोटी सी दुकान थी। उसके ऊपर टीन पड़ी रहती थी। नीचे लिखा होता—स्पेशल बेस्ट चूड़ा भंडार। उस दुकान में कई तरह के चूड़े और सेव बिकते थे। दुकान का मालिक साधारण धोती और बनियान पहने उन चूड़े और सेव को झाबों में सजाकर बेचा करता था। वह दुकान करीब पचास-साठ साल पुरानी थी। उस छोटी सी दुकान पर ग्राहकों का ताँता लगा रहता था। उसके चूड़े और सेव होते ही इतने स्वादिष्ट थे कि हर कोई खरीदता था। अटलजी ग्वालियर जाएँ और उसकी दुकान का चूड़ा न खाएँ, ऐसा कभी नहीं होता था।

अटलजी के सक्रिय राजनीति में आ जाने के बाद भी वह उनसे बिल्कुल पहले की तरह ही बात करता था, बिल्कुल उसी तरह कागज पर रखकर चूड़ा खिलाता था। उसे अटलजी के स्वाद के बारे में बखूबी पता था और बिल्कुल वैसा ही बनाता, जैसा वे हमेशा खाया करते थे। अटलजी भी उसके चूड़े की तारीफ में 'वाह-वाह' करते जाते और खाते जाते। जब वापस लौटते तो साथ ले जाने के लिए भी चूड़े और सेव का ऑर्डर देते। फिर दिल्ली लौटने पर सभी आगंतुकों को बड़े चाव से वे चूड़ा और सेव खिलाया करते।

□

मँगौड़ेवाली बुढ़िया

अटलजी के खाने-पीने के शौक से सभी बखूबी परिचित थे। अटलजी को भाँति-भाँति की चीजें खाना और खिलाना बहुत पसंद था। अटलजी ग्वालियर के थे। वहीं पले-बढ़े और वहीं विद्यालयी शिक्षा पूरी की। ग्वालियर के एम.एल.बी. रोड पर पीपल के पेड़ के नीचे एक छोटी सी कोठरीनुमा दुकान हुआ करती थी। वह दुकान एक बुढ़िया की थी, जो कि बहुत ही स्वादिष्ट मुंगौड़े बनाती थी। यह मुंगौड़े मूँग की दाल के बने होते थे। वह अपने चूल्हे की धीमी आँच में बड़े ही कुरकुरे मुंगौड़े तलती थी। उनमें विविध प्रकार के स्वादिष्ट मसाले और हरी मिर्च भी डालती थी। जब मिर्च दाँत के नीचे आ जाती तो खानेवाले का पूरा मुँह जलने लगता, लेकिन उन मुंगौड़ों का स्वाद ऐसा होता था कि लोग 'सी-सी' करते जाते और खाते भी जाते। लोग अपनी कारें रोक-रोककर उस बुढ़िया के मुंगौड़े खाते थे। अटलजी तो उसके मुंगौड़ों की बेहद तारीफ करते। उन्हें पता था कि जब कोई ग्राहक उस बुढ़िया के मुंगौड़ों की तारीफ करता है तो उसे बहुत अच्छा लगता है और फिर वह और भी प्रेम से कुरकुरे मुंगौड़े तल-तलकर खिलाती है, इसीलिए अटलजी उसकी तारीफ करने में जरा भी कंजूसी नहीं करते थे। बुढ़िया भी प्रसन्न होकर अपने पोपले मुँह से खिलखिलाने लगती थी। अटलजी जब भी ग्वालियर जाते तो उसकी दुकान पर जरूर जाते थे।

□

फोटो खिंचवाने के शौकीन

अटलजी को फोटो खिंचवाने का बहुत शौक था। कोई भी उनसे फोटो खिंचवाने का अनुरोध करता तो वे कतई मना नहीं करते थे। अटलजी के दद्दा (बड़े भाई) प्रेम बिहारीजी, जो कि पेशे से वकील थे, ग्वालियर में सरदार संभाजी कॉलोनी में रहा करते थे। उनके बेटे और बेटियाँ भी अब बड़े हो गए थे। अटलजी जब ग्वालियर पहुँचते तो सभी भतीजे-भतीजियाँ उन्हें घेर लेते थे। बच्चे भी अपने चाचा से बेहद लगाव रखते थे।

अटलजी को अपने परिवार में बड़ा सुकून मिलता था। वे हमेशा बच्चों को स्वावलंबन की सीख देते थे। उन्हें उदाहरण देकर समझाते, "देखो बिल्ली का बच्चा भी एकदम से नहीं दौड़ने लगता। पहले वो चलता है, गिरता है और फिर दौड़ता है। ऐसे ही तुम भी मेहनत करो।"

अटलजी के पहुँचने पर बच्चे नई-नई चीजें उन्हें दिखा-दिखाकर खुश होते। अटलजी भी पूरे उत्साह से परिवार के साथ हँसी-ठिठोली करते। बच्चे कैमरा उठा लाते और पूरे परिवार को साथ बैठाकर फोटो लिया करते। अटलजी याद करते थे कि उनके परिवारीजनों के पास उनकी भाँति-भाँति की फोटो मौजूद होंगी, क्योंकि अकसर ऐसा भी होता कि अटलजी बच्चों के साथ बैठकर पुरानी तसवीरों की एलबम देखा करते, पुरानी यादें ताजा करते और खूब आनंदित होते।

□

भाभी के हाथ का पनेछा और करायल

अटलजी को अपनी भाभी के हाथ का खाना लाजवाब लगता था। वे अपनी भाभी के हाथ का बना पनेछा, करायल, गलरा खूब याद करते थे। जब भी ग्वालियर जाते तो उनसे यह सब बनवाना कभी नहीं भूलते और भाभी भी अपने देवर के लिए बड़े मन से यह सब बनाया करती थीं। अटलजी को देसी घी से बघारी हुई दाल भी खूब अच्छी लगती थी।

चाहे वे अपनी बहनों के घर जाएँ या भाइयों के घर, उनकी बहनें और भाभियाँ उनके लिए उनकी पसंद का खाना बड़ी रुचि से बनाया करतीं। बाद में तो उनकी भानजियाँ और भतीजियाँ भी रसोई में अपना हुनर दिखाने लगी थीं। अटलजी के घर आने पर नए-नए स्वादिष्ट व्यंजन बना लातीं और फिर उनसे खाने की जिद करतीं। बड़ी रौनक रहती थी घर में।

□

त्योहारों का भरपूर आनंद उठाते

अटलजी त्योहारों पर घर जाने की पूरी कोशिश करते थे। एक बार होली के पर्व की बात है, अटलजी ने समय निकाला और अचानक ग्वालियर जा पहुँचे। पूरा परिवार इकट्ठा था। बहनें भी आई हुई थीं। सबने खूब अबीर-गुलाल खेला। अटलजी को त्योहार बहुत अच्छे लगते थे, लेकिन वे रंगों से जरा दूर ही रहते थे।

इसी तरह उनकी हमेशा कोशिश रहती कि वे नुमाइश के समय ग्वालियर जरूर पहुँचें। घर पहुँचते ही बच्चे उन्हें घेर लेते और जिद करने लगते कि वे उन्हें नुमाइश घुमाने ले जाएँ। अटलजी बताते थे कि "उन्हें ऐसे जिद करता देख मुझे अपना बचपन याद हो आता था। बिल्कुल ऐसे ही हम अपने बचपन में अपने बाबा के साथ जिद किया करते थे।" अटलजी इन बच्चों को साथ लेकर ताँगे पर सवार होकर मेले में पहुँच जाते। अटलजी को खुद भी झूला झूलना खूब पसंद था। वे बच्चों को फिल्में दिखाने भी ले जाते थे। कभी-कभी उनकी भाभी उलाहना देते हुए कहती भी थीं, "अटल, तुम इन्हें बिगाड़ दोगे।"

बच्चे अटलजी के साथ बहुत प्रसन्न रहते थे। अटलजी को भी अपने परिवार से हमेशा ही बहुत स्नेह रहा है। अकसर यह भी होता कि अटलजी की भाभी और बहनें उन्हें घेर लेतीं और विवाह के लिए जिद करने लगतीं, लेकिन अटलजी हर बार उनकी बात को हँसते हुए टाल जाते थे। ऐसे ही एक बार यह बात बहुत बढ़ गई, तब अटलजी अत्यंत गंभीर हो उठे और उन्होंने कड़ाई से कहा, "मैं अपना जीवन भारत माता की सेवा में अर्पित कर चुका हूँ। अब और कुछ सोचने का प्रश्न ही नहीं उठता।"

□

पहली तनख्वाह

1957 के चुनाव में अटलजी भारतीय जनसंघ के टिकट से बलरामपुर की सीट जीते और संसद् में पहुँचे। न तो उनके पास खुद का कोई राजनीतिक अनुभव था और न ही कोई अनुभवी व्यक्ति सहायता के लिए उपलब्ध था। वे सदन के उस वातावरण में एकदम नए थे। उस समय सदन में जनसंघ के मात्र चार ही सदस्य थे, अत: उन्हें बैठने का स्थान पीछे मिलता था और बोलने के लिए भी मात्र पाँच मिनट ही दिए जाते थे, ऐसे में सबका ध्यान अपनी ओर खींचना और अपनी बात सदन में रखना आसान नहीं होता था। छोटे दलों की यही विडंबना है।

उस समय जनसंघ का दफ्तर दिल्ली में अजमेरी गेट पर हुआ करता था। अटलजी बताते थे कि वे और जगदीश प्रसाद माथुर पैदल ही संसद् आते-जाते थे। जिस दिन उन्हें सांसद के तौर पर पहली तनख्वाह मिली तो उनकी खुशी का ठिकाना ही न रहा। उन्होंने जगदीश प्रसाद माथुर से पूछा, “आज पहली तनख्वाह मिली है। बताओ इन पैसों का क्या किया जाए?”

“चलिए कॉफी हाउस चलते हैं।”

वे लोग वहाँ पहुँचे और मसाला डोसा खाया और कॉफी पी। फिर इसके बाद कनॉट प्लेस घूमने आ गए। सामने खादी भवन था। अटलजी ने जगदीश माथुर के लिए दो जोड़ी कुरता-पायजामा पसंद किया और अपने लिए भी एक धोती-कुरता खरीदा। इसके बाद दोनों ने पान खाया और फिर पार्टी दफ्तर आ गए। सांसद के तौर पर उन्होंने अपनी पहली तनख्वाह यादगार रूप में खर्च की।

□

होटलों का नहीं, अस्पतालों का निर्माण करना चाहिए

विदेश नीति अटलजी का प्रिय विषय रहा है। वे इसमें बहुत रुचि रखते थे और बहुत ही प्रभावी बातें बोलते थे। उन दिनों इस विषय पर प्रभावशाली ढंग से अपनी बात कहना भी बहुत बड़ी बात होती थी। प्रधानमंत्री नेहरू ने विदेश मंत्रालय भी अपने पास ही रखा था। जब अटलजी पहली बार सांसद बने तो एक बार लोकसभा का कामकाज चल रहा था और नेहरूजी अपनी बात रख रहे थे। वे बोले कि "सरकार शहरों में अधिक से अधिक होटलों का निर्माण करेगी।"

अटलजी तुरंत खड़े हो गए और बोले, "सरकार को होटलों का नहीं, बल्कि अस्पतालों का निर्माण करना चाहिए।"

पंडित नेहरू ने उन्हें घूरकर देखा। एक मिनट तक तो वे कुछ नहीं बोले, मगर मन में जरूर कहा होगा, 'यह गुस्ताख सांसद कौन है?' फिर पुनः अटलजी की तरफ देखते हुए बोले, "पहले हम होटल बनवाएँगे, फिर उनसे मुनाफा कमाएँगे और फिर उन्हीं पैसों का इस्तेमाल अस्पताल बनवाने में करेंगे।"

संसद सदस्य के रूप में अटलजी एक मुखर वक्ता थे, लेकिन वे हमेशा शब्दों का एक ऐसा अनुशासन बनाए रहते थे, जिससे कभी बाहर नहीं निकलते थे, हालाँकि सदन में उनकी पार्टी के चार ही सदस्य थे, लेकिन वे चार सदस्य भी चालीस के बराबर थे। अटलजी जब भी अपना भाषण देते तो लोग उनकी एक-एक बात को ध्यान से सुनते। खुद पंडित नेहरू उनके भाषण को ध्यानपूर्वक सुना करते थे।

□

मेरी पार्टी की तसवीर उलटी न देखें

अटलजी पंडित नेहरू का बहुत सम्मान करते थे और नेहरूजी भी अटलजी की बातों को बहुत ध्यान से सुनते थे, हालाँकि अटलजी नेहरूजी के सामने आयु में काफी कम थे। अटलजी में अद्‍भुत आत्मविश्वास था, वे नेहरूजी के सामने भी बोलने से या उनकी बात काटने से नहीं झिझकते थे। ऐसे ही एक बार जब नेहरूजी ने पाकिस्तान को लेकर एक भाषण दिया तो उसी समय प्रतिक्रिया के रूप में अटलजी ने तुरंत कहा, "प्रधानमंत्रीजी ने कुछ दिन पहले कहा था कि यदि दो बातें मान ली जाएँ—पहली यह कि पाकिस्तान आक्रमणकारी है और दूसरी यह कि एक-तिहाई भू-भाग भारत का है, तो हम पाकिस्तान से बात करने के लिए तैयार हैं। अध्यक्ष महोदय! मेरा यह कहना है कि यदि ये दोनों बातें मान ली गईं तो फिर बात करने के लिए कुछ भी बाकी नहीं रहेगा। अगर बात कोई हो सकती है तो यही कि पाकिस्तान से पूछा जाना चाहिए कि वह कश्मीर के एक-तिहाई भू-भाग से अपना बोरिया-बिस्तर बाँधकर जाने की तैयारी कब कर रहा है? लेकिन ऐसे चिह्न दिखाई ही नहीं देते कि पाकिस्तान मान जाएगा। जो भू-भाग पाकिस्तान के पास है, उसके मिलने की बात तो दूर रही, जो हिस्सा भारत में मिला है, आज वह उसी पर दाँत लगाए है। पाकिस्तान युद्ध की तैयारियाँ कर रहा है। अमेरिकी हथियारों से सज्जित होकर भारत की स्वतंत्रता और सुरक्षा के लिए संकट का कारण बन रहा है। मैं युद्ध का हामी नहीं; मैं भी शांति का समर्थक हूँ, किंतु मरघट की शांति नहीं, बल्कि जीवन की शांति का समर्थक हूँ।"

पंडित नेहरू ने सबके सामने उनसे कह दिया, "अभी बच्चे हो।" उस समय तो वे बोल गए, लेकिन बाद में शायद उन्हें यह एहसास हुआ कि ऐसा नहीं बोलना चाहिए था, इसलिए शाम को अटलजी के नॉर्थ एवेन्यू निवास पर आ पहुँचे। अटलजी उस वक्त अपने लिए चाय बनाने जा रहे थे। उन्होंने नेहरूजी को सम्मान से बैठाया और पूछा,

"चाय बनाने जा रहा हूँ, आप पिएँगे?"

वे बोले, "यदि कॉफी हो तो कॉफी बना दो।"

कॉफी का घूँट पीते हुए वे बोले, "आज मैंने तुम्हें डाँट दिया। तुमने बुरा तो नहीं माना?"

अटलजी ने विनम्रता से कहा, "बिल्कुल भी नहीं। सच तो यही है कि मैं अभी नया हूँ, लेकिन अब से संसद् में इतना पढ़कर जाया करूँगा कि डाँट खाने की नौबत ही न आए।"

इसके बाद धीरे-धीरे पंडित नेहरू के हृदय में उनके लिए विशेष स्थान बनने लगा था, लेकिन एक बार उन्होंने जनसंघ के विषय में एक आलोचनात्मक टिप्पणी कर दी। अटलजी को बहुत बुरा लगा और वे तुरंत खड़े होकर बोले, "मैं जानता हूँ कि पंडितजी रोजाना शीर्षासन करते हैं। वे शीर्षासन करें, मुझे इसमें कोई आपत्ति नहीं है, लेकिन मेरी पार्टी की तसवीर उलटी न देखें।"

उनकी यह बात सुनते ही पंडित नेहरू ठहाका मारकर हँस दिए और वहाँ मौजूद पूरा सदन हँसने लगा।

□

नेहरूजी द्वारा प्रशंसा

जब अटलजी पहली बार सदन में चुनकर गए, तब वहाँ अधिकतर भाषण अंग्रेजी में ही होते थे। अटलजी ने हिंदी में भाषण देने की परंपरा शुरू की। धीरे-धीरे अटलजी की वाणी का प्रभाव और शब्दों की गहराई ने ऐसा असर डाला कि उनके भाषण से पहले हॉल पूरी तरह से भरने लगा। सभी में यह उत्कंठा रहने लगी कि यह युवा नेता आज क्या बोलेगा, उनके भाषण सभी के दिल-दिमाग पर असर डालने लगे। लोग उनके बोलते समय सदन से उठते तक नहीं थे, बल्कि भाषण होनेवाला होता, तो पहले से ही सदन में आकर बैठ जाया करते थे। उस समय लोकसभा स्पीकर थे—अनंथसयनम आय्यंगर। उन्हें सदन के सदस्यों में दो वक्ता सबसे बढ़िया लगते थे, अंग्रेजी के सबसे बढ़िया वक्ता कम्युनिस्ट पार्टी ऑफ इंडिया से हीरेन मुखर्जी और हिंदी के वक्ताओं में जनसंघ से अटल बिहारी वाजपेयी।

प्रधानमंत्री पंडित नेहरू भी अटलजी की उपस्थिति को महत्त्व देते थे। जब भी कोई विदेशी अतिथि आता तो वे उसके सम्मान में आयोजित कार्यक्रम में अटलजी को न सिर्फ आमंत्रित ही करते, बल्कि उससे उनका परिचय भी कराया करते थे। एक बार उन्होंने ब्रिटिश प्रधानमंत्री मैकमिलन से अटलजी का परिचय यह कहते हुए कराया, "ये विपक्ष के एक युवा नेता हैं, जो अकसर मेरी आलोचना करते हैं, लेकिन मुझे लगता है कि इनका भविष्य सुनहरा है।" अटलजी बताते थे कि नेहरूजी उन्हें 'भारत के उदीयमान युवा सांसद' भी कहा करते थे। कदाचित् उन्हें अटलजी में भविष्य का सफल राजनेता दिखने लगा था।

□

देश के युवजन किधर!

अटलजी ने पहली बार तीन जगह से नामांकन भरा था—मथुरा, लखनऊ और बलरामपुर। वे बलरामपुर सीट जीते थे, लखनऊ में कुछ मतों की टक्कर से हार गए थे और मथुरा में तो उनकी जमानत ही जब्त हो गई थी, इतनी बुरी तरह से हारे थे। इस प्रकार उन्होंने एक ही बार में 'जीतने, हारने और बुरी तरह से हारने' तीनों का अनुभव प्राप्त कर लिया था।

बलरामपुर की सीट से जीतने के कारण सांसद चुने जाने के करीब तीन-चार महीने के बाद वे ग्वालियर आए। उन्हें हमेशा से ही अपने परिवार और मित्रों के बीच सुखद अनुभूति होती थी। जब वे ग्वालियर पहुँचे तो विक्टोरिया कॉलेज ने उन्हें कॉलेज में आने हेतु निमंत्रण भेजा। अटलजी के लिए बहुत ही गर्व का क्षण था कि उनका अपना ही कॉलेज उन्हें आमंत्रित कर रहा था और इसी प्रकार कॉलेज के लिए भी यह बहुत ही गर्व की बात थी कि वह अपनी ही संस्था के होनहार पूर्व छात्र का स्वागत कर रहा है। अटलजी अपने कॉलेज गए और पुरानी स्मृतियों में खो गए। अब इसका नाम 'विक्टोरिया कॉलेज' की बजाय 'लक्ष्मीबाई कॉलेज' हो गया है। वह कुआँ, जिसके पास बैठकर सभी मित्र अनेक विषयों पर घंटों चर्चा किया करते थे, वे कक्षाएँ, जहाँ पढ़ाया जाता था, कैंटीन, लाइब्रेरी...सबने पुराने दिन याद करा दिए। अब तक तो कॉलेज में काफी बदलाव भी हो गया था। अब देश आजाद भी तो हो गया था। अटलजी के समय में प्रिंसिपल एफ.जी. पियर्स थे। अब प्रो. शंकर केशव अभ्यंकर थे। उन्होंने अटलजी का हृदय से स्वागत किया, "आप हमारे विद्यालय के पूर्व छात्र हैं और आज राजनीति के जरिए देशसेवा कर रहे हैं, हम आपका स्वागत करते हैं।"

"सर! आपने मुझे यहाँ आमंत्रित करके मेरा मान बढ़ाया है। आज मैं अपने ही विद्यालय में गुरुजनों के बीच बहुत खुशी महसूस कर रहा हूँ।"

उन्होंने अटलजी का परिचय नए छात्रों से करवाया। वहाँ मौजूद छात्रसंघ के परामर्शदाता प्रो. ना.वा. गोडबोले और छात्रसंघ के पदाधिकारी जगदीश तोमर से मिलकर अटलजी बहुत खुश हुए। अटलजी खुद भी कभी यहाँ छात्रसंघ के महासचिव और उपाध्यक्ष के पद पर हुआ करते थे। सभी अटलजी के बारे में बहुत कुछ सुनते रहते थे और उनसे मिलने के लिए लालायित थे। वे उनसे मिलकर बहुत खुश हुए। अटलजी उनके लिए प्रेरणा के समान थे।

अटलजी को वहाँ सभी का बहुत स्नेह मिला। जीवन में कुछ बन जाने के बाद अपनी नई पहचान लेकर पुनः अपने ही कॉलेज में जाना एक बहुत ही सुखद अनुभूति देता है। अटलजी ने उस दिन सभा भवन में समस्त स्टाफ और विद्यार्थियों के सामने एक संक्षिप्त भाषण दिया। उस दिन सभा भवन में हजारों छात्र-छात्राएँ उन्हें सुनने के लिए आए हुए थे। अटलजी ने उन युवाओं को 'देश के युवजन किधर!' विषय पर संबोधित किया। उन्होंने अपने व्यंग्य चित्रों के माध्यम से उन्हें यह समझाना चाहा कि 'नो फीस', 'नो अटेंडेंस' और फिर 'नो एग्जामिनेशन' ...आज के युवा यही चाहते हैं, लेकिन ये सफलता की सीढ़ियाँ नहीं हैं। उन्होंने उन्हें हास्यपरक-शैली में यह गंभीर बात समझाई थी। अपने भाषण के जरिए देश की राजनीति और लोकतांत्रिक व्यवस्थाओं पर भी चर्चा की और अपने संसदीय अनुभव भी उनसे साझा किए। उन्होंने बताया कि "मैं इस चुनाव में तीन जगहों से खड़ा हुआ। एक जगह से हारा, दूसरी जगह से जमानत तक न बचा सका और तीसरी जगह से जीता। इस प्रकार मैंने एक ही बार में हारने, बुरी तरह हारने और जीतने के अनुभव को प्राप्त किया।"

□

मैं ही हूँ अटल बिहारी वाजपेयी

यह तब की बात है, जब अटलजी ने बलरामपुर से पहली बार अपना नामांकन भरा था। अटलजी ने बलरामपुर की सारी जानकारियाँ जुटाईं और वहाँ अपने चुनाव प्रचार के लिए चल दिए। वे वहाँ पहली बार जा रहे थे। बलरामपुर स्टेशन के लिए गोंडा से गोरखपुर को एक छोटी लाइन जाती थी। यह ट्रेन आधी रात को गोंडा से चलती थी और तड़के बलरामपुर पहुँच जाती थी। अटलजी गोंडा से ट्रेन में चढ़े और बर्थ पर अपना बिस्तर बिछाकर लेट गए। लेटते ही उनकी आँख लग गई। अचानक बीच में नींद टूटी तो महसूस हुआ कि ट्रेन किसी स्टेशन पर खड़ी है। खिड़की खोलकर बाहर की ओर झाँकने लगे, ताकि स्टेशन का नाम पता चल सके। सैकड़ों कौए स्टेशन में लगे पेड़ों पर बैठे 'काँव-काँव' का शोर मचा रहे थे। सब ओर भयंकर शोर गूँज रहा था। तभी एक व्यक्ति दिखा। अटलजी ने उससे पूछा, "भैया! ये कौन सा स्टेशन है?"

उसने कहा, "कौवापुर।"

यानी बलरामपुर आने ही वाला था। कुछ देर में ट्रेन चल पड़ी। जब ट्रेन बलरामपुर पहुँची तो स्टेशन पर अँधेरा था। जनसंघ के महामंत्री अटलजी को लेने पहुँचे हुए थे, लेकिन वे उन्हें पहचानते नहीं थे। अटलजी ने ही उनके पास जाकर पूछा, "पाठकजी! किसे ढूँढ़ रहे हैं आप?"

उन्होंने बड़े ही सरल ढंग से उत्तर दिया, "अटलजी आनेवाले थे इसी गाड़ी से··· शायद नहीं आए!"

अटलजी हँस पड़े और उनकी पीठ पर हाथ मारकर बोले, "चलिए पाठकजी···मैं ही हूँ अटल बिहारी वाजपेयी।"

□

प्रेस की स्वतंत्रता के पक्षधर रहे

अटलजी हमेशा ही प्रेस की स्वतंत्रता के पक्षधर रहे। उनका मानना था कि जिस देश का प्रेस स्वतंत्र नहीं रह पाता, वह देश अपने नागरिकों के अंदर असुरक्षा, संदेह और तमाम प्रकार के शक-शुबहा पैदा कर देता है। भारत एक लोकतांत्रिक देश है, यदि यहाँ प्रेस की स्वतंत्रता का हनन होता है तो वह देश की जनता की स्वतंत्रता का हनन होगा। देश में होनेवाली हर प्रकार की गतिविधि, चाहे वह आर्थिक हो या राजनीतिक, सामाजिक हो या सामरिक, सभी को प्रेस ही जनता के सामने लाता है और यदि ऐसे में प्रेस की स्वतंत्रता को ही छीन लिया जाए तो यह जनता के साथ बहुत बड़ी नाइनसाफी होगी। जब कोई सरकार प्रेस पर अंकुश लगाती है तो लोकतंत्र का बहुत बड़ा नुकसान होता है और जनमानस में आक्रोश की ज्वाला भड़क उठती है।

कांग्रेस पार्टी में इंदिरा गांधी का वर्चस्व निरंतर बढ़ा था। 1969 तक पार्टी पूरी तरह से उन्हीं के नियंत्रण में आ चुकी थी। वे एक ऐसी राजनीतिज्ञा थीं, जो कि कूटनीति में भी बेहद निपुण थीं, लेकिन वे अपना विरोध कतई नहीं सह पाती थीं। प्रेस के संबंध में भी वे बहुत अनुदार थीं। कोई भी अखबार उनके विरोध में लिख दे, चाहे वह कितना भी सही हो, वे उसकी कट्टर विरोधी बन जाती थीं। एक बार अटलजी ने उनके इसी व्यवहार पर कड़ा विरोध जताया और सदन में सबके सामने अपनी बात रखी, "लोकतंत्र का आधार है, प्रेस की स्वतंत्रता। प्रधानमंत्री प्रेस की स्वतंत्रता को पसंद ही नहीं करतीं। बंबई के कांग्रेस अधिवेशन में उन्होंने कुछ समाचार-पत्रों में काम करनेवाले संपादकों और संवाददाताओं को बुलाया और इस बात की शिकायत की कि बंबई अधिवेशन, की ठीक तरह से पब्लिसिटी नहीं हो रही है। उन्होंने यह भी कहा कि मैं आपके मालिकों को बुलाकर दस मिनट में आपको ठीक कर सकती हूँ,

जबकि भारत के समाचार-पत्रों में प्रधानमंत्री के भाषण और उनकी तसवीरें जितना स्थान लेती हैं, उतना स्थान दुनिया के किसी लोकतंत्रवादी देश के प्रधानमंत्री के भाषण और तसवीरें नहीं लेतीं। फिर भी प्रधानमंत्री इससे संतुष्ट नहीं हैं। शायद वे चाहती हैं—'एकोऽहं द्वितीयो नास्ति'। लेकिन यह भावना तो तानाशाही को जन्म देती है। प्रधानमंत्री को इस भावना से सावधान रहना चाहिए।"

□

इंदिरा गांधी से टकराव

सदन में अकसर अटलजी का टकराव इंदिराजी से हो जाया करता था। एक बार लोकसभा में दिल्ली में जूनियर डॉक्टरों की हड़ताल को लेकर हंगामा हो रहा था। डॉक्टर वेतन के अतिरिक्त नॉन-प्रैक्टिसिंग भत्ते की माँग कर रहे थे। उनकी इस माँग पर इंदिरा गांधी ने आश्चर्य जताते हुए कहा, "मैं हैरान हूँ कि जो डॉक्टर्स सबसे गरीब हैं, उन्हें कोई शिकायत नहीं और वे भूख या असहयोग हड़ताल नहीं कर रहे, जबकि जो डॉक्टर्स शिकायत कर रहे हैं, वे काफी अच्छी स्थिति में हैं। मैं समझ नहीं पा रही हूँ, ऐसा क्यों है!"

अटलजी ने तुरंत उन्हें उत्तर दिया, "इसमें समझने के लिए क्या किसी विशेष प्रयास की आवश्यकता है? जो बेहद गरीब हैं, वे सदियों से मौन हैं, असंगठित रहे हैं और सताए गए हैं। वे लड़ ही नहीं सकते। दूसरी तरफ जो बेहतर स्थिति में हैं, वे संगठित हैं। इसीलिए वे बदलाव के नए तरीके अपना रहे हैं।"

ऐसी ही एक और घटना है—एक बार इंदिरा गांधी ने जनसंघ को उसके 'भारतीयकरण' की अवधारणा के लिए काफी कुछ कह दिया। उनका विचार था कि जनसंघ की अवधारणा भारतीय मुसलमानों के खिलाफ है। वे बोलते-बोलते यह भी बोल गईं कि "मैं जनसंघ जैसे दल से पाँच मिनट में निपट सकती हूँ।"

जैसा कि लाजिमी था, अटलजी को उनकी यह टिप्पणी कतई अच्छी नहीं लगी और उन्होंने पलटकर कहा, "पी.एम. महोदया कहती हैं कि वे जनसंघ से पाँच मिनट में निपट सकती हैं। क्या कोई लोकतांत्रिक पी.एम. इस तरह से बात करता है? मैं तो कहता हूँ कि पाँच मिनट में आप अपने केशों से नहीं निपट सकतीं, तो भला हमसे कैसे निपट सकती हैं! जब नेहरूजी गुस्से में होते थे, तब कम से कम वे अच्छा भाषण तो देते थे। हम उन्हें चिढ़ाते भी थे, लेकिन हम इनके साथ तो ऐसा भी नहीं कर सकते। ये तो अपने

आप ही गुस्सा हो जाती हैं।"

अटलजी ने एक अन्य अवसर पर कहा, "आज तो धर्मनिरपेक्षता का मतलब गैर-हिंदू हो गया है। गुटनिरपेक्षता की तरह ही सरकार की धर्मनिरपेक्षता भी सवालों के घेरे में है। मुझे अपने हिंदुत्व पर गर्व है, लेकिन इसका यह मतलब कतई नहीं है कि मैं मुसलमान विरोधी हूँ।"

एक बार अटलजी ने उनके 'गरीबी हटाओ' नारे के विरोध में कहा, "गरीबी हटाओ के नारे से चुनाव जीतना तो आसान है, लेकिन सिर्फ नारों से गरीबी नहीं हटती।"

एक अन्य बार उन्होंने उनके विरोध में कहा, "जिस तरह सँपेरा अपने साँपों को बक्से में छिपाकर रखता है, यह सरकार भी समस्याओं को एक बक्से में छिपाकर रखती है और सोचती है कि वे समाप्त हो गई हैं, लेकिन जब ढक्कन हटाया जाता है तो समस्या सिर उठा लेती है।"

इस प्रकार अटलजी विरोध भी करते थे तो स्वस्थ मानसिकता के साथ करते थे और हमेशा शब्दों का अनुशासन बनाकर रखते थे। अकसर उनके विरोध पर विरोधियों को भी हँसी आ जाती थी, क्योंकि वे बोलते ही इस ढंग से थे।

□

भारत जीता-जागता राष्ट्रपुरुष है

अटलजी हमेशा ही छुआछूत के विरोधी रहे। उनका मानना था कि अल्पसंख्यकों को खुद ही आगे आना होगा और राष्ट्र की मुख्यधारा से जुड़ना होगा, वरना वे घाटे में रहेंगे। उन्होंने 1968 में संसद् में अपने भाषण के द्वारा इस विषय पर गंभीर चर्चा की। उन्होंने कहा था, "अगर शास्त्रों की ऐसी कोई व्याख्या हुई है तो वह गलत व्याख्या हुई है और हम उसे मानने के लिए तैयार नहीं हैं। मैं एक कदम और आगे जाकर यह कहने के लिए तैयार हूँ कि कल अगर परमात्मा भी आ जाए और कहे कि छुआछूत मानो तो मैं ऐसे परमात्मा को भी मानने के लिए तैयार नहीं हूँ, मगर परमात्मा ऐसा नहीं कर सकता और जो परमात्मा के भक्त बनते हैं, उनको भी ऐसी बात नहीं करनी चाहिए। मुसलमानों से हमारा यही कहना है कि वे मुल्क को पहला और मजहब को दूसरा स्थान दें। उन्हें अलग-थलग या अपने ही दायरे में रहने की बजाय कौमी जिंदगी में घुल-मिलकर उसे बेहतर बनाने की जद्दोजहद में आगे बढ़कर हिस्सा लेना चाहिए।"

अटलजी हमेशा ही आस्थावान तो रहे ही, लेकिन धर्मनिरपेक्ष भी रहे। उनके लिए राजनीति में हमेशा से राष्ट्रवाद ही मुख्य मुद्दा बना रहा। वे हमेशा अल्पसंख्यकों और मुसलमानों को साथ लेकर चलने की बात करते थे। जनसंघ के अध्यक्ष के तौर पर भी उन्होंने यही कहा था कि "जनसंघ सभी भारतीयों को एक मानता है और उन्हें हमेशा के लिए बहुसंख्यक और अल्पसंख्यक के तौर पर बाँटने का विरोधी है। लोकतंत्र में बहुसंख्यक और अल्पसंख्यक का निर्णय राजनीति के आधार पर होता है। मजहब, भाषा या जाति के आधार पर नहीं। जनसंघ सभी अल्पसंख्यकों के प्रति समान व्यवहार का हामी रहा है। यदि उनके साथ कोई गलत व्यवहार किया जाता है तो गलत है और जनसंघ उसके खिलाफ अपनी आवाज उठाएगा।"

अटलजी के लिए भारत मात्र एक जमीन का टुकड़ा नहीं है, बल्कि जीता-जागता

राष्ट्रपुरुष है। हिमालय इसका मस्तक है, गौरीशंकर शिखा है, कश्मीर किरीट है, पंजाब और बंगाल दो विशाल कंधे हैं, विंध्याचल कटि है, नर्मदा करधनी है, पूर्वी और पश्चिमी घाट दो विशाल जंघाएँ हैं, कन्याकुमारी इसके चरण हैं, सागर इसके पग पखारता है। पावस के काले-काले मेघ इसके कुंतल केश हैं। चाँद और सूरज इसकी आरती उतारते हैं। यह वंदन की भूमि है। यह अर्पण की भूमि है। इसका कंकर-कंकर शंकर है और इसका बिंदु-बिंदु गंगाजल है। हम जिएँगे तो इसके लिए और मरेंगे तो इसके लिए।

□

बेटियों को गोद लिया

अटलजी 1, फिरोजशाह रोड पर रहा करते थे। उस समय वे जनसंघ के अध्यक्ष थे। शिवकुमारजी उनके सहयोगी नियुक्त हुए। अब उनके पास बहुत काम होता था, अत: वे भी अटलजी के साथ आकर रहने लगे थे। अटलजी के साथ उनके मित्र कौल का परिवार भी रहा करता था। उनकी दो प्यारी-प्यारी बेटियाँ थीं। इन बच्चियों के होने से अटलजी का घर हमेशा गुलजार रहता। बड़ी बेटी का नाम था—नमिता और छोटी बेटी का नाम गूम था। उस समय बड़ी बेटी नमिता मेडिकल की पढ़ाई कर रही थी और छोटी बेटी गूम स्कूल में थी। बाद में अटलजी ने इन्हें गोद ले लिया।

□

'दुआ टेक्स वाजपेयी फॉर अ राइड'

यह तब की बात है, जब जनसंघ का दफ्तर दिल्ली में विट्ठल भाई पटेल हाउस में होता था। रोजाना चार बजे प्रेस कॉन्फ्रेंस हुआ करती थी। एक रोज अटलजी अपने हाथ में ब्रीफकेस लिये फिरोजशाह रोड पर खड़ी टैक्सी का इंतजार कर रहे थे। तेज चिलचिलाती हुई धूप पड़ रही थी। उसी समय वहाँ से वरिष्ठ पत्रकार एच.के. दुआ अपने स्कूटर से निकले। वे उस समय 'इंडियन एक्सप्रेस' में चीफ ऑफ ब्यूरो थे। वे अटलजी के निकट आए और अपना स्कूटर रोककर बोले, "मैं भी वहीं जा रहा हूँ, जहाँ आपको जाना है, आप चाहें तो साथ चलिए।"

अटलजी बिना एक पल भी गँवाए उनके पीछे स्कूटर पर बैठ गए। जब वे उनके साथ विट्ठल भाई पटेल हाउस पहुँचे तो वहाँ मौजूद कुछ वरिष्ठ नेता पहले से उनका इंतजार कर रहे थे। वे अटलजी को देखकर हँसने लगे। जगदीश प्रसाद माथुर हँसते हुए बोले, "कल एक्सप्रेस में छपेगा, 'वाजपेयी राइड्स दुआज स्कूटर'।" अटलजी ने भी तुरंत ही मँजे हुए पत्रकार की तरह जवाब दिया, "हेडलाइन तो जरूर होगी, लेकिन ये—'दुआ टेक्स वाजपेयी फॉर अ राइड'।" हम सभी हँस दिए।

अटलजी को खुद पर हँसना कभी भी बुरा नहीं लगा। वे हमेशा सभी के साथ एक समान व्यवहार करते थे। किसी का विरोध भी करते थे तो स्वस्थ मानसिकता के साथ। किसी को नीचा दिखाना या उसका अपमान करना कभी उनका ध्येय नहीं होता था। अटलजी ने हमेशा स्वस्थ और साफ-सुथरी राजनीति में भरोसा रखा। वे चाहे जितने भी ऊँचे पद पर पहुँच गए हों, अपने मित्रों, परिचितों और रिश्तेदारों से पहले के समान ही मिलते रहे। जब भी कोई उनके निवास में उनसे मिलने आता तो अपने उसी पुराने 'अटल' को पाता। अटलजी के व्यवहार में कभी कोई बदलाव नहीं आया, बल्कि समय के साथ-साथ उनका व्यक्तित्व और भी गहरा होता गया।

□

माउंटेन वार की ट्रेनिंग देखने गए

साठ के दशक से ही भारत-चीन सीमा विवाद गहरा हो उठा था। 1962 में भारत-चीन युद्ध शुरू हुआ। विवादित हिमालय सीमा युद्ध का मुख्य बहाना बना था, लेकिन अन्य मुद्दों ने भी इस युद्ध को भड़काने में महत्त्वपूर्ण भूमिका निभाई। चीन सिंगकियांग तिब्बत रोड के पश्चिम में सत्तर मील आगे तक बढ़ आया था और उसने चार हजार वर्ग किलोमीटर का क्षेत्र अपने कब्जे में ले लिया था। उस समय रक्षामंत्री कृष्णा मेनन और सेना प्रमुख पी.एन.थापर थे। नेहरू ने पी.एन. थापर को कब्जा की गई इन पोस्टों को छुड़ाने का आदेश दिया। आर्मी चीफ थापर ने पंडित नेहरू को आगाह किया कि "यह तो बर्र के छत्ते में हाथ डालने जैसा काम होगा। हम इस समय चीन के साथ मुकाबला ले सकने की स्थिति में नहीं हैं।" इसके बाद रक्षामंत्री मेनन के नेतृत्व में एक हाई लेवल मीटिंग हुई। इस मीटिंग में भी सेना प्रमुख ने साफ शब्दों में कहा कि "भारतीय फौज के पास इस जंग में जाने लायक ताकत नहीं है।"

आखिरकार भारत को एक शर्मनाक हार झेलनी पड़ी। बिना रसद और पानी के भारतीय फौजी लड़ते रहे और जान देते रहे। प्रधानमंत्री नेहरू ने उस दौरान चीन के तेज होते आक्रमण को रोकने के लिए अमेरिका से मदद माँगी। नेहरू ने भारत को लड़ाकू विमान मुहैया कराने के लिए तत्कालीन अमेरिकी राष्ट्रपति जॉन एफ. कैनेडी को पत्र लिखा। इधर चीन ने पश्चिमी क्षेत्र में चुशूल में रेजांग-ला एवं पूर्व में तवांग पर कब्जा कर लिया था। जब चीन ने 20 नवंबर, 1962 को युद्ध विराम और साथ ही विवादित क्षेत्र से अपनी वापसी की घोषणा की, तब जाकर यह युद्ध समाप्त हो सका।

भारत-चीन युद्ध कठोर परिस्थितियों में हुई लड़ाई के लिए जाना जाता है। इस युद्ध में ज्यादातर लड़ाई 4250 मीटर (14,000 फीट) से अधिक ऊँचाई पर लड़ी गई थी। इस प्रकार की परिस्थिति में दोनों ही पक्षों के लिए रसद और अन्य समस्याएँ उत्पन्न हो गई

थीं। इस युद्ध की विशेष बात यह थी कि इसमें भारत और चीन, दोनों पक्षों द्वारा नौसेना या वायु सेना का उपयोग नहीं किया गया था।

इसके परिणामस्वरूप सेना को पहाड़ी युद्ध के लिए तैयार करने का निर्णय लिया गया। हम अपनी इसी कमी के चलते चीन से मुकाबला करने से चूक गए थे। तब तक हमारी सेना के पास पहाड़ पर लड़ने की कोई ट्रेनिंग नहीं थी। इस ट्रेनिंग के लिए सेना के ऊपर काफी खर्चा होना शुरू हो गया। दिल्ली में बैठे कई सांसद इस खर्चे का विरोध करने लगे। उन्हें यह बेकार में किया जानेवाला खर्च नजर आ रहा था। इधर सेना परेशान थी कि यदि माउंटेन वार की ट्रेनिंग नहीं दी गई तो अगली बार चीन और पाकिस्तान का मुकाबला कैसे किया जाएगा? हमारे फौजी अफसरों के पास माउंटेन वार का कोई ज्ञान नहीं था। दिल्ली में बैठे सांसद फौजियों की तकलीफों और पहाड़ी इलाकों में होनेवाले युद्ध की दुरूह ट्रेनिंग को समझ नहीं पा रहे थे। जब इस विषय पर हंगामा ज्यादा बढ़ गया तो इसके लिए एक संसदीय समिति को माउंटेन वार की ट्रेनिंग देखने के लिए भेजने की योजना पर विचार किया गया। इसके लिए लगभग बीस सांसदों की एक टीम बनाई गई। इस टीम में अटलजी भी शामिल थे। वे लोग कारगिल के पास सोनमर्ग में एक अस्थायी शिविर में पहुँचे। ये लोग वहाँ पहुँचे ही थे कि ठंड से सभी की हालत खराब होने लगी। कुछ को तो साँस लेने में ही परेशानी होने लगी। सेना ने इन सांसदों के टेंटों के भीतर गर्म हीटर का प्रबंध किया, सभी के लिए गर्म फरवाले कोट मँगाए गए, जबकि यह तो पहला पड़ाव था, अभी तो सभी को उस जगह जाना था, जहाँ सेना माउंटेन वार की ट्रेनिंग ले रही थी। यह जगह थी—टाइगर हिल।

अफसर इस दुविधा में थे कि सांसदों को वहाँ तक लेकर जाना ठीक रहेगा भी या नहीं, क्योंकि यहीं पर सबकी हालत इतनी अधिक खराब हो रही थी। खैर, सांसदों ने वहाँ जाने से खुद ही इनकार कर दिया, लेकिन अटलजी ने वहाँ जाने का और उस कठिनतम ट्रेनिंग को देखने का अपना निश्चय सुनाया। उनके लिए पहाड़ी घोड़ा मँगवाया गया, लेकिन अटलजी ने घोड़े पर बैठने से मना कर दिया। उन्होंने कहा, "मैं घोड़े पर नहीं बैठूँगा, बल्कि आप लोगों के साथ ही चलूँगा।" लेकिन थोड़ा ऊपर चढ़ते ही उनकी साँस फूलने लगी। ऑक्सीजन की कमी से उनका चलना मुश्किल हो गया। सेना के चार जवान अपनी पीठ पर अटलजी के लिए ऑक्सीजन का सिलेंडर लेकर चल रहे थे। अब अटलजी को ऑक्सीजन दी जाने लगी। इससे उन्हें साँस लेने में थोड़ी आसानी हुई। अफसरों ने उनसे फिर अनुरोध किया कि वे घोड़े पर बैठ जाएँ, लेकिन अटलजी ने अब भी इनकार कर दिया। आखिरकार वे पैदल ही उस जगह पर पहुँचे, जहाँ हमारी सेना युद्ध का अभ्यास कर रही थी। अटलजी ने उन फौजियों की तकलीफों को खुद अपनी आँखों से देखा। उनके पास कपड़े नहीं थे, जूते-मोजे नहीं थे, हथियार भी नहीं थे। उन्हें

इस कठिन रास्ते में अपना सारा सामान अपनी पीठ पर लादकर चलना पड़ता था। उनकी जरा सी चूक उनकी जान पर बन सकती थी। ऐसे हालातों में ये सैनिक अभ्यास कर रहे थे। अटलजी का मन भर आया। उन्होंने यह सब अपनी आँखों से देखा और उनके कष्टों को खुद महसूस किया। अटलजी ने दिल्ली लौटने के बाद संसद् में इस सबका वर्णन किया और कहा, "हम अपनी सेना के लिए जो भी खर्चा कर रहे हैं, दरअसल वह बहुत ही कम है।"

□

कैदी कविराय

आपातकाल का समय बहुत लंबा खिंच गया था। सरकार ने बड़ी-बड़ी राजनीतिक हस्तियों को जेल में बंद कर दिया था। बाहर जनता त्रस्त थी और भीतर राजनेता परेशान थे। सरकार ने अटलजी के भीतर के राजनेता को तो कैद कर लिया था, लेकिन वह उनके कवि मन को कैद नहीं कर पाई थी, यह संभव भी नहीं था। अटलजी के भीतर का राजनेता मौन धारण कर चुका था, लेकिन कवि उतना ही मुखर हो उठा था। उन्होंने कागज-कलम उठाई और 'कैदी कविराय' नाम से कविताएँ लिखने लगे।

आपातकाल के दिनों में सत्ता संजय गांधी के चारों ओर नाच रही थी। वे जो चाहते, वही होता। वे ही मंत्रियों, अफसरों को आदेश देते। उनके हर आदेश का पालन किया जाता। अटलजी देश की ऐसी स्थिति देखकर द्रवित हो उठे थे। संजय गांधी और उनकी तिकड़ी से लेकर सुरक्षा बल और नौकरशाही सभी निरंकुश हो चुके थे। एक मरघट की-सी शांति पूरे देश में फैली हुई थी। अफसर तानाशाह हो गए थे। पुलिस कुछ भी कर सकती थी। राजनीतिक गतिविधियाँ बिल्कुल बंद थीं। कोई जुलूस-प्रदर्शन नहीं। जनता की परेशानियों के लिए कोई जगह नहीं थी, सिर्फ तानाशाही चल रही थी। उस समय अटलजी के पास भी सिर्फ कलम का ही सहारा था। उन्होंने अपने देश की हालत पर यह कुंडलियाँ लिखीं—

सब सरकारों से बड़े,
हैं छोटे सरकार
गुड्डी जिनकी चढ़ रही,
दिल्ली के दरबार
दिल्ली के दरबार,

बुढ़ापा खिसियाता है
पूत सवाया सिंहासन,
चढ़ता आता है
कह कैदी कविराय,
लोकशाही की छुट्टी
बेटा राज करेगा,
पीकर मुगली घुट्टी।

पानी सिर के ऊपर जाने लगा था। आपातकाल के दौरान नजरबंदी और आपात स्थिति को चुनौती देने के लिए बंदी प्रत्यक्षीकरण याचिका (हैबियस कॉर्पस) का मसविदा तैयार करने का निर्णय लिया गया, लेकिन इस पर भी कई लोगों के बीच मतभेद था। कुछ नेताओं ने कहा, "अदालतों का दरवाजा खटखटाने का कोई लाभ नहीं होगा, क्योंकि 1942 में भी ऐसे ही हालात थे और कोई सुनवाई नहीं हुई थी।"

तब अटलजी ने उन्हें दृढ़तापूर्वक समझाया, "सबसे पहले तो आप यह समझ लें कि यह 1942 नहीं, बल्कि 1975 है। अब हम आजाद देश के नागरिक हैं और न्यायपालिका हमारी है। यदि आज हम न्यायपालिकाओं के दरवाजे नहीं खटखटाएँगे तो कल को न्यायाधीशों को यह कहने का मौका मिल सकता है कि 'आप फरियाद तो करते, हम आपके साथ न्याय करते'...इसलिए हमें न्यायपालिका को कसौटी पर रखकर देखना चाहिए। यह न्यापालिका की भी अग्निपरीक्षा है।"

लोगों को अटलजी की बात समझ में आई और वे उनके समर्थन में आगे आए। इस प्रकार इन नेताओं ने बैंगलौर जेल में ही मीसा के तहत कैद किए जाने के फैसले के खिलाफ कर्नाटक उच्च न्यायालय में अपनी याचिकाएँ दाखिल कर दीं। इसके लिए तीन वकीलों एन. संतोष हेगड़े, एम. रामा जोईस और एन.एम. घटाटे की मदद ली गई। अब तो कमाल ही हो गया। देखते-ही-देखते देश भर में हजारों याचिकाएँ दाखिल हो गईं। हाईकोर्ट ने भी अपना फैसला सुनाना शुरू कर दिया। उनके फैसले के मुताबिक अवैध नजरबंदी को कानूनन चुनौती दी जा सकती है, हालाँकि सुप्रीम कोर्ट के पाँच जजों की बेंच ने चार और एक के अनुपात से नौ हाईकोर्ट के फैसलों को गलत ठहरा दिया।

जिस दिन इन याचिकाओं पर सुनवाई होनी थी, उससे एक दिन पहले अटलजी की तबीयत बहुत खराब हो गई और उन्हें तुरंत विक्टोरिया अस्पताल में भरती कराया गया। उनकी कमर में बेतहाशा दर्द उठा था। जाँच में पाया गया कि उन्हें अपेंडिसाइटिस की तकलीफ है। अस्पताल में भी वे पहरेदारों से घिरे हुए थे। उनका अपेंडिक्स का ऑपरेशन किया गया, हालाँकि बाद में पता चला कि उन्हें अपेंडिसाइटिस की नहीं, बल्कि स्लिप

डिस्क की तकलीफ थी। फिर उसका भी ऑपरेशन करवाना पड़ा था। इतनी तकलीफ सहने के बाद वे कुछ समय के लिए पैरोल पर अपने घर भेज दिए गए, लेकिन उनके घर के चारों ओर भी पुलिस-ही-पुलिस थी। उस समय की दशा पर उन्होंने एक कुंडली कुछ यूँ लिखी—

घर पहुँचे हम बाद में,
पहले पुलिस तैयार
रोम-रोम गद्गद हुआ,
लखि स्वागत-सत्कार
लखि स्वागत-सत्कार,
पराए अपने घर में
कुत्ते का भी नाम,
लिख लिया रजिस्टर में
कह कैदी कविराय,
शास्त्री कसें लँगोटा
जनसंघ छूटा, नहीं पुलिस
का पीछा छूटा।

□

आपातकाल के दौरान गिरफ्तारी

जिस रात को इंदिरा गांधी ने आपातकाल की घोषणा की, उस रात से एक दिन पहले, यानी 25 जून को दिल्ली के रामलीला मैदान में जयप्रकाश नारायण की अगुआई में एक विशाल रैली हुई थी। इस रैली में लोकनायक जयप्रकाश नारायण ने तत्कालीन प्रधानमंत्री इंदिरा गांधी को ललकारा था और उनकी सरकार को उखाड़ फेंकने का आह्वान किया था। इस रैली में विपक्ष के लगभग सभी बड़े नेता मौजूद थे। यहीं पर राष्ट्रकवि दिनकर की प्रसिद्ध पंक्तियाँ 'सिंहासन खाली करो कि जनता आती है' की गूँज नारा बनकर उभरी थी।

आपातकाल की घोषणा के साथ ही सब ओर अफरा-तफरी शुरू हो गई। देश के दिग्गज नेताओं को गिरफ्तार किया जाने लगा। 26 तारीख की सुबह होने से पहले ही जयप्रकाश नारायण, मोरारजी देसाई जैसे बड़े नेता गिरफ्तार कर लिये गए। अटलजी 24 जून को बैंगलोर पहुँचे थे। वहाँ 26 और 27 जून को दल-बदल के विरोध में कानून बनाने के लिए संयुक्त संसदीय समिति की बैठक होनेवाली थी। 25 जून को दिल्ली से जनसंघ के नेता लालकृष्ण आडवाणी और कांग्रेस (ओ) के नेता श्यामनंदन मिश्र भी बैंगलोर पहुँचे। ये लोग विधानसभा भवन के निकट ही ठहरे थे। 26 जून की सुबह करीब सात-साढ़े सात बजे आडवाणीजी के पास बैंगलोर के ही स्थानीय जनसंघ के नेता का फोन आया। उन्होंने आडवाणीजी को सूचना दी कि दिल्ली से जनसंघ के सचिव रामबाबू गोडबोले से जानकारी मिली है कि बीती आधी रात को जयप्रकाश नारायण, मोरारजी देसाई समेत देश के कई अहम नेताओं को गिरफ्तार कर लिया गया है। हो सकता है, पुलिस आपको और वाजपेयीजी को भी गिरफ्तार करने पहुँचे। अत: आप लोग सावधान रहें।

आडवाणीजी तुरंत अटलजी के कमरे में जा पहुँचे और बोले, "अटलजी! आपने कुछ सुना!"

अटलजी उस समय अपने कमरे में बैठे रेडियो पर सुबह के आठ बजे प्रधानमंत्री इंदिरा गांधी का राष्ट्र के नाम संदेश ही सुन रहे थे। आडवाणीजी को देखकर बोले, "आइए, बैठिए लालजी!…वही सुन रहा हूँ अभी।"

"ये तो लोकतंत्र की हत्या है!"

"देखते हैं प्रभु, अभी और क्या-क्या होना है।"

…और वही हुआ। सवेरे करीब दस बजे पुलिस इन दोनों को भी गिरफ्तार करने पहुँच गई। उन्हें गिरफ्तार कर बैंगलोर सेंट्रल जेल भेज दिया गया।

□

आपातकाल की निरंकुशता

आपातकाल वह दौर था, जब सत्ता ने आम आदमी की आवाज को कुचलने की सबसे निरंकुश कोशिश की थी। आपातकाल सरकार को असीमित अधिकार देता है। उस समय सरकार का विरोध करने पर मीसा और डी.आई.आर. के तहत देश में लगभग एक लाख ग्यारह हजार लोग जेल में बंद कर दिए गए थे। देश के जितने भी बड़े नेता थे, सभी-के-सभी सलाखों के पीछे डाल दिए गए थे। एक तरह से जेलें ही राजनीति की पाठशाला बन गई थीं। जेल में बड़े नेताओं के साथ रहकर युवा नेताओं को भी बहुत कुछ सीखने-समझने का मौका मिला। लालू प्रसाद यादव, मुलायम सिंह यादव, नीतीश कुमार और सुशील मोदी जैसे बिहार के नेताओं ने इसी पाठशाला में अपनी सबसे महत्त्वपूर्ण राजनीतिक पढ़ाई की। एक तरफ नेताओं की नई पौध राजनीति सीख रही थी, दूसरी तरफ इंदिरा के बेटे संजय गांधी अपने दोस्त बंसीलाल, विद्याचरण शुक्ल और ओम मेहता के साथ नए-नए कामों को अंजाम दे रहे थे। संजय गांधी ने विद्याचरण शुक्ल को पहले से ही सूचना प्रसारण मंत्री बनवा दिया था, ताकि मीडिया पर सरकार की इजाजत के बिना कुछ भी लिखा या बोला न जाए। जो भी इससे इनकार करता, उसके लिए जेल के दरवाजे खुले हुए थे। मीडिया ही नहीं, अब तो न्यायपालिका भी सहमी हुई थी।

इसी दौरान संजय गांधी अपना पाँच सूत्रीय कार्यक्रम भी ले आए। एक तरफ जुल्म हो रहा था, दूसरी तरफ संजय गांधी ने देश को आगे बढ़ाने के नाम पर पाँच सूत्रीय एजेंडे पर काम करना शुरू कर दिया था। इसमें शामिल था—वयस्क शिक्षा, दहेज प्रथा की समाप्ति, पेड़ लगाना, जाति प्रथा उन्मूलन और परिवार नियोजन। उस समय सौंदर्यकरण के नाम पर संजय गांधी ने एक ही दिन में दिल्ली के तुर्कमान गेट की झुग्गियों को साफ करवा डाला था।

संजय गांधी के इस पाँच सूत्रीय कार्यक्रम में सबसे ज्यादा जोर परिवार नियोजन पर

था। पुरुषों की जबरदस्ती नसबंदी कराई जाने लगी। इससे जनता में आक्रोश फैल गया। 19 महीने के दौरान देश भर में लगभग 83 लाख लोगों की जबरन नसबंदी करा दी गई थी। कहा तो यह भी जाता है कि पुलिस बल गाँव-के-गाँव घेर लेते थे और जो भी पुरुष नजर आता, उसे पकड़कर उसकी नसबंदी करा दी जाती। जिन युवकों की शादी भी नहीं हुई थी, उनकी भी नसबंदी कर दी गई थी।

उस दौरान सरकार के प्रति विरोध प्रदर्शन का तो सवाल ही नहीं उठता था, क्योंकि जनता को जगानेवाले लेखक-कवि और फिल्म कलाकारों तक को नहीं छोड़ा गया था। फिल्मकारों को मजबूर किया गया कि वे सरकार की प्रशंसा में गीत लिखें और गाएँ। ज्यादातर लोग झुक भी गए, लेकिन किशोर कुमार, देवानंद जैसे लोगों ने यह आदेश नहीं माना। उन्हें इसका खामियाजा भी उठाना पड़ा। उनके गाने रेडियो पर बजने बंद हो गए। उनके घर पर आयकर के छापे भी पड़े। अमृत नाहटा की फिल्म 'किस्सा कुरसी का' को सरकार विरोधी मानकर उसके सारे प्रिंट जला दिए गए। उन्हें बहुत प्रताड़ित किया गया। गुलजार की फिल्म 'आँधी' को लेकर भी विवाद उठा। इस फिल्म के बारे में माना जा रहा था कि इसमें जिस राजनीतिक महिला को रुपहले परदे पर उकेरा गया है, वह इंदिरा गांधी के जीवन को चरितार्थ कर रही है। इस भूमिका को सुचित्रा सेन ने निभाया था। फिल्म में सुचित्रा के आंशिक रूप से सफेद बालों ने इंदिरा गांधी के पात्र को जीवंत कर दिया था। सेंसर बोर्ड ने फिल्म को रिलीज होने के लिए प्रमाण-पत्र देने से इनकार कर दिया था। इसके बाद इंदिरा गांधी ने स्वयं यह फिल्म देखी और इसे रिलीज करने की अनुमति दी। यह फिल्म 1975 में रिलीज हुई थी।

आपातकाल में सबसे ज्यादा अखरनेवाली बात थी, लोकतंत्र के चौथे स्तंभ को सेंसरशिप लगाकर कमजोर कर देना। अखबार, रेडियो और टी.वी. पर सेंसर लगा दिया गया था। अनेक पत्रकार जेल भेज दिए गए, जिनमें रतन मलकानी, कुलदीप नैयर, दीनानाथ मिश्र, वीरेंद्र कपूर और विक्रमराव जैसे नाम प्रमुख थे। उस समय देश के अनेक जाने-माने पत्रकारों को नौकरी से भी निकलवा दिया गया। हालात ये थे कि सरकार के विरुद्ध कुछ भी प्रकाशित नहीं किया जा सकता था। मौलिक अधिकार तो लगभग समाप्त ही हो गए थे। अभिव्यक्ति की आजादी पर रोक लगाना एक बड़ी गलती थी, क्योंकि यदि प्रतिबंध नहीं होता तो जनता के सामने यह सत्य प्रकट होता कि आपातकाल लगाए जाने के पीछे कारण क्या थे। जनता की कोई भी प्रतिक्रिया इंदिरा गांधी तक नहीं पहुँच रही थी। उन्हें वही पता चलता था, जो उनके आसपास मौजूद लोग उन्हें बताया करते थे। वे उन्हें यही कहते थे कि "आप जनता के बीच बहुत लोकप्रिय हैं। जनता आपके काम से बहुत संतुष्ट है।" जबकि स्थिति इससे उलटी हो चुकी थी। लोग आपातकाल से बुरी तरह भयभीत थे और त्रस्त भी।

आपातकाल के दौरान लगभग एक लाख व्यक्तियों को देश की विभिन्न जेलों में बंद किया गया था। इनमें मात्र राजनीतिक व्यक्ति ही नहीं, आपराधिक प्रवृत्ति के लोग भी थे, जो ऐसे आंदोलनों के समय लूटपाट किया करते थे। भ्रष्ट कालाबाजारियों और हिस्ट्रीशीटर अपराधियों को भी उठाकर बंद कर दिया गया था।

बैंगलोर की सेंट्रल जेल के दो बड़े कमरों में चार दिग्गज नेता बंद थे। अटलजी और आडवाणीजी एक कमरे में थे, श्री मधु दंडवते और श्री श्यामनंद दूसरे कमरे में थे। जेल के मैन्युअल के अनुसार काम के बँटवारे में अटलजी के हिस्से में खाना बनाने की जिम्मेदारी आई।

जेल में सभी राजनीतिक दलों के नेता और कार्यकर्ता बंद थे। सभी में आपस में मित्रता का व्यवहार बन गया था। जब भी कोई रिहा होकर जाता तो वह बाहर जाकर भी भीतर बंद कैदियों के हित के लिए ही काम करता। अटलजी के मित्र घटाटेजी उनसे मिलने जेल आए और उन्हें कैदी के कपड़ों में देखकर बहुत दुःखी हुए। वे उनके कपड़ों की ओर हाथ दिखाते हुए बोले, "अटलजी! क्या है ये सब?...आप और इन कपड़ों में! मुझसे नहीं देखा जाता।"

अटलजी ने हँसते हुए कहा, "अब तो बस इंदिरा गांधी ही कपड़े पहनाएँगी, इंदिरा गांधी ही खाना भी खिलाएँगी। हम तो अब अपनी जेब से कानी कौड़ी भी खर्च नहीं करेंगे।"

□

जब एक कार्यकर्ता ने ही अटलजी का भोजन खा लिया

एक बार की बात है, अटलजी चुनाव प्रचार के लिए भांडेर तहसील आए हुए थे। उस समय उनके पैर में प्लास्टर बँधा था। अटलजी उस दिन की सभा को संबोधित करने के लिए सर्किट हाउस से रवाना हुए। उनके साथ कुछ स्थानीय कार्यकर्ता भी थे। उन्होंने अटलजी से रास्ते में पूछा, "आप भोजन में क्या लेना चाहेंगे?" अटलजी हमेशा यही कहते थे कि जो आसानी से उपलब्ध हो जाए, वही ले आइएगा, सो इस बार भी उन्होंने यही उत्तर दिया। अटलजी हमेशा सादा खाना ही पसंद करते थे।

उनका काफिला जब गाँव में पहुँचा तो वहाँ कोई भी भाषण सुनने नहीं आया हुआ था, क्योंकि गाँववालों को इस कार्यक्रम की कोई जानकारी ही नहीं दी गई थी, अत: उन्हें पता ही नहीं था कि अटलजी भाषण देने आ रहे हैं। अटलजी इस अव्यवस्था को देखकर बहुत नाराज हुए। उन्होंने वहाँ के देहात संगठन मंत्री को बुलाया और उसे खूब डाँट लगाई। सभी बुरी तरह से डर गए। अब वे लोग किसी भी प्रकार से अटलजी को प्रसन्न करने की कोशिश करने लगे, लेकिन अटलजी तो आज बेहद नाराज थे। सभी ने उनके पाँव पकड़ लिये और उन्हें मनाने लगे।

इसके बाद उन लोगों ने जोर-जोर से नारे लगाए और गाँव के चक्कर लगाए, 'अबकी बारी अटल बिहारी'। धीरे-धीरे पूरी तसवीर ही बदल गई। पूरा गाँव अटलजी की एक झलक पाने के लिए उमड़ पड़ा। आसपास के गाँवों से भी लोग आ जुटे। अटलजी ने उन्हें बहुत स्नेह से संबोधित किया। ग्रामीण भी उन्हें बहुत अपनत्व से देख रहे थे। अब इसके बाद अटलजी को बहुत तेज भूख लग गई। कार्यक्रम समाप्त होने के बाद उन्होंने कार्यकर्ताओं से कहा कि "अब खाना ले आओ।" कार्यकर्ता कार की ओर दौड़े।

वहाँ टिफिन रखा हुआ था, लेकिन जब उन्होंने टिफिन खोला तो उनके होश उड़ गए। उसमें खाना था ही नहीं। जब खूब ढुँढ़ाई हुई तो पता चला कि डायबिटीज के मरीज एक कार्यकर्ता ने वह भोजन खा लिया था। अब तो बड़ी मुसीबत खड़ी हो गई कि क्या किया जाए! फिर बड़ी हिम्मत करके यह बात अटलजी को बताई। जब उन्हें पता चला कि भोजन नहीं है तो फिर उन्हें गुस्सा चढ़ गया, लेकिन फिर जैसे-तैसे उनके लिए रोटी और हरी मिर्च का प्रबंध किया गया। उन्होंने संतुष्टि के साथ उसे खाया और अपनी भूख मिटाई। अटलजी के लिए उस सादी-सी रोटी में भी गाँव की मिठास थी, अपनेपन का स्नेह था। ऐसे थे अपने अटलजी।

□

...आपके लिए गाड़ी भिजवा देती

अटलजी को फिल्म देखने, नाटक देखने, कवि सम्मेलन में जाने का बड़ा शौक था। वे अकसर याद करते थे कि उन्होंने वी. शांताराम की 'पिंजरा' फिल्म देखी थी। यह फिल्म देखने वे अपने मित्रों के साथ प्लाजा थिएटर गए थे। इसी प्रकार जब्बार पटेल का नाटक 'उंबरठा' देखने के लिए वे श्री राम नाइकजी और श्री वामनराव परबजी के साथ दादर स्थित ब्रॉडवे पर पहुँचे थे। अटलजी ने 'सूरज का सातवाँ घोड़ा' नाटक नेहरू सेंटर में देखा था। वे अकसर याद करते थे कि उन्होंने और आडवाणीजी ने कई फिल्में साथ देखी थीं। वे विशेष अवसरों और त्योहारों पर अपने घर ग्वालियर जाने का मौका कभी नहीं चूकते थे। उनके भतीजे-भतीजी, भानजे-भानजी त्योहारों की रौनक बढ़ा देते थे। कई बार अटलजी ने अपना जन्मदिन ग्वालियर में ही मनाया। सब मिलकर उनके जन्मदिन पर खूब हल्ला-गुल्ला करते थे। जब वे ग्वालियर से लौटते तो अनेक यादें और नई स्फूर्ति उनके साथ होती थी।

ऐसे ही एक बार की बात है, वे ग्वालियर आए तो ताँगे से अपने शिंदे की छावनीवाले घर में जा पहुँचे। फिर इसके बाद साइकिल उठाई और अपने भाई के पास संभाजी कॉलोनीवाले घर में पहुँच गए। वे ग्वालियर में साइकिल से ही घूमना पसंद करते थे। थोड़ी देर भाई-भाभी के पास रुककर अपनी बहन के पास सिंधी कॉलोनी पहुँच जाते। शाम को अकसर बाजार में घूमा करते और सबके हालचाल लेते रहते। उनके लिए पूरा ग्वालियर उनका घर था और वहाँ के लोग भी उन्हें अपने परिवार का सदस्य ही मानते थे। एक दिन वे साइकिल से जा रहे थे और रास्ते में राजमाता सिंधिया मिल गईं। उन्होंने तुरंत अपनी कार रुकवाई और अटलजी से बोलीं, "आप यहाँ आए हुए हैं! अगर आप पहले बता देते तो आपके लिए गाड़ी भिजवा देती।"

अटलजी ने बड़ी ही विनम्रता और अपनेपन से कहा, "यह तो मेरा घर है...मेरा ग्वालियर। यहाँ तो मैं पैदल चलना या फिर साइकिल से घूमना ही पसंद करता हूँ।"

□

जब परिवार के लोग मटका साथ लाए

अटलजी अपने देश, देश की माटी और संस्कृति से बेहद प्रेम करते थे। उन्हें अपने देश की हर चीज से लगाव था। उन्हें कभी भी घमंड में रहनेवाले लोग नहीं भाए। वे अपने परिवार में सभी बच्चों को भी हमेशा मेहनत करने की सीख देते रहे। हमेशा कहते कि जिंदगी में चाहे जितना भी ऊँचा मुकाम हासिल कर लेना, लेकिन कभी घमंड मत करना। हमेशा विनम्र बने रहना, क्योंकि विनम्रता का सभी जगह सम्मान होता है।

एक बार की बात है, भीषण गरमियों के दिन थे। अटलजी के दद्दा, भाभी और बच्चे दिल्ली आए। वे अपने अटल के पास कुछ दिन रहना चाहते थे। गरमी के दिन थे, इसलिए रास्ते में पानी की परेशानी न हो, सो वे लोग अपने साथ एक छोटा सा मटका लेकर चले थे। अटलजी उन लोगों को लेने के लिए स्टेशन पहुँचे हुए थे। जब उन लोगों की भेंट हो गई और वे सभी कार की तरफ बढ़ने लगे तो अटलजी के दद्दा ने कहा, "ये मटका यहीं कहीं रख दो। इसे लेकर नहीं जाएँगे, हँसी होगी।" इस पर अटलजी तुरंत बोले, "अरे वाह ! क्यों रख दे यहाँ ? इसे भी साथ लेकर जाएँगे। हमारा मटका है।"

इसके बाद उन्होंने वह मटका गाड़ी में रखवा दिया। सभी लोग लगभग पंद्रह दिन अटलजी के पास रहे और अटलजी समेत बाकी सभी लोग भी उसी मटके का पानी हर रोज पीते रहे। अटलजी लगभग रोज ही उनसे कहते, "अगर हम यह मटका साथ न लाते तो इतना शीतल पानी कैसे पी पाते ?"

□

मंच पर ही राखी बँधवाई

पाँचवें आम चुनाव की बात है। इन चुनावों में जीतने के लिए इंदिराजी ने दिन रात एक कर दिया था। देश की आजादी के बाद के तीन आम चुनाव पंडित नेहरू के नाम रहे थे। चौथे चुनाव में इंदिरा सत्ता में आ तो गई थीं, लेकिन उनकी शख्सियत एक गूँगी गुड़िया के जैसी ही बनी रहती थी, किंतु पाँचवें लोकसभा चुनाव में परिस्थितियाँ काफी बदली हुई थीं। इंदिरा गांधी का दबदबा दिखने लगा था। 1971 का आम चुनाव पूरी तरह से इंदिरा गांधी के नाम रहा। उन्होंने लोगों के सामने 'गरीबी हटाओ' का नारा दिया और मतदाताओं ने भी इंदिरा को सिर-आँखों पर बिठा लिया। जनता में धीरे-धीरे उनके कामों की प्रशंसा होने लगी थी। हरित क्रांति के अच्छे नतीजे मिल रहे थे। इससे खाद्य समस्या लगभग समाप्त हो रही थी, किंतु कांग्रेस के सीनियर नेता अब भी पार्टी और खासतौर से इंदिरा गांधी पर अपना नियंत्रण बनाए रखना चाहते थे, लेकिन वे इन सभी नेताओं से छुटकारा पाना चाहती थीं। उन्होंने मोरारजी देसाई को भी बेदखल कर दिया था। इसके बाद कांग्रेस पार्टी दो हिस्सों में बँट गई। इंदिरा गांधी ने इंदिरा कांग्रेस पार्टी बनाकर इन चुनावों में उतरने का फैसला किया।

अटलजी इन चुनावों में अपने जन्मस्थान ग्वालियर से खड़े हुए थे। ग्वालियर तो उनका घर था और समस्त ग्वालियरवासी जैसे उनका परिवार। ग्वालियरवासी भी प्रसन्न थे कि दुनिया में उनके नाम को रोशन करनेवाला उनका अपना अटल अबकी बार अपने ही नगर से चुनाव में खड़ा हुआ है। खूब जोर-शोर से नामांकन भरे गए और फिर चुनाव प्रचार शुरू हो गया।

उन्हीं दिनों की बात है, एक बार अटलजी इंदौर में लोकसभा चुनाव के प्रचार के लिए पहुँचे। वे मंच पर आसीन थे और सभा को संबोधित करने के लिए अपनी कुरसी से उठे ही थे कि सुमित्रा महाजनजी ने मंच पर ही उनसे कहा, "अपनी कलाई आगे

कीजिए।" और उन्होंने अटलजी की कलाई पर राखी बाँध दी।

अटलजी ने हँसते हुए कहा, "अब आरती भी उतारोगी, फिर मिठाई भी खिलाओगी?" सब खिलखिलाकर हँस दिए। सुमित्राजी अटलजी को सगें भाई जैसा आदर देती थीं।

एक और घटना है, वे अटलजी को खरगौन के आदिवासियों के समूह से मिलवाने ले गईं। आदिवासी अटलजी से बड़े ही प्रेम से मिले। उन्होंने अपने हाथों से अटलजी के सिर पर पगड़ी बाँधी। इसके बाद कुछ आदिवासी समूह बनाकर बैठ गए और अपना संगीत सुनाने लगे। इसी समूह में एक बच्ची भी थी, जो कि बड़े ही चाव से अटलजी के लिए कुछ बनाकर लाई थी, लेकिन देने में संकोच कर रही थी। अटलजी भाँप गए और उन्होंने खुद ही उससे पूछ लिया, "मेरे लिए क्या बनाकर लाई हो?" दरअसल वह बच्ची मिठाई बनाकर लाई थी। अटलजी ने वहीं बैठकर बड़े चाव से उसकी बनाई मिठाई खाई।

□

जनता पार्टी का निर्माण

आपातकाल का काला समय 21 मार्च, 1977 को पूरी तरह से समाप्त हो गया था। श्रीमती इंदिरा गांधी को उनके नेता जो रिपोर्ट पहुँचाते रहे, उसके अनुसार वे देश के हालात पर संतुष्ट थीं। उन्हें बताया गया था कि इस समय आप जनता के बीच बहुत लोकप्रिय हैं और यदि इस समय चुनाव कराए जाएँ तो आपको ही बहुमत प्राप्त होगा। ऐसी स्थिति में इंदिरा गांधी ने चुनाव कराने का मन बना लिया। जेलों में बंद नेताओं की रिहाई भी शुरू हो गई। आडवाणीजी, मोरारजी देसाई और अटलजी आदि को रिहा कर दिया गया। 23 जनवरी, 1977 को इंदिरा गांधी ने ऐलान किया कि मार्च में चुनाव कराए जाएँगे।

जयप्रकाश नारायण ने जेल में रहते हुए ही विपक्षी पार्टियों को मिलाकर एक नई पार्टी 'जनता पार्टी' के गठन की रूपरेखा तैयार कर ली थी। उन्होंने सभी विपक्षी नेताओं को इकट्ठा किया और कहा, "सभी विपक्षी दलों के एक साथ आए बिना कांग्रेस को हराना नामुमकिन है। यहाँ गठबंधन से काम नहीं चलेगा, बल्कि सभी को विलय करना होगा और एक नई पार्टी का निर्माण करना होगा। क्या आप सब तैयार हैं?"

सभी की स्वीकृति मिल जाने के बाद चार सदस्यों की कमेटी बनाई गई। इस कमेटी में कांग्रेस की ओर से थे शांति भूषण, सोशलिस्ट पार्टी से थे, एन.जी.गोरे, स्वतंत्र पार्टी लोकदल से आए हरिभाई पटेल और जनसंघ से शामिल हुए ओमप्रकाश त्यागी। इस नई पार्टी का नाम रखा गया—जनता पार्टी। इधर तत्कालीन प्रधानमंत्री इंदिरा गांधी ने चुनावों का ऐलान किया, उधर जे.पी. ने जनता पार्टी के गठन का ऐलान कर दिया। श्रीमती गांधी के लिए यह खबर बेहद चौंकानेवाली थी। नई पार्टी में कांग्रेस (ओ), जनसंघ, सोशलिस्ट पार्टी और लोकदल के विलय की घोषणा से राजनीतिक गतिविधियाँ तीव्र हो उठीं।

जनसंघ के कुछ कार्यकर्ता इस विलय से संतुष्ट नजर नहीं आ रहे थे। इसके लिए

दिल्ली में जनसंघ के सभी कार्यकर्ताओं का एक सम्मेलन आयोजित किया गया। यह आयोजन जनसंघ के जनता पार्टी में विलय किए जाने के फैसले पर सार्वजानिक तौर पर किया गया था। अटलजी ने कार्यकर्ताओं को समझाते हुए अपनी बात रखी, "भारत के नवनिर्माण के लिए, भारतीय जनमानस का सम्मान रखते हुए, आपातकाल के समुद्र-मंथन के बाद बनी जनता पार्टी में अपने पच्चीस वर्ष के जनसंघ को हम विसर्जित करने जा रहे हैं। हम हमारी इस पुरानी नौका को अपने हाथों से डुबो रहे हैं। हम अपने हाथों से जनसंघ का दीपक बुझा रहे हैं।"

समय की माँग को देखते हुए कुछ कार्यकर्ता उनकी बात को समझ रहे थे, लेकिन कुछ समर्थन में नहीं थे। उन्होंने आगे कहा, "जनसंघ के पच्चीस सालों में हमने जो बलिदान किया है, हमने जो खून बहाया है, जिन परिश्रमों की पराकाष्ठा की है, उनकी स्मृति से आज इस संक्रमण काल में हमारी एक आँख में दुःख के आँसू हैं और दूसरी आँख में खुशी के आँसू हैं। यह खुशी है, जनता पार्टी के जन्म की। आपातकाल के समुद्र-मंथन से निकला हलाहल हमने भगवान् शंकर की तरह प्राशन कर लिया है। अब हम जनता पार्टी के माध्यम से देश को अमृत देने जा रहे हैं। आपातकाल के घोर अँधेरे में जनसंघ का दीपक रोशनी का केंद्र था, लेकिन अब सूर्योदय हो चुका है, दीपक बुझाने का समय आ गया है।"

जनता पार्टी के निर्माण के साथ ही एक नवीन राजनीतिक माहौल तैयार होने लगा। कांग्रेस में ऐसे कई मंत्री थे, जो इंदिरा गांधी से असंतुष्ट हो चुके थे, अब वे जनता पार्टी का रुख करने लगे थे। इंदिरा गांधी की सरकार में वरिष्ठ मंत्री और अनुसूचित जाति के कद्दावर नेता बाबू जगजीवन राम ने उनकी पार्टी से त्यागपत्र दे दिया। उन्होंने कांग्रेस के ही वरिष्ठ नेता हेमवती नंदन बहुगुणा और नंदिनी सत्पथी के साथ मिलकर अपने नए दल 'कांग्रेस फॉर डेमोक्रेसी' का गठन कर लिया। इंदिरा गांधी के लिए यह एक बड़ा झटका था।

जनता पार्टी का गठन हो चुका था। चिह्न और झंडा भी तय हो चुका था। अठारह महीने की इमरजेंसी के बाद चुनाव प्रचार शुरू हो गया। अब तक जेल में बंद रहे सभी नेता और सभी विपक्षी पार्टियाँ कांग्रेस के खिलाफ पहले से ही एकजुट हो चुकी थीं। कुछ कांग्रेसी नेता, जो इमरजेंसी के विरोधी थे, उन्होंने भी जनता पार्टी से हाथ मिला लिया था।

जनता पार्टी ने इस चुनाव को 'इमरजेंसी के खिलाफ जनमत संग्रह' का नाम दिया। जनता पार्टी के चुनाव प्रचार का मुख्य मुद्दा था, कांग्रेस की अलोकतांत्रिक छवि और इमरजेंसी के दौरान हुए जुल्म को आम जनता के सामने लाना। प्रेस और जनता भी कांग्रेस सरकार के खिलाफ हो चली थी।

मीसा के तहत जेल में बंद रहे अटलजी भी मुक्त होते ही देश भर में दौरे करने लगे।

7 फरवरी, 1977 की बात है, वे भोपाल के जनता पार्टी के प्रत्याशी के प्रचार के लिए एक जनसभा को संबोधित करने पहुँचे हुए थे। नगर के लोगों के अतिरिक्त आसपास की जगहों के लोग उनका ओजस्वी भाषण सुनने आए हुए थे। बड़ी विशाल सभा थी। अटलजी ने अपनी बात शुरू करने से पहले एक शे'र सुनाया—

बाद मुद्दत के मिले दीवाने।
कहने-सुनने को हैं बहुत अफसाने॥
जरा खुली हवा में साँस तो ले लेने दो।
कब तलक रहेगी ये आजादी कौन जाने॥

श्रोता यह शे'र सुनकर भावुक हो उठे। लोगों के स्नेह को देखकर ही लग रहा था कि देश की जनता अब कांग्रेस सरकार का साथ नहीं देगी। लोग नारे लगा रहे थे—

'अटल बिहारी बोल रहा है, इंदिरा शासन डोल रहा है।'

'देश का नेता कैसा हो, अटल बिहारी जैसा हो।'

'अटल बिहारी संघर्ष करो, हम तुम्हारे साथ हैं।'

□

नेहरूजी की तसवीर

1977 के चुनावों में कांग्रेस को करारी शिकस्त मिली थी। उसे सिर्फ 154 सीटें ही मिली थीं, जबकि जनता पार्टी और गठबंधन को 330 सीटें मिलीं। 295 सीटें अकेले जनता पार्टी के ही हिस्से में आईं। अटलजी दिल्ली सीट जीत चुके थे। 1977 के आम चुनावों के बाद जब जनता पार्टी को बहुमत मिला तो सभी को विश्वास हो गया कि भारत में अब भी लोकतंत्र जीवित है। इमरजेंसी की आग में झुलस चुके देशवासियों ने अपना फैसला सरकार को सुना दिया था, लेकिन एक दुःखद बात यह हुई कि बहुमत मिलते ही जनता पार्टी में गुटबाजी शुरू हो गई। प्रधानमंत्री पद के लिए तीन प्रबल दावेदार खड़े हो गए। मोरारजी देसाई, चौधरी चरण सिंह और बाबू जगजीवन राम। अंततः प्रधानमंत्री का नाम तय करने की जिम्मेदारी जे.पी. को सौंपी गई। उस समय उनका स्वास्थ्य ठीक नहीं था। उनके गुर्दों ने काम करना बंद कर दिया था, अतः मुंबई के जसलोक अस्पताल में उनका ऑपरेशन हुआ। वे दिल्ली आए और उन्होंने सभी नेताओं को और नए चुने हुए सांसदों को राजघाट पर बुलाया। जे.पी. व्हीलचेयर पर थे। सबसे पहले उन्होंने सभी को एकता और देश सेवा की शपथ दिलाई। सभी एकत्र हुए, लेकिन चौधरी चरण सिंह नहीं आए। आखिर में मोरारजी देसाई के नाम पर सहमति बनी।

अटलजी ने विदेश मंत्री के रूप में अपना कार्यभार सँभाला। आडवाणीजी को सूचना प्रसारण मंत्रालय मिला। ब्रजलाल वर्मा उद्योग मंत्री बनाए गए। विदेश मंत्री बनने के उपरांत जब अटलजी पहले दिन अपने दफ्तर गए तो वहाँ उन्हें कुछ बदला-बदला-सा महसूस हुआ, लगा जैसे कि दीवारों से कुछ गायब है। एकाएक उन्हें कुछ याद आया और उन्होंने अपने सचिव को बुलाकर पूछा, "इस दीवार पर तो पंडितजी की फोटो टँगी रहती थी! यहाँ तो मैं पहले भी कई बार आ चुका हूँ। कहाँ है वो फोटो?"

सचिव ने कोई उत्तर नहीं दिया, तुरंत जाकर फोटो उठा लाया और अपनी पुरानी

जगह पर टाँग दी। दरअसल लोगों की सोच ऐसी ही होती है। उसे लगा होगा कि अब सरकार बदल गई है और अटलजी तो जनसंघ से जुड़े हैं, जबकि नेहरूजी कांग्रेसी थे और जनसंघ के विरोधी भी, इसलिए हो सकता है कि अटलजी को उनकी फोटो अब यहाँ अच्छी न लगे, लेकिन अटलजी के विचार और अटलजी का स्वभाव तो बिल्कुल ही अलग था। नेहरूजी देश के सबसे लंबे वक्त, करीब 17 सालों तक प्रधानमंत्री के साथ-साथ विदेश मंत्री भी रह चुके थे, ऐसे में उनकी तसवीर यूँ हटा देना अटलजी को कतई उचित नहीं लगा।

□

जनता पार्टी की भीतरी कलह और भारतीय जनता पार्टी का उदय

जनवरी 1980 के चुनाव में जनता पार्टी को करारी शिकस्त का सामना करना पड़ा, हालाँकि नेताओं के स्वार्थों और आपसी झगड़ों को देखते हुए पहले से ही लग रहा था कि अब जनता पार्टी सत्ता में नहीं आ पाएगी, लेकिन जिस तरह से वह हारी, वह अविश्वसनीय था। जनता के मन में बहुत गुस्सा भर चुका था, जो कि चुनाव के नतीजों को देखकर पता चला। जो जनता पार्टी ढाई साल पहले 298 सीटें लेकर जीती थी, वह अब 31 सीटों पर ही सिमटकर रह गई थी। इसका असर जनसंघ में भी देखने को मिला। पिछले चुनाव में जनसंघ के 93 सांसद चुनकर आए थे, लेकिन इस बार यह संख्या 16 ही रह गई। इमरजेंसी से नाराज लोगों ने पिछले चुनाव में जिस कांग्रेस को 153 सीटें ही दी थीं, अब वह 351 पर आ गई थी।

जनता पार्टी के नेता अपने-अपने स्वार्थ और अहंकार के शिकार थे। एक और समस्या उत्पन्न हो रही थी कि कुछ नेताओं को यह लगने लगा था कि जनसंघ से आए लोग अधिक ताकतवर बन सकते हैं। उन्हें भय था कि यदि चुनाव हुए तो जनसंघ के लोगों को अधिक फायदा पहुँचेगा। अत: कुछ लोगों ने जनसंघ की दोहरी सदस्यता का मुद्दा उठा दिया। वे चाहते थे कि जनसंघ खुद को राष्ट्रीय स्वयंसेवक संघ से अलग कर ले, लेकिन अटलजी ने भी साफ शब्दों में कहा, "हमारा संघ के साथ पच्चीस बरस पुराना रिश्ता है, जबकि जनता पार्टी के साथ मात्र दो साल का और फिर वैसे भी संघ कोई राजनीतिक संगठन नहीं है, यह तो सांस्कृतिक संगठन है। उसके साथ हमारे जुड़े रहने में किसी को कोई आपत्ति नहीं होनी चाहिए।"

कुछ लोग इससे सहमत हुए, कुछ नहीं। जैसे जॉर्ज फर्नांडिस ने अटलजी की यह बात समझी, लेकिन मधु लिमये उनके खिलाफ रहे।

इन चुनावों में कांग्रेस ने नारा बनाया था—'वोट उसे दें, जो सरकार चलाना जानते हैं।'

'काम करनेवाली सरकार को वोट दें।'

उस समय कांग्रेस की तरफ से एक पोस्टर भी बहुत प्रचारित किया गया, जिसमें दरशाया गया कि एक पेड़ है और उस पेड़ की अलग-अलग शाखाओं पर अलग-अलग नेता बैठे हुए हैं। नीचे लिखा था—'हर शाख पर उल्लू बैठा है, अंजाम-ए-गुलिस्ताँ क्या होगा।'

अपनी भीतरी कलह की शिकार जनता पार्टी से त्रस्त जनता ने कांग्रेस को पुनः चुन लिया।

1980 के आम चुनावों में बुरी तरह से हार जाने के बाद जनता पार्टी की इस भीतरी कलह ने विकराल रूप धारण कर लिया। पार्टी के कुछ नेताओं ने इस हार का दोष जनसंघ के नेताओं पर मढ़ दिया, खासकर बाबू जगजीवनराम का ऐसा मानना था कि इस हार की वजह अटलजी और उनकी जनसंघ पार्टी है। वे अटलजी और संघ को खुलकर दोष देने लगे। उन्होंने जनता पार्टी के अध्यक्ष चंद्रशेखर के साथ भी इस बात की चर्चा की। वे निरंतर एक ही माँग कर रहे थे कि जनता पार्टी वाले संघ से अपना रिश्ता समाप्त कर लें। अब तो इस पर और अधिक जोर डाला जाने लगा, हालाँकि इसी दौरान बाबू जगजीवन राम भी जनता पार्टी से अलग हो गए और उन्होंने कांग्रेस यूनाइटेड की सदस्यता ले ली, लेकिन इधर जनता पार्टी के कुछ नेता वाकई असुरक्षा का शिकार हो चुके थे। जनसंघ के संघ परिवार से रिश्ते उन्हें खटकने लगे थे। उन्होंने दोहरी सदस्यता को मुद्दा बना लिया और अटलजी के सामने संघ और जनता पार्टी में से किसी एक को चुनने का दबाव बनाना शुरू कर दिया।

दिल्ली में जनता पार्टी की बैठक बुलाई गई। अटलजी आनेवाले समय की तसवीर काफी हद तक देख रहे थे, लेकिन वे जनता पार्टी की इस भीतरी कलह और टूटन की स्थिति को देखकर बहुत क्षुब्ध थे, किंतु कोई उपाय भी तो नहीं था। नानाजी देशमुख, अटलजी और आडवाणीजी आदि सभी जनसंघ के नेता सारी परिस्थिति समझ रहे थे। उन्होंने आम जनता के बीच जनसंघ की वास्तविक छवि का जायजा लेने के उद्देश्य से देश भर के दौरे किए। कहीं-न-कहीं अटलजी के मन में यह आ गया था कि अब हम जनता पार्टी का हिस्सा नहीं रह पाएँगे। इस बैठक में आने से पहले जनसंघ के सदस्यों ने गहन विचार-विमर्श किया था। वे लोग जनता पार्टी के साथ रहने और उसका साथ छोड़ने, दोनों ही स्थितियों पर चर्चा करके आए थे। ये लोग आनेवाली चुनौतियों और खतरों के लिए भी तैयार थे।

जनता पार्टी की इस बैठक में आडवाणीजी ने पार्टी सदस्यों पर तीखा प्रहार करते

हुए कहा, "पार्टी में हमारी हालत अछूत हरिजनों जैसी है। जनता पार्टी में अकेले हम ही नहीं थे, बल्कि पाँच दलों का विलय हुआ था, लेकिन इनमें से जनसंघ को छोड़कर बाकी चार दल तो मानो ब्राह्मण का रुतबा रखते हैं। जनसंघ को हरिजन का दरजा दे दिया गया है। जनता पार्टी बनते वक्त तो यह हरिजन सभी को अच्छा लग रहा था और अब उसे बाहर निकाले जाने की बात हो रही है।" इस मुद्दे पर अपना अंतिम निर्णय सुनाने के लिए जनता पार्टी ने 4 अप्रैल को दिल्ली में पार्टी की राष्ट्रीय कार्यकारिणी की बैठक बुलाई। बैठक में मधु लिमये, चंद्रशेखर आदि नेता जनसंघ के खिलाफ थे। उन्होंने पुनः संघ से रिश्ता खत्म करने की बात दोहराई, हालाँकि मोरारजी देसाई और अन्य कुछ नेता पक्ष में थे। वे जानते थे कि जनसंघ एक राजनीतिक पार्टी है, जबकि संघ एक सांस्कृतिक संगठन है। संघ से रिश्ता होने से जनसंघ को कोई नुकसान नहीं है।

इस माँग से नानाजी देशमुख बहुत अधिक नाराज हो उठे। वे बार-बार संघ से रिश्ता खत्म कर लेने की बात से बेहद क्षुब्ध हो उठे थे। तभी अटलजी खड़े हो गए और उन्होंने कड़े शब्दों में कहा, "संघ से रिश्ता तोड़ने की बात तो हो ही नहीं सकती।"...और ऐसा कहकर सभी जनसंघ के नेता बाहर आ गए।

वैसे भी इस वक्त तक जनता पार्टी बुरी तरह से बिखर चुकी थी। जनसंघ के नेता तो फिर भी बार-बार जुड़े रहने का प्रयत्न कर रहे थे, क्योंकि उन्हें अब भी राजघाट पर जे.पी. द्वारा दिलाई गई वह शपथ याद थी। वे लोग जे.पी. के प्रति अत्यंत श्रद्धा भाव से भरे हुए थे। जिस जनता पार्टी के जनक जे.पी. थे, उसे यूँ टूटते हुए देखना उनके लिए बहुत कष्टकारी था। जगजीवन राम पहले ही पार्टी छोड़कर जा चुके थे। इसके बाद चौधरी चरण सिंह भी निकल गए थे और उन्होंने अपना भारतीय लोकदल बना लिया था।

अटलजी जनता पार्टी के इस बिखराव से बहुत उदास थे। अगले दिन 5 अप्रैल को जनसंघ के लोगों ने दिल्ली के फिरोजशाह कोटला में एक बैठक बुलाई। सभा स्थल के मंच पर डॉ. श्यामाप्रसाद मुकर्जी, पंडित दीनदयाल उपाध्याय और लोकनायक जयप्रकाश नारायण के चित्र लगाए गए थे। इस बैठक में सर्वसम्मति से अपनी अलग पार्टी बनाने का निर्णय लिया गया। विजयाराजे सिंधियाजी का कहना था कि अपने पुराने नाम को ही चलाना चाहिए। पार्टी का नाम भारतीय जनसंघ होना चाहिए, जबकि अटलजी का सुझाव था कि जनसंघ की छवि एक कट्टर दल की बन गई है, इसलिए एक नए नाम के साथ अलग छवि बनानी चाहिए। उन्होंने सुझाव दिया कि नई पार्टी का नाम 'भारतीय जनता पार्टी' रखा जाना चाहिए। उन्होंने इसके पीछे अपना मंतव्य भी समझाया, "इस नाम से कई लाभ होंगे। जो लोग जनसंघ को जानते हैं, वे इस नई पार्टी के साथ जुड़ने में हिचकिचाएँगे नहीं और इसके साथ-साथ वे लोग, जो कि सांप्रदायिकता से दूर रहते हैं, वे भी इस नए नाम के साथ जुड़ने में दुविधा महसूस नहीं करेंगे। हम किसी

को यह अंदेशा नहीं देना चाहते कि हम फिर से जनसंघ को खड़ा करेंगे। हमें जनता पार्टी से जुड़ने का मलाल नहीं है। हम उस पार्टी से मिले अनुभवों का फायदा उठाएँगे। यह सच है कि अब हम जनता पार्टी से अलग हो चुके हैं, लेकिन उनके साथ जुड़े वक्त को हम नकारेंगे नहीं। हम भविष्य की ओर देखेंगे और नई पार्टी को तैयार करते, मजबूत करने में जुटेंगे और अपने मूल सिद्धांतों और नीतियों के साथ आगे बढ़ेंगे।"

अटलजी जनसंघ की ताकत को साथ लेकर बी.जे.पी. का विस्तार करना चाहते थे। वे आपातकाल के दौरान के अपने उन साथियों को भी पार्टी में शामिल करना चाहते थे, जो उन्हीं की विचारधारा के थे, बेशक वे संघ परिवार से जुड़े हुए नहीं थे।

□

चुनाव चिह्न 'कमल' का चयन

यह बात तब की है, जब नवगठित भारतीय जनता पार्टी के लिए चुनाव चिह्न और झंडे की खोज शुरू हुई। झंडे का एक-तिहाई हरा रंग और दो-तिहाई भगवा रंग निश्चित किया गया। निशान कमल का फूल रखा गया। 'कमल' का चुनाव कैसे हुआ, इसकी भी रोचक कहानी है। भारतीय जनता पार्टी बहुत शीघ्रता में बनाई गई थी, चूँकि यह पार्टी चुनाव आयोग के पास पंजीकृत नहीं थी, इसीलिए इसके पास कोई चुनाव चिह्न भी नहीं था। इस विषय पर आडवाणीजी के नेतृत्व में एक प्रतिनिधिमंडल मुख्य चुनाव आयुक्त एस.एल. शकधर से मिलने गया।

चुनाव आयुक्त ने कहा, "आपकी पार्टी के लिए इतनी जल्दी किसी चुनाव चिह्न का आवंटन करना तो असंभव है, किंतु हाल-फिलहाल यह अवश्य किया जा सकता है कि निर्दलीय उम्मीदवारों के लिए रखे गए चुनाव चिह्नों में से किसी एक को आप पसंद कर लें। फिर हम आपकी पार्टी के सभी उम्मीदवारों को वही चुनाव चिह्न दे देंगे। इससे आपकी पार्टी के सभी उम्मीदवार एक ही चुनाव चिह्न पर मैदान में उतर सकेंगे।"

आडवाणीजी ने उन चिह्नों को देखा और उनमें से कमल के फूल का चिह्न पसंद कर लिया, लेकिन तभी उनकी नजर एक और चिह्न गुलाब के फूल पर भी पड़ी। इससे उन्हें दुविधा हुई। वह भी कमल के फूल से मिलता-जुलता ही दिख रहा था। इससे चुनाव के समय मतदाताओं के सामने पहचान का भ्रम पैदा हो सकता था, किंतु इसका समाधान भी हो गया, चुनाव आयोग ने भी महसूस किया कि दोनों चिह्नों में बहुत समानताएँ हैं और उस चिह्न को ही हटा दिया गया। इसके बाद भारतीय जनता पार्टी ने 'कमल' को अपना चुनाव चिह्न घोषित कर दिया।

उस समय अटलजी ने कमल के विषय में लिखा था, "कमल जैसा मुख, कमल जैसी आँखें, कमल जैसे हाथ, कमल जैसे पाँव, कमल जैसी नाभि। शायद ही किसी अन्य

पुष्प को यह सम्मान तथा महत्त्व मिला हो, जैसा कमल को मिला है। मंदिरों, महलों, बागों, तड़ागों, सभी स्थानों पर समान रूप से, अध्यात्म से लेकर भौतिक जीवन की विभिन्न क्षेत्रों में सर्वत्र कमल शोभायमान है। जब भारतीय जनता पार्टी ने कमल को अपने चुनाव चिह्न के रूप में चुना, तब यही भाव काम कर रहा था कि राजनीति के कीचड़ में पार्टी को कमल की तरह खिलना है, जल में रहकर भी जल के ऊपर रहना है।"

□

भारतीय जनता पार्टी का पहला अधिवेशन

भारतीय जनता पार्टी के गठन के पश्चात् इसका पहला महाधिवेशन बंबई में आयोजित किया गया। कार्यकर्ताओं का उत्साह देखते ही बनता था। इस अधिवेशन में उम्मीद से कहीं अधिक लोग आ गए थे। अनुमान से अधिक लोग हो जाने के कारण व्यवस्था गड़बड़ा गई। बांद्रा-कुर्ला स्टेडियम में टेंट द्वारा एक अलग नगर बसाया गया था। नगर का नाम रखा गया था, समता नगर। इस अधिवेशन में उस समय पचास हजार से अधिक लोगों ने भाग लिया था। जनसंघ के समय पार्टी के सदस्यों की संख्या सोलह लाख रही थी, लेकिन अब बी.जे.पी. के समय यह सदस्य संख्या भी बढ़कर करीब पच्चीस लाख पर पहुँच चुकी थी। टेंट कम पड़ गए थे, यहाँ तक कि भोजन भी कम पड़ गया था।

जब अटलजी को यह बात पता चली तो वे स्वयं टेंटों में गए और लोगों से मिले। उन्होंने सभी के हालचाल पूछे और व्यवस्था की इस कमी में बारे में भी बताया। लोगों ने भी अटलजी की पूरी बात को सुना और समझा। लोगों ने इस अभाव के बावजूद पार्टी को अपना सहयोग देने की बात कही। फिर अटलजी भोजनालय गए। भोजन भी काफी कम पड़ गया था। लोग बहुतायत में पहुँच चुके थे। इतने अधिक लोगों के पहुँचने की उम्मीद नहीं थी। स्थिति को भाँपते हुए अटलजी ने एक कार्यकर्ता के हाथ से चावल का बरतन लेते हुए कहा, "लाओ, मुझे दो।" और वे अपने हाथों से सभी को भोजन परोसने लगे। अटलजी को भोजन परोसता देख सभी लोग भाव-विभोर हो उठे। वे कम भोजन में ही संतुष्ट हो गए और धीरे-धीरे स्थिति ठीक हो गई।

इस अधिवेशन में मुसलिम नेता जस्टिस एम.सी.छागला मुख्य वक्ता के रूप में आमंत्रित थे। अपने भाषण में जस्टिस छागला ने कहा, "कौन कहता है कि देश में कांग्रेस का विकल्प नहीं है? बी.जे.पी. कांग्रेस के विकल्प के तौर पर एक राष्ट्रीय पार्टी

बनकर उभरनी चाहिए। मुझे विश्वास है कि मैं इस समय देश के भावी प्रधानमंत्री के साथ खड़ा हूँ।"

अटलजी ने अपने भाषण में जस्टिस छागला को धन्यवाद देते हुए कहा, "मैं आपका आभारी हूँ, लेकिन आज सबसे बड़ा प्रश्न यह नहीं है कि अगला प्रधानमंत्री कौन होगा, बड़ा सवाल यह है कि भविष्य का भारत कैसा होगा, हमें इस पर सोचना होगा।"

उस दिन अटलजी ने भारत के पश्चिमी घाट के महासागर के किनारे अपने दोनों हाथ उठाकर जनता के सामने जोर से कहा था, 'अँधेरा छँटेगा, सूरज निकलेगा, कमल खिलेगा।'

□

जितना राशन, उतना भाषण

राँची की एक घटना है। यह 27 अगस्त, 1981 की बात है। अटलजी संसदीय समिति के सदस्य के रूप में झारखंड स्थित मनोचिकित्सा अस्पताल में निरीक्षण के लिए पहुँचे। अगले दिन सुबह प्रदेश भा.ज.पा. के वरिष्ठ नेता संजय सेठ उनसे मिलने आए। उस समय अटलजी सर्किट हाउस में थे और कई स्थानीय कार्यकर्ता भी उनके साथ बैठे हुए थे। संजय सेठ ने अटलजी से अनुरोध करते हुए कहा कि आप राँची आए ही हुए हैं तो ऐसे में मेरा विचार है कि आपकी एक सभा यहाँ भी करवाई जाए।

वहाँ मौजूद और लोग भी उनकी इस बात पर सहमति जताने लगे, लेकिन अटलजी ने पूछा, "इतनी जल्दी सभा कैसे संभव हो सकती है! लोग बिना पूर्व सूचना के कैसे आएँगे?"

"आप बस हामी भरें सर...आपके नाम पर तो हजारों लोग आ जाएँगे, बाकी सब देखने के लिए हम हैं न?"

"ठीक है तो करिए प्रबंध, लेकिन अगर लोग नहीं हुए तो मैं मंच पर नहीं जाऊँगा।" अटलजी ने कहा।

30 अगस्त को यह सभा रखी गई। यह एक ऐतिहासिक सभा रही। पूरा बारी पार्क, पुराना उपायुक्त कार्यालय, पीछे का एस.ओ.आर. कार्यालय, सड़कें तक भीड़ से पटी हुई थीं। अटलजी जैसे ही पहुँचे तो लोग उन्हें देखकर आपे में न रहे। सभी ने जोर-जोर से नारे लगाने शुरू कर दिए। अटलजी ने लोगों का अपार स्नेह देखकर भाषण देना शुरू कर दिया। इसके बाद एक दिलचस्प घटना हुई। अटलजी को बोलते हुए अभी आधा घंटा ही हुआ था कि मूसलाधार बरसात शुरू हो गई। आगे काफी महिलाएँ बैठी हुई थीं। लोगों ने अपनी दरी और कुरसियों को छाते की तरह सिर पर उठा लिया, लेकिन भाषण छोड़कर नहीं गए। अब तक अटलजी भी तर-ब-तर हो चुके थे, लेकिन न तो उनका ही

जोश कम हो रहा था, न ही लोगों का और न ही बरसात का। अटलजी ने जोश में भरकर लोगों से कहा, "जब तक आप भीगेंगे, तब तक मैं भी भीगूँगा। जब तक आप सुनेंगे, तब तक मैं बोलूँगा।" इसी बीच संजय सेठ अटलजी को बरसात से बचाने के लिए उनके ऊपर छाता लगाने लगे। अटलजी ने तुरंत उन्हें हटाते हुए कहा, "जनता भीग रही है और मैं छाता लगा लूँ? बंद कर दीजिए इसे।"

उस मूसलाधार बरसात में उन्हें बोलते हुए करीब डेढ़ घंटा बीत चुका था। जनता हट ही नहीं रही थी। तभी अटलजी स्वयं ही रुके और बोले, "भाइयो-बहनो! अब नमस्कार।" लेकिन जनता तो उन्हें अभी और सुनना चाहती थी। हटने को ही राजी न थी। अंततः अटलजी ने हँसते हुए कहा, "जितना राशन, उतना भाषण।" उनके इतना कहते ही हजारों लोगों के ठहाके गूँज उठे और फिर धीरे-धीरे बरसात में भीगे हुए लोग अपने घरों की ओर चल दिए।

□

शादीशुदा हमारी पीड़ा नहीं समझ सकते

अटलजी अपने अविवाहित रहने के निर्णय को बहुत सहजता से लेते थे। अकसर यह मुद्दा भी हास्य का विषय बन जाया करता था। एक बार की बात है, संसद् में बहस चल रही थी। शिवपुरी क्षेत्र में एक अनुसूचित महिला की हत्या हो गई थी। एक महिला सांसद बार-बार अटलजी की बात के बीच में व्यवधान पैदा कर रही थीं।

अटलजी अपनी बात कह रहे थे, "उपसभापति महोदया! इस तरह के मामले देश के किसी भी भाग में हों तो वह दुर्भाग्य की बात है और अगर इस प्रकार के मामले राजनीतिक रंग देकर सदन में पेश किए जाएँ तो मामलों की गंभीरता कम हो जाती है। शिवपुरी के गाँव में जो कुछ भी हुआ, उसकी रिपोर्ट मेरे पास भी है। राज्य सरकार के गृहमंत्री स्वयं उस गाँव में गए हैं। उन्होंने जाँच की है।

(इतने में उन महिला सांसद द्वारा व्यवधान डाला गया और अटलजी का ध्यान भंग हो गया।)

उपसभापति अटलजी से बोलीं, "आप बोलिए।"

अटलजी ने कहा, "अगर एक महिला टोके तो कैसे बोलूँ?"

उपसभापति भी महिला ही थीं। वे बोलीं, "अटलजी, अगर एक महिला टोक रही है तो दूसरी महिला बोलने के लिए भी तो कह रही है। आप अपनी बात पूरी कीजिए।"

"महोदया, आप महिला नहीं हैं, आप तो चेयर हैं। महोदया, मेरी जानकारी यह है कि जिन्होंने हरिजनों को नाचने के लिए मजबूर किया था और उनके साथ ज्यादती की थी, वे कांग्रेस से संबंधित लोग थे।"

(महिला सांसद द्वारा फिर व्यवधान उपस्थित हुआ)

उपसभापति उनसे बोलीं, "ये हाउस के सीनियर मेंबर हैं, इनको बोलने दीजिए।

जब आप बोल रही थीं, तब आपको बोलने की इजाजत दी गई थी। अब आप इनको अपना दृष्टिकोण रखने दीजिए। चेयर को फाइनल डिसिजन भी लेना है। अब आप शांति से बैठ जाइए।"

इतने में विपक्ष के नेता श्री शिवशंकर बोल पड़े, "दोनों गैर-शादीशुदा हैं।"

अटलजी ने तुरंत चुटकी लेते हुए कहा, "महोदया, इसीलिए शादीशुदा हमारी पीड़ा नहीं समझ सकते।"

अटलजी की इस बात पर पूरा सदन हँस पड़ा। अटलजी स्वयं ही हास्यपरक ढंग से अपने अविवाहित होनेवाली बात को समाप्त कर दिया करते थे।

□

आदर्श पत्नी की खोज

आपातकाल के दौरान जब बड़े-बड़े नेता जेल में बंद थे, तब विश्वविद्यालय के कुछ छात्र समूह बनाकर जेल में आते थे और उनका साक्षात्कार लेते थे। उन्हीं दिनों की एक दिलचस्प घटना है—कुछ छात्र अटलजी से प्रश्न कर रहे थे। उनके अनेक प्रश्नों के बीच एक प्रश्न यह भी था कि "सर, आपने शादी क्यों नहीं की?"

अटलजी ने हँसते हुए कहा, "जब शादी की उम्र थी, तब जिंदगी ने इस बारे में सोचने का मौका ही नहीं दिया और अब जब सोचता हूँ तो कोई मिलती ही नहीं।"

उनके इस जवाब को सुनकर वे छात्र काफी देर तक हँसते रहे। सबसे बातचीत कर लेने के बाद जब वे उठकर जाने लगे, तब अटलजी ने उनसे कहा, "यार देखना...अगर कोई मिले तो जरूर बताना।" वे छात्र हँसते-हँसते अटलजी के पैरों में गिर पड़े। माफी माँगने लगे और बोले, "आगे से यह सवाल नहीं पूछेंगे।" वहाँ मौजूद सभी लोग इस बात पर बड़ी देर तक हँसते रहे।

ऐसा ही एक और किस्सा है—एक महिला पत्रकार ने एक इंटरव्यू के दौरान अटलजी से प्रश्न किया, "आप अब तक अविवाहित क्यों हैं?"

अटलजी ने बड़ी ही शांति से उत्तर दिया, "आदर्श पत्नी की खोज में।"

पत्रकार ने हैरान होते हुए पूछा, "तो क्या ऐसी कोई नहीं मिली?"

अब अटलजी ने अपने चेहरे पर उदासी लाते हुए कहा, "मिली तो थी...लेकिन उसे भी आदर्श पति की तलाश थी।"

उनका यह जवाब सुनकर वहाँ मौजूद सभी लोग ठहाका मारकर हँस दिए। वह पत्रकार भी अपनी हँसी नहीं रोक पाईं।

□

ऑपरेशन 'ब्लू स्टार'

श्रीमती इंदिरा गांधी इस बात को बखूबी जानती थीं कि अपना वोट बैंक बनाए रखने के लिए सभी धर्मों को साथ लेकर चलना बेहद जरूरी है। पंजाब में आतंकी घटनाएँ तेजी से सिर उठा रही थीं। पूरा पंजाब आतंक की आग में सुलग रहा था। वहाँ के लोगों का मानना था कि प्रधानमंत्री ने ही जनरैल सिंह भिंडरावाले को इतनी शह दे रखी है, लेकिन अब वही उनके लिए सबसे बड़ा खतरा बन चुका था। सिखों के लिए अलग देश खालिस्तान बनाने की माँग तेज होने लगी थी। प्रतिपक्ष सदैव इस आगामी खतरे से सरकार को सचेत करता रहा था, लेकिन सरकार ने इस पर ध्यान नहीं दिया, लेकिन जब यह माँग जोर पकड़ने लगी तो सरकार की चिंता भी बढ़ गई। बी.जे.पी. ने भी भिंडरावाले के खिलाफ काररवाई करने की माँग शुरू कर दी, लेकिन उस समय तक अधिकतर धार्मिक स्थलों पर चरमपंथियों ने अपना कब्जा जमा लिया था। गोला, बारूद, खतरनाक हथियार जमा कर लिये थे। कांग्रेस सरकार पहले तो इनकी अनदेखी करती रही, लेकिन जब वाकई पानी सिर के ऊपर से गुजरने लगा, तब सरकार हरकत में आई।

इंदिरा गांधी ने पंजाब को अशांत क्षेत्र घोषित करने का विधेयक पेश कर दिया। अटलजी ने संसद् में उनके इस विधेयक का विरोध किया। उन्होंने कहा, "पंजाब की जनता दो पाटों के बीच में पिस रही है। एक ओर आतंकवादियों ने निर्दोषों को मारा और दूसरी ओर पुलिस मुठभेड़ के नाम पर निरपराध नागरिकों की जान ली जा रही है। पंजाब को उपद्रवग्रस्त घोषित करने की क्या जरूरत है, मैं यह भी पूछता हूँ कि क्या हवलदार को इस तरह के अधिकार देने जरूरी हैं, सरकार में इच्छाशक्ति नहीं है, अधिकाधिक अधिकार लेकर करेगी क्या? उनका दुरुपयोग ही होगा, यह हमारी आशंका है, इसलिए हम इसका विरोध करते हैं।"

उस समय पंजाब में होनेवाली निर्मम हत्याओं को देखकर पूरा देश काँप उठा था।

लोगों में असुरक्षा की भावना बढ़ने लगी थी। मई, 1984 की बात है, अटलजी उस समय बैंगलोर में थे। वहाँ नेचुरोपैथी से अपना इलाज करवा रहे थे। उनके पास संदेश आया कि प्रधानमंत्री आपसे तत्काल बहुत आवश्यक बात करना चाहती हैं। उन्होंने अटलजी से तबीयत का हालचाल पूछने के बाद बताया कि वे अमृतसर के स्वर्णमंदिर में सेना भेजने की योजना बना रही हैं। अब इसके आलावा कोई और रास्ता नहीं है।

लेकिन अटलजी इसके पक्ष में नहीं थे। उन्होंने इंदिराजी को समझाया भी कि धार्मिक स्थान में सैन्य काररवाई ठीक नहीं रहेगी। आपको इसकी भारी कीमत चुकानी पड़ सकती है। स्वर्णमंदिर के साथ आस्था का प्रश्न जुड़ा हुआ है। उन्होंने सलाह दी कि अलगाववादियों को वहाँ से निकालने के लिए आप कोई और रास्ता खोजिए, मेरे विचार से सैन्य काररवाई करना ठीक नहीं रहेगा, लेकिन उन्होंने अटलजी की बात पर ध्यान नहीं दिया और इसी बीच पंजाब में हालात बेहद खराब हो गए। आए दिन कत्लेआम की घटनाएँ होने लगीं और अंततः 3 जून को सेना ने स्वर्णमंदिर को घेर लिया। 5 जून को सेना मंदिर के भीतर प्रवेश कर गई।

सेना को अंदाजा नहीं था कि स्वर्णमंदिर के भीतर इतनी अधिक मात्रा में गोला, बारूद और हथियारों का अंबार लग चुका है। बड़ी संख्या में आतंकवादी वहाँ डेरा जमाए हुए थे। दोनों पक्षों के बीच भीषण गोलाबारी शुरू हो गई। मंदिर का भी काफी नुकसान हुआ। यह लोगों की आस्था पर भी बहुत बड़ा आघात था। उसी दौरान मंदिर पर हुई इस काररवाई से क्षुब्ध होकर वरिष्ठ लेखक पत्रकार खुशवंत सिंह ने अपना 'पद्मविभूषण' सम्मान सरकार को लौटाने का ऐलान कर दिया।

इंदिरा गांधी के ऑपरेशन 'ब्लू स्टार' के दौरान उग्रवादियों और सेना के जवानों सहित सैकड़ों लोग मारे गए थे। इस ऑपरेशन की वजह से सिख समुदाय में काफी रोष व्याप्त था। देश भर में बहुत तनावपूर्ण माहौल था। उस समय प्रधानमंत्री की सुरक्षा में लगी एजेंसियाँ सचेत हो गईं, क्योंकि उन्हें किसी अप्रिय घटना का संदेह होने लगा था। उन्होंने प्रधानमंत्री को अपनी सुरक्षा में लगे सिख गार्डों को हटाने की सलाह दी, किंतु इंदिरा गांधी को उनकी यह सलाह पसंद नहीं आई। वे ऐसा नहीं करना चाहती थीं। इससे समूचे देश के सिखों तक गलत संदेश जाता। उन्होंने अपनी सुरक्षा व्यवस्था में कोई फेरबदल नहीं किया।

31 अक्तूबर, 1984 की सुबह अप्रिय घटना घट गई। श्रीमती गांधी अपने ही निवास के गलियारे तक पहुँची थीं कि उन्हीं की सुरक्षा में लगे सिख गार्डों ने उनकी देह को गोलियों से छलनी कर दिया। उनकी हत्या की खबर सबसे पहले बी.बी.सी. रेडियो ने प्रसारित की। इस खबर से पूरा देश सदमे में आ गया। कोई भी इस अप्रिय घटना के लिए तैयार नहीं था। एकाएक दिल्ली की दशा ऐसी हो गई, मानो यहाँ कानून व्यवस्था

नाम की कोई चीज ही न बची हो। हिंदू-सिख दंगे भड़क उठे। सिखों को अपने घरों और दुकानों से खींच-खींचकर मारा जाने लगा। उनके घर और दुकानें तोड़ दी गईं। लूटपाट और मार-काट शुरू हो गई। गुरुद्वारों तक को नहीं छोड़ा गया। बहुत दुःखद स्थिति थी वह। पंजाब में जबरदस्त दंगों की घटनाएँ हुईं। इसी दौरान अपनी माँ की मृत्यु से द्रवित राजीव गांधी ने बोट क्लब की एक सभा में कहा, "जब कोई बड़ा पेड़ गिरता है तो जमीन तो हिलती ही है।"

□

इंदिरा गांधी की हत्या का दुष्परिणाम

इंदिरा गांधी की हत्या के अगले दिन की बात है, सुबह-सुबह अटलजी के रायसीना रोड स्थित आवास के बाहर हो-हल्ला होने लगा। अटलजी की तबीयत कुछ ठीक नहीं थी, लेकिन फिर भी शोर इतना अधिक था कि वे उठकर बाहर आ गए। घर के नजदीक ही सड़क के पार एक टैक्सी स्टैंड था। वहाँ दिन भर अनेक सिख टैक्सीवालों की भीड़ लगी रहती थी, लेकिन आज का दृश्य बिल्कुल विपरीत था। अटलजी ने देखा कि आज लोगों की भीड़ उनकी टैक्सियों को जलाने पर आमादा हो रही थी। एक सिख ड्राइवर अपनी जान बचाने के लिए भागता हुआ उनके घर की शरण में आ गया। वह गेट की आड़ में छुपने का प्रयास करने लगा। अटलजी तुरंत उसकी ओर लपके और जब तक वह उन्मादी भीड़ वहाँ से छँट नहीं गई, तब तक वहीं ढाल बनकर उस व्यक्ति के आगे खड़े रहे, हालाँकि उन्मादी भीड़ अटलजी का लिहाज करके उस व्यक्ति को छोड़कर वहाँ से चली गई।

लेकिन अन्य जगहों पर ऐसा नहीं हुआ। न जाने कितने बेकसूरों के साथ अत्याचार किया गया। उन्हें काटा गया, जिंदा जला दिया गया। बहुत भयावह वक्त था वह।

□

लोकसभा के नहीं, बल्कि शोकसभा के चुनाव

यह बात 1984 के लोकसभा चुनावों की है। तैयारियाँ जोरों पर थीं। अटलजी ग्वालियर से चुनाव लड़ना चाहते थे और अपना नामांकन भरने के लिए वहाँ पहुँच चुके थे। वे वहाँ श्री नारायणकृष्ण शेजवलकरजी के घर में ठहरे हुए थे। उन्हें अगली सुबह ग्यारह बजे गोरखी स्थित जिलाधीश कार्यालय में अपना नामांकन पत्र दाखिल करना था, लेकिन सुबह-सुबह आडवाणीजी उनके पास आकर बैठ गए और समझाने लगे, "अटलजी, आप कोटा से चुनाव लड़ लीजिए।"

अटलजी ने मना किया और कहा, "नहीं लालजी, मैं कोटा से चुनाव नहीं लड़ूँगा। मैं दो संसदीय सीटों से चुनाव नहीं लड़ना चाहता। मैं सिर्फ एक ही सीट से चुनाव लड़ूँगा और वो भी ग्वालियर से।"

उन्होंने अटलजी को बताया, "आपके दिल्ली से ग्वालियर रवाना होने के बाद मुझे यह जानकारी मिली कि कांग्रेस ग्वालियर संसदीय सीट से श्री माधवराव सिंधिया को प्रत्याशी घोषित करने जा रही है। इसके बाद मैंने रात को ही भैरोंसिंह शेखावत और अन्य सहयोगियों से बात की। उन सभी का कहना है कि अटलजी को कोटा संसदीय सीट से भी उतारा जा सकता है। अटलजी! हम सभी की इच्छा है कि आप कोटा से चुनाव लड़ें।"

"लेकिन लालजी, मैंने जब माधवरावजी को बताया कि मैं ग्वालियर से चुनाव लड़ रहा हूँ तो उन्होंने मुझे शुभकामनाएँ देते हुए आश्वस्त किया कि वे गुना से ही चुनाव लड़ेंगे।"

"हो सकता है, माधवरावजी गुना से ही चुनाव लड़ना चाहते हों, लेकिन यदि राजीव गांधी ने उन्हें ग्वालियर से चुनाव लड़ने के लिए बाध्य किया तो वे वहीं से चुनाव लड़ेंगे।"

"तब तो मैं सिर्फ ग्वालियर से ही लड़ूँगा, क्योंकि यदि मैंने आपकी सलाह मानते हुए कोटा से भी चुनाव लड़ने का निर्णय लिया तो माधवरावजी के चुनाव मैदान में आने

के बाद राजमाता मुझसे कहेंगी कि ग्वालियर से अब मैं चुनाव लड़ूँगी, चूँकि मैं तब तक अपना नामांकन भर चुका होऊँगा और राजमाता के आग्रह को टालना भी बहुत मुश्किल होगा। मैं किसी भी कीमत पर माँ-बेटे के मनमुटाव को सड़क की लड़ाई नहीं बनने देना चाहता। मैं नहीं चाहता कि बी.जे.पी. को माँ-बेटे के बीच दरार डालनेवाली पार्टी के रूप में बदनाम किया जाए। लालजी! अब तो मैं ग्वालियर से ही चुनाव लड़ूँगा, यह मेरा अंतिम निर्णय है।"

और जैसा कि आडवाणीजी ने कहा था, वही हुआ। नामांकन के अंतिम दिन माधवराव सिंधिया ने ग्वालियर से अपना पर्चा भर दिया। अटलजी यह चुनाव हार गए। उन चुनावों में कांग्रेस को हर जगह आशातीत सफलता मिली। तत्कालीन प्रधानमंत्री इंदिरा गांधी की हत्या ने कांग्रेस के लिए बड़ी सहानुभूति का कार्य किया। भारतीय जनता पार्टी दो सीटों पर ही सिमटकर रह गई। इस सहानुभूति लहर में आडवाणीजी भी हार गए थे। बाद में उन्होंने कहा भी, "1984 के चुनाव लोकसभा के नहीं, बल्कि शोकसभा के चुनाव थे।"

अटलजी हमेशा ही आडवाणीजी के स्नेह से पूरित रहे हैं। दोनों की आपस में घनिष्ठ मित्रता थी। दोनों ने साथ-साथ बहुत लंबा समय गुजारा था। अपने जीवन के अंतिम वर्षों में जब अटलजी इस सारी दुनिया से बेखबर मौन अपने बिस्तर पर लेटे रहते थे, तब भी आडवाणीजी निरंतर उनके पास जाते और कुछ देर तक चुपचाप बैठे रहते और लौट आते। अटलजी और उनका बहुत स्मरणीय और मधुर साथ रहा है।

□

घात से पिट गया वजीर

इंदिरा गांधी की मृत्यु के बाद लोकसभा को भंग कर दिया गया था और राजीव गांधी ने अंतरिम प्रधानमंत्री के रूप में शपथ ली थी, लेकिन फिर नवंबर, 1984 के लिए चुनाव की घोषणा कर दी गई। इस लोकसभा चुनाव में कांग्रेस ने भारी बहुमत से जीत हासिल की। इस चुनाव में पार्टी का अब तक का शानदार और सर्वश्रेष्ठ प्रदर्शन रहा था।

उन्हीं दिनों की बात है कि एक बार प्रेसवालों ने अटलजी को घेर लिया। वे लोग हारी हुई पार्टी के नेता से तरह-तरह के प्रश्न करने लगे। प्रेसवार्त्ता के दौरान अटलजी ने उनसे कहा, "घात से पिट गया वजीर।"

कुछ प्रेसवाले भा.ज.पा. की इस हार से प्रसन्न भी थे। वे पूछ रहे थे, "अटलजी! भा.ज.पा. का भविष्य क्या होगा?"

अटलजी ने भी विश्वास के साथ उत्तर दिया, "अब हम आगे बढ़ेंगे और कांग्रेस पीछे जाएगी।"

उनके ऐसा कहते ही किसी ने ठहाका लगाया और पूरा प्रेस समुदाय हँस दिया। अटलजी ने इस हँसी का जरा भी बुरा नहीं माना और आगे कहा, "यह प्रकृति का नियम है भाई, जो ऊपर उठता है, वह अंततः नीचे गिरता ही है और जो नीचे खड़ा है, वो ऊपर चढ़ता है। कांग्रेस जितनी सीटें जीत सकती थी, जीत गई, इससे अधिक नहीं जीत सकती। भा.ज.पा. जितनी सीटें हार गई, उससे ज्यादा हारने को है नहीं, अतः अब भा.ज.पा. ही आगे बढ़ेगी।"

इन्हीं चुनावों के तुरंत बाद की एक और घटना है—बंबई के शिवाजी पार्क में एक आम सभा आयोजित की गई। पूरा मैदान खचाखच भरा हुआ था। अटलजी बोलने के लिए जैसे ही खड़े हुए, सभी ने तालियों की आवाज से उनका स्वागत किया। पूरा मैदान

गूँज उठा। अटलजी ने मुसकराते हुए कहा, "मुझे पता है कि आप सब यह देखने आए हैं कि हारा हुआ अटल कैसा लगता है?" उनके ऐसा कहते ही एक मिनट के लिए पूरी सभा में सन्नाटा पसर गया।

इसी के कुछ दिन बाद जब दिल्ली के फिरोजशाह कोटला मैदान में बी.जे.पी. की बैठक हुई, तब भी अटलजी ने आत्मविश्वास से भरकर कहा था, "हम मरने के बाद भी जिंदा होना जानते हैं।" अदम्य साहस के धनी थे अटलजी।

□

अटलजी विदेश मंत्री के रूप में

अटलजी राजनीति के छात्र रह चुके थे और विदेश नीति उनका प्रिय विषय था, लेकिन जैसे ही उनके विदेश मंत्री बनने की खबर फैली, वैसे ही कुछ समाचार-पत्रों ने यह प्रचारित करना शुरू कर दिया कि 'अब भारत के संबंध अपने पड़ोसी देशों से उतने अच्छे नहीं रहेंगे' अधिकांश लोगों ने उनकी इस टिप्पणी को पाकिस्तान के संदर्भ में लिया, लेकिन अटलजी ने अपने काम करने के ढंग से सबका मुँह बंद कर दिया।

विदेश मंत्री के तौर पर जब अटलजी ने पाकिस्तान की यात्रा करने का निर्णय लिया तो कई लोगों ने यह अनुमान लगाया कि अब आनेवाले समय में भारत और पाकिस्तान के संबंध खराब हो सकते हैं, लेकिन उन्होंने किसी भी बात की परवाह नहीं की और वे मित्रता की इच्छा के साथ पाकिस्तान गए। पाकिस्तान में उनकी बातचीत जनरल जिया उल हक, सेनाध्यक्ष और विदेश मामलों के सलाहकार श्री आगाशाही से हुई। उन्होंने आपसी व्यापारिक संबंधों को बढ़ाने और दोनों देशों के कैदियों के आदान-प्रदान पर बातचीत की। यह बातचीत बहुत ही सद्भावनापूर्ण और सार्थक माहौल में हुई। दोनों ही देशों ने अटलजी की इस यात्रा का दिल से स्वागत किया। वहाँ उन्होंने अपने भाषण में कहा, "अब हिंदुस्तान पाकिस्तान को सिर्फ हॉकी के मैदान में ही हराएगा।"

अटलजी ने वहाँ से लौटकर संसद् में कहा, "मेरा अपना विश्वास यह है कि दोनों देशों की जनता ने संबंधों को सामान्य बनाने और टूटे हुए संपर्कों को पुन: जोड़ने का स्वागत किया है। भारत ऐसे संबंधों के लिए, पाकिस्तान जिस सीमा तक जाने के लिए तैयार है, वहाँ तक जाने को तैयार है।"

उन्होंने सिर्फ पाकिस्तान के साथ ही नहीं, बल्कि अन्य देशों के साथ भी महत्त्वपूर्ण रिश्ते बनाए। बंगलादेश के साथ फरक्का गंगा जल बँटवारा समझौता किया। भारत और नेपाल के बीच के रिश्तों को और मजबूती प्रदान की। उन्होंने नेपाल में अपने भाषण में

कहा, "दुनिया में कोई देश इतने निकट नहीं हो सकते, जितने कि भारत और नेपाल हैं। हमें इतिहास, भूगोल, संस्कृति, धर्म, नदियों सभी ने बाँध रखा है।"

अटलजी ने विदेश मंत्री के रूप में भारत की जो विदेश नीति बनाई थी, वह 'वसुधैव कुटुंबकम्' की उदात्त और कल्याणकारी भावना पर आधारित थी। वे किसी के भी साथ मित्रता का हाथ बढ़ाने में पीछे नहीं रहे। अपने इस कार्यकाल के दौरान उन्होंने चालीस से अधिक देशों की यात्राएँ कीं। एक बार उन पर कार्टून बना, जिसे देखकर वे खुद भी खूब हँसे। उनके कार्टून के साथ उनका नाम लिखा था—शटल बिहारी।

विदेश मंत्री रहते हुए उन्हें संयुक्त राष्ट्रसंघ के बत्तीसवें अधिवेशन में अपने देश को प्रस्तुत करने का सौभाग्य प्राप्त हुआ। इस अधिवेशन में उन्होंने अपनी मातृभाषा हिंदी में अपना भाषण दिया। यह वह अवसर था, जब पहली बार किसी भारतीय ने संयुक्त राष्ट्रसंघ में अपना भाषण हिंदी में दिया था। यह भाषण 4 अक्तूबर, 1977 को न्यूयॉर्क में हुआ था। इससे दो दिन पहले गांधी जयंती के अवसर पर उन्होंने वाशिंगटन में गांधी स्मारक केंद्र में भी हिंदी में ही भाषण दिया था। अटलजी ने विदेशों में अपनी हिंदी भाषा की अस्मिता को स्थापित करने का पूरा प्रयास किया। वे अपनी भाषा को विश्व मंच पर प्रतिष्ठा दिलाना चाहते थे।

विदेश मंत्री के तौर पर वे चीन की यात्रा पर गए। वहाँ के तत्कालीन चीनी विदेशमंत्री श्री हुआंग हुआ ने अटलजी का स्वागत किया। वहाँ अटलजी ने सभी के साथ सस्नेह वार्त्ता की, किंतु अपने भाषण में यह भी कहा, "पंडित जवाहरलाल नेहरू द्वारा महसूस किए गए दुःख, गहरे क्लेश और व्यक्तिगत चोट को भारत नहीं भूला है।" भारत-चीन युद्ध का क्षोभ भी व्यक्त कर दिया, हालाँकि वापस लौटने के बाद लोकसभा में इस विषय पर उनसे तीखे सवाल-जवाब हुए और पूछा गया तो उन्होंने यही उत्तर दिया कि "मैंने ऐसा किसी पार्टी की तरफ से नहीं कहा और न ही व्यक्तिगत रूप से बोला, बल्कि मैं तो देश की तरफ से बोल रहा था।"

अटलजी ने दुनिया के अनेक देशों की यात्राएँ की थीं। उन्होंने विदेश मंत्री के पद पर रहते हुए पासपोर्ट नीति को भी उदार बनाने का काम किया। इससे भारतीय नागरिकों के लिए विदेश यात्रा, खासकर पाकिस्तान और पश्चिमी एशिया के इसलामिक देशों की यात्रा करना आसान हो गया। हमारे अनेक देशों के साथ मैत्री संबंध और प्रगाढ़ हुए। हमारे देश के अनेक लोग आजीविका के लिए खाड़ी देशों और अन्य बाहर के देशों में जा सके। भारत की संस्कृति का भी प्रचार व प्रसार हुआ। अटलजी ने अपने विदेश मंत्री रहने के दौरान एक संबोधन में प्रवासी भारतीयों से कहा था, "आप लोगों का पासपोर्ट भले ही काला, लाल, नीला या पीला हो, किंतु आप हमेशा हमारे हैं और हम आपके।"

□

अटलजी ने खीर बनाई

यह बात फरवरी 1990 की है, श्री बालासाहेब देवरसजी कानपुर में आयोजित एक बैठक में भाग लेने गए हुए थे। वहीं उन्हें हलका सा दिल का दौरा पड़ा। सभी घबरा गए और तुरंत उन्हें कानपुर सिविल अस्पताल लेकर पहुँचे। जब अटलजी को यह सूचना मिली, तब वे दिल्ली में थे। वे तुरंत कानपुर जाने की तैयारी करने लगे। कानपुर सिविल अस्पताल के कार्डियोलॉजी विभाग के डॉक्टरों की टीम देवरसजी की चिकित्सा में लगी हुई थी। सारी जाँच करने के बाद वहाँ के डॉक्टरों ने उन्हें दिल्ली ले जाने का सुझाव दिया। जब अटलजी को यह बात पता चली तो उन्होंने तुरंत रेल मंत्रीजी से संपर्क किया और उन्हें बालासाहेबजी की अस्वस्थता की सूचना दी तथा उनसे आग्रह किया कि रेल में उनके लिए समुचित व्यवस्थाएँ कर दी जाएँ। उन्होंने कानपुर निकलने से पहले दिल्ली एम्स में भी बालासाहेबजी के इलाज के लिए यथोचित प्रबंध करवा दिए।

अटलजी उन्हें बड़ी ही सावधानी से दिल्ली लाए और एम्स में उनका इलाज शुरू करवाया। उन दिनों अटलजी एम्स की परामर्शदात्री समिति के सदस्य भी थे, अतः इस नाते वहाँ अकसर उनका जाना होता रहता था और वहाँ के डॉक्टर, स्टाफ सभी उनसे परिचित थे। वे रोज शाम को नियम से बालासाहेबजी से मिलने जाते थे। उनकी आदत थी कि जब भी जाते तो बालासाहेब के लिए फूलों का गुलदस्ता और उनकी सेवा में लगे स्टाफ के लोगों व स्वयंसेवकों के लिए मिठाई आदि जरूर ले जाते।

वहाँ की अच्छी देखरेख के बीच बालासाहेब अब स्वस्थ होने लगे थे। एक दिन वे अटलजी से बोले, "होली का त्योहार पास आ गया है और नागपुर में प्रतिनिधि सभा की बैठक भी होनी है। अतः मैं अब यहाँ से जाना चाहता हूँ।" अटलजी उनके मन की दशा समझ रहे थे, अस्पताल में लंबे समय तक कौन रहना चाहता है! फिर उनके ऊपर तो संघ के कार्यों की भी जिम्मेदारी थी। अतः उन्होंने इस बारे में डॉक्टर से बात की।

डॉक्टरों ने बालासाहेब के सभी आवश्यक परीक्षण किए और बताया कि अब वे स्वस्थ तो हैं, किंतु अभी उन्हें तीन-चार दिन और विश्राम करना चाहिए। तीन-चार दिन बाद ही नागपुर जाएँ तो ज्यादा उचित हो। सभी के इसरार करने पर और सेहत के मद्देनजर बालासाहेब ने डॉक्टरों की बात मान ली।

होली से एक दिन पूर्व अटलजी और आडवाणीजी उनसे मिलने अस्पताल पहुँचे। जब उनके कुशलक्षेम पूछने के बाद वे दोनों वापस लौट रहे थे तो श्रीकांत जोशीजी उन्हें कार तक छोड़ने आए, चूँकि त्योहार का समय था, इसलिए अटलजी ने जोशीजी से पूछ लिया, "कल होली है। बालासाहेब को खीर पसंद है क्या?"

"उन्हें तो मधुमेह की बीमारी है, वे खीर नहीं खा सकते।"

अटलजी को तत्काल याद आ गया और उन्होंने मुसकराते हुए कहा, "ओह! मैं तो भूल ही गया था। ठीक है, फिर कोई बात नहीं।"

"बालासाहेब खीर नहीं खा सकते, लेकिन हम सभी तो खा ही सकते हैं, जो उनके साथ यहाँ रहते हैं।" जोशीजी बोले।

अटलजी उनकी यह बात सुनकर हँस दिए और बोले, "अरे हाँ! आप लोग तो खा ही सकते हैं। ठीक है, मैं कल आप लोगों के लिए खीर लाऊँगा।"

जब वे और आडवाणीजी कार में बैठने लगे तो उन्होंने आडवाणीजी से भी कहा, "आडवाणीजी, आपकी पुत्री के विवाह की मिठाई भी अभी बाकी है।"

आडवाणीजी ने भी हँसते हुए कहा, "जी बिल्कुल...आपको खिलाएँगे।"

दूसरे ही दिन होली थी। सभी जगह रंग और गुलाल उड़ रहा था। अटलजी दोपहर के समय अस्पताल पहुँच गए। उनके एक हाथ में खीर का बरतन और दूसरे में मिठाई का डिब्बा था। उन्होंने श्रीकांतजी को वह बरतन और डिब्बा देते हुए कहा, "खीर मेरी ओर से और मिठाई आडवाणीजी की ओर से है।" फिर अटलजी ने बालासाहेबजी के चरण छूकर आशीर्वाद लिया।

श्रीकांत बोले, "आप तो बहुत बड़ा बरतन भरकर खीर ले आए हैं, इतनी कौन खाएगा!"

अटलजी ने हँसते हुए कहा, "आप जितनी चाहे खाइए और बाकी बालासाहेबजी की सेवा में लगे लोगों को भी खिलाइए। होली का पर्व है, मिल-जुलकर मनाना चाहिए।"

"मगर ये खीर बनाई किसने?" उन्होंने विस्मित होकर पूछा।

अटलजी ने गर्व से कहा, "मैंने और किसने, खाकर बताइएगा कैसी बनी है?"

□

राम मंदिर मुद्दा

19 जनवरी, 1986 को लखनऊ में हिंदू धार्मिक नेताओं की एक सभा आयोजित की गई। इसमें यह निर्णय लिया गया कि महाशिवरात्रि के दिन रामलला के मंदिर का ताला खुलवाया जाएगा और यदि सरकार ताला नहीं खोलेगी तो उसे तोड़ दिया जाएगा। इस समय राजीव गांधी प्रधानमंत्री के पद पर थे और उत्तर प्रदेश में भी कांग्रेस के ही वीर बहादुर सिंह मुख्यमंत्री थे। उत्तर प्रदेश सरकार ने ताला खुलवाने के लिए फैजाबाद की कोर्ट में एक याचिका दाखिल कर दी। सुनवाई के बाद कोर्ट ने इस याचिका को खारिज कर दिया। पुनः अपील दायर की गई। इस बार कोर्ट ने सरकार से भरोसा दिलाने के लिए कहा, ताकि इससे कोई सांप्रदायिक तनाव न भड़के। सरकार के भरोसा दिलाने पर ताला खोलने की इजाजत दे दी गई। उस समय ताला खोलनेवाली घटना का टेलीविजन पर लाइव प्रसारण भी किया गया था।

समूचे देशवासी चाहते थे कि राममंदिर बने। अटलजी भी यही चाहते थे कि राममंदिर बने, लेकिन वे इसे राजनीति से नहीं जोड़ना चाहते थे। उनके लिए यह करोड़ों भारतवासियों की आस्था का मामला था। उनका मानना था कि मुसलमान भाई रामजन्मभूमि हिंदुओं को सौंप दें और हिंदू भाई भी उनकी आस्था का ध्यान रखते हुए वर्तमान भवन को बिना क्षति पहुँचाए, थोड़ा हटकर वहीं नया निर्माण कर लें। तत्कालीन गृहमंत्री बूटा सिंह ने जब इस प्रकरण पर मीटिंग बुलाई तो अटलजी ने अपना यह सुझाव वहाँ उनके सम्मुख रखा, लेकिन उस समय सैयद शहाबुद्दीन को अटलजी का यह सुझाव पसंद नहीं आया।

6 मार्च, 1987 को लखनऊ में एक रैली निकाली गई। उस दौरान किसी ने श्री राम और बाबर की तुलना कर दी। अटलजी को यह बात जरा भी पसंद नहीं आई, उन्होंने तत्काल कहा, "राम और बाबर की तुलना की ही नहीं जा सकती। श्री राम इस

धरती के मर्यादा पुरुषोत्तम हैं। वे एक राष्ट्रीय पुरुष हैं, जबकि बाबर तो इस धरती पर हमलावर और अत्याचारी बनकर आया था। उसने अयोध्या समेत अनेक मंदिर तुड़वा दिए थे। जो राम की बजाय बाबर से अपना नाता जोड़ रहे हैं, वे अपनी देशभक्ति को स्वयं ही संदिग्ध बना रहे हैं। बाबर ने मंदिरों को तोड़ा, क्योंकि यह उसका राजनीतिक कदम था।"

□

राम रथयात्रा

उस समय प्रयाग में फरवरी, 1989 का कुंभ मेला चल रहा था। उसमें एक लाख से भी अधिक की संख्या में साधु-संत एकत्र हुए थे। वे सभी देश के कोने-कोने से आए थे। वहाँ उन्होंने निर्णय लिया कि दस नवंबर को सभी लोग अयोध्या में राम शिलाएँ लेकर पहुँचेंगे और शिलान्यास करेंगे। यह निर्णय होते ही घर-घर में राममंदिर आंदोलन की चर्चाएँ शुरू हो गईं। गाँव-गाँव में राम नाम लिखी शिलाएँ तैयार होने लगीं। देखते-ही-देखते समूचा देश इस आंदोलन से जुड़ गया। कांग्रेस सरकार ने इस आंदोलन की तीव्रता को देखते हुए उस समय तो शिलान्यास की इजाजत दे दी। विश्व हिंदू परिषद् ने भी हरिजन कामेश्वर चौपाल के हाथों पहली ईंट रखवाकर शिलान्यास करवा दिया, लेकिन मामला हलका-सा शांत पड़ा ही था कि अगले दिन सरकार ने मंदिर निर्माण पर रोक लगा दी।

आडवाणीजी इस आंदोलन के साथ जुड़ना चाहते थे, लेकिन अटलजी इस आंदोलन के पक्ष में नहीं थे। अटलजी का मानना था कि यह एक धार्मिक मसला है और राजनीतिज्ञों को धार्मिक मसलों से दूर रहना चाहिए। ठीक वैसे ही, जैसे वे साधु समाज द्वारा राजनीति में दखल देने के पक्ष में नहीं थे। उनका कहना था कि राजनेताओं का काम राजनीति करना होना चाहिए और साधु-संन्यासियों का भक्ति करना। जिस प्रकार से हम उन्हें यह नहीं बताते कि पूजा-पाठ कैसे की जाती है, उसी प्रकार से उन्हें भी धार्मिक आस्था से जुड़े मुद्दों को राजनीति से दूर रखना चाहिए।

किंतु आडवाणीजी ने विश्व हिंदू परिषद् के सामने बी.जे.पी. के राम मंदिर निर्माण में जुड़ने के फैसले के बारे में चर्चा की। उन्होंने इसे लेकर पार्टी में एक प्रस्ताव भी पारित किया, जिसे बिना बहस के ही पास कर दिया गया, हालाँकि अटलजी को यह निर्णय ठीक नहीं लगा। वे राम मंदिर तो निश्चित रूप से चाहते थे, लेकिन वे यह भी चाहते थे कि इस मामले का हल शांतिपूर्ण ढंग से हो।

इसी दौरान बी.जे.पी. ने लोगों को जोड़ने के लिए एकात्मकता यात्रा निकालने का निर्णय लिया। यह यात्रा चारों दिशाओं से शुरू होनी थी। सम्मति हुई कि जम्मू से अटलजी, गुवाहाटी से विजयाराजे सिंधियाजी, मुंबई से सिकंदर बख्त और कन्याकुमारी से आडवाणीजी इसे प्रारंभ करें, लेकिन अटलजी इसके लिए तैयार नहीं हुए। राजमाता सिंधिया ने अपनी अस्वस्थता की बात कही। सिकंदर बख्त बोले कि उनकी बात सुनेगा ही कौन! लेकिन आडवाणीजी मन बना चुके थे। उन्होंने निश्चय किया कि वे तो यह यात्रा जरूर निकालेंगे। उन्होंने इसे सोमनाथ से शुरू करने का निर्णय सुना दिया।

एक शाम उन्होंने अपनी धर्मपत्नी श्रीमती कमलाजी के साथ इस विषय पर चर्चा की। उन्होंने बताया, "मैं 25 सितंबर (पंडित दीनदयाल उपाध्यायजी की जयंती) या 2 अक्तूबर (गांधी जयंती) से एक पदयात्रा पर निकलना चाहता हूँ।" उस वक्त वहाँ प्रमोद महाजन भी पहुँच गए। जब यह बात उनके सामने की गई तो उन्होंने आडवाणीजी को सलाह दी, "आप पदयात्रा से ज्यादा इलाकों तक नहीं पहुँच सकेंगे। मेरा सुझाव है कि आप पदयात्रा पर नहीं, बल्कि रथयात्रा पर निकलें।" आडवाणीजी को यह सुझाव बहुत पसंद आया और दस किलोमीटर लंबी इस रथयात्रा का नाम रखा गया—राम रथयात्रा।

राम मंदिर और बाबरी मसजिद विवाद को लेकर समूचे देश में चर्चा शुरू हो गई थी। आडवाणीजी इस राम रथयात्रा को लेकर बहुत उत्साहित थे और अपना पूरा मन बना चुके थे।

इधर कम्युनिस्ट पार्टी के नेता हीरेन मुखर्जी ने अटलजी को पत्र लिखकर यह इच्छा जाहिर की कि 'अयोध्या की विवादित इमारत को राष्ट्रीय स्मारक बना दिया जाए।' इस पर अटलजी ने उनसे पत्र द्वारा ही पूछा कि 'यह स्मारक किस बात का होगा, एक धर्म के पूजा स्थल को दूसरे धर्म के लोगों द्वारा तोड़ने की स्मृति के सिवाय, यह किस चीज का स्मारक हो सकेगा?'

□

मौत से ठन गई!

3 मार्च, 1988 को हुई राष्ट्रीय परिषद् की बैठक में लालकृष्ण आडवाणीजी को भारतीय जनता पार्टी का अध्यक्ष चुना गया। अटलजी को अस्वस्थता के कारण अपने इलाज हेतु न्यूयॉर्क जाना पड़ा। वे गहरी पीड़ा और निराशा में डूबे हुए थे। उनके कई टेस्ट हुए थे, जिनकी रिपोर्ट अच्छी नहीं आई थी। उस समय उन्होंने भरे हुए मन से 'जिंदगी का दस्तावेज' नाम से एक कविता लिखी—

ठन गई! मौत से ठन गई!
जूझने का मेरा कोई इरादा न था
मोड़ पर मिलेंगे इसका वादा न था
रास्ता रोककर वह खड़ी हो गई
यों लगा जिंदगी से बड़ी हो गई…

अटलजी ने इस कविता की हस्तलिखित कॉपी 'धर्मयुग' के संपादक महोदय को प्रेषित कर दी। यह कविता 'धर्मयुग' में प्रकाशित हुई। अटलजी तो उस समय न्यूयॉर्क में ही थे, लेकिन जब यह कविता प्रकाशित हुई और लोगों ने पढ़ी तो उनसे स्नेह करनेवाले लोगों के हृदय उनके लिए द्रवित हो उठे। वे अटलजी की लंबी आयु और शीघ्र स्वास्थ्य की प्रार्थना करने लगे। अपना इलाज पूरा करवाकर जब अटलजी भारत लौटे तो एयरपोर्ट पर उनके स्वागत में लोगों का हुजूम लगा हुआ था।

अटलजी ने जब लोगों का हुजूम देखा तो उन्होंने हँसते हुए हाथ हिलाकर सभी का अभिवादन स्वीकार किया और कहा, "आपका अटल स्वस्थ होकर आपके पास वापस लौट आया है। यह आप लोगों के स्नेह और प्रार्थना का ही परिणाम है।"

□

बबली और लॉली

दिल्ली में अटलजी के पास दो कुत्ते थे—बबली और लॉली। बबली माँ थी और लॉली बच्चा। अटलजी अपने कुत्तों के साथ खूब खेलते, उनके साथ खूब समय बिताते। दोनों कुत्ते बेहद चौकन्ने थे, उन्हें जरा भी संदेह होता तो पलक झपकते ही सामनेवाले की पैंट अपने दाँतों में दबा लेते थे।

एक बार की बात है—दीवाली के दिन बबली घर के बाहर निकल गई। उसे देखने से ही पता चलता था कि यह किसी की पालतू है। एक सज्जन ने रास्ते में भटकती बबली को अपनी कार में ले लिया और अपने घर ले गए। इधर अटलजी और घर के सब लोग परेशान...खूब ढुँढ़ाई हुई, लेकिन बबली कहीं नहीं मिली। आखिरकार रिपोर्ट लिखाई गई और अखबार में इश्तेहार भी दे दिया गया। उधर बबली को जो सज्जन अपने घर ले गए थे, वे भी परेशान थे, क्योंकि बबली उन सज्जन के घर में बेहद बेचैन थी। न खाए, न सोए, हर समय खुद भी परेशान रहे और दूसरों को भी परेशान करे। अंततः इश्तेहार और रिपोर्ट रंग लाई, बबली मिल गई। जैसे ही बबली ने अटलजी को देखा, भागकर उनके पैरों से लिपट गई। उसके बिना लॉली भी बड़ा बेचैन रहा था।

□

जनता के प्यार के आगे हार जाते

एक बार एक विचित्र घटना घटी। अटलजी के पास भमोरी गाँव के कुछ लोग मिलने आए। अटलजी ने उनसे आने का कारण पूछा।

एक व्यक्ति ने आगे बढ़कर बताया कि मेरा नाम बापूजी पाटीदार है और मैं अपने गाँव में भारतीय जनता पार्टी का कार्यकर्ता हूँ। अटलजी उससे मिलकर बहुत प्रसन्न हुए। उस व्यक्ति ने आगे बताया कि हमारे गाँव में हर बार सिर्फ बी.जे.पी. ही जीतती है। वह व्यक्ति यह सब बहुत गर्व के साथ बता रहा था। अटलजी को भी यह सुनकर बहुत अच्छा लगा। उन्होंने उससे पूछा, "आपके गाँव की जनसंख्या कितनी है?"

"दो हजार। साहब, हमने अपने गाँव में सहकारी समिति का भवन तैयार किया है और हम सब गाँववाले चाहते हैं कि आप ही अपने हाथों से उसका उद्घाटन करें।"

अटलजी दुविधा में पड़ गए, क्योंकि वे उन दिनों बेहद व्यस्त थे, अतः बोले, "मेरा आना तो संभव नहीं हो पाएगा।"

लेकिन वे लोग तो कुछ भी समझने के लिए तैयार नहीं थे। जिद पर अड़े रहे कि यदि उद्घाटन होगा तो अटल बिहारी वाजपेयीजी के हाथों ही होगा। अटलजी ग्रामीण लोगों के मन और स्वभाव को भलीभाँति समझते थे। उन्होंने उन ग्रामीणों के चेहरों की तरफ ध्यान से देखा। सचमुच वे बड़े ही हठी थे। अटलजी सारी बात समझ गए। उन्हें अंदाजा लग गया कि ये लोग माननेवाले नहीं हैं, ये मेरे देश के ठेठ देसी लोग हैं और मुझे इनकी बात माननी ही पड़ेगी। अंततः अटलजी ने उनकी जिद के आगे हार मान ली और कुछ ही माह उपरांत भमोरी गाँव जाकर उस नवनिर्मित भवन का उद्घाटन किया।

□

नातिन नेहा के साथ

अटलजी राजनीति से बचा अपना अधिकतर समय अपने परिवार को देना पसंद करते थे। कभी बहनों के पास लखनऊ और आगरा पहुँच जाते तो कभी भाइयों के पास ग्वालियर। उनके बच्चों के साथ ऐसे घुल-मिल जाते, मानो कि अपने बचपन को ही जीने लग जाते। एक बार की बात है, तब अटलजी ग्वालियर में ही थे और वहाँ नई फिल्म आई थी। भाई के बच्चे उनके पीछे पड़ गए कि वे उन्हें फिल्म दिखाने ले चलें। अटलजी सब बच्चों को लेकर फिल्म देखने पहुँच गए और फिर इसके बाद सभी ने खूब चाट, पानी के बताशे खाए। बच्चों के साथ अटलजी का बचपन भी फिर से जिंदा हो उठता था। वे जब भी ग्वालियर जाते तो वही मेले, मिठाइयाँ, झूले, सर्कस, तमाशे, फिल्में, परिचितों से मेल-मिलाप उनके दिल को प्रसन्नता से भर देते। बच्चे पुरानी फोटो निकाल लाते। उन फोटुओं को देखते हुए और उनके बारे में याद करते हुए कैसे समय निकल जाता था, उन्हें पता ही नहीं चलता था।

अटलजी को अपनी नातिन नेहा (निहारिका) बहुत दुलारी थी। नेहा भी नाना से बेहद स्नेह करती थी। वह उनके पास आती और अपनी बनाई कलाकृतियाँ उन्हें दिखाती। वह अपनी कॉपी का एक-एक पन्ना बड़े गर्व के साथ अटलजी को दिखाया करती थी। वे भी बड़ी रुचि लेकर देखा करते, जैसे कि छोटे बच्चे हों। एक बार की बात है, अटलजी काफी व्यस्त थे और नेहा उनसे जिद करने लगी कि वे उसकी ड्राइंग की कॉपी अभी ही देखें। एक-एक पन्ना बड़ी रुचि ले-लेकर दिखा रही थी, अटलजी भी उसका मन रखने के लिए ध्यान से देखने लगे, लेकिन जब धीरे-धीरे नेहा को यह एहसास हुआ कि नाना का ध्यान उसकी कॉपी में नहीं है, वे सिर्फ उसका मन रखने के लिए 'हूँ, हाँ' कर रहे हैं तो वह उनसे रूठ गई। एकदम तुनककर बोली, "जाइए, हम आपको नहीं दिखाएँगे।" अटलजी को जैसे ही उसके गुस्से का एहसास हुआ, उन्होंने तुरंत अपने हाथ

के कागजों को एक ओर रखते हुए कहा, "अरे! लाओ तो···दिखाओ···कितने सुंदर-सुंदर रंग भरे हैं तुमने। ऐसे डिजाइन तो मैं भी बना सकता हूँ।"

"आ हा हा···आप लिखेंगे कि भाषण देंगे कि डिजाइन बनाएँगे!"

"हा···हा···हा···सही कह रही हो···मैं नहीं बना सकता, इतने सुंदर-सुंदर डिजाइन।"

अटलजी की इस प्रशंसा से वह विजयी मुद्रा में मुसकराने लगी। रात में अकसर वह उनके पास आकर लेट जाती और जिद करती, "नाना, कहानी सुनाओ।"

अटलजी उसे कहानी सुनाते। कभी-कभी जिद करने लगती कि मेरे साथ खेलो। कभी गेंद से तो कभी खिलौनों से उनके साथ खेलने लगती। वह अटलजी से बेहद स्नेह करती थी।

□

अयोध्या वह जगह है, जहाँ कोई युद्ध नहीं होता

1989 में विश्व हिंदू परिषद् ने विवादास्पद स्थान से सटी भूमि पर मंदिर निर्माण कार्य शुरू कर दिया था। देश भर से श्रद्धालु ईंटें ले-लेकर वहाँ पहुँच रहे थे। आडवाणीजी भी उनके साथ हो गए थे और उन्होंने जून, 1990 में राम रथयात्रा निकालने का ऐलान कर दिया, जिसका मन वे काफी पहले ही बना चुके थे। इधर तत्कालीन प्रधानमंत्री वी.पी. सिंह के लिए बड़ी दुविधावाली स्थिति उत्पन्न हो गई थी। उन्हें चिंता थी कि कहीं यह रथयात्रा सांप्रदायिक हिंसा का कारण न बन जाए, लेकिन वे इस रथयात्रा को रोक भी नहीं सकते थे, क्योंकि इससे उनकी सरकार गिरने का खतरा बना हुआ था।

सितंबर में गुजरात स्थित सोमनाथ मंदिर से अयोध्या तक निकलनेवाली आडवाणीजी की इस रथयात्रा को दिल्ली के कॉन्स्टीट्यूशन क्लब से अटलजी ने हरी झंडी दिखाई। आडवाणीजी सदैव से अटलजी के सर्वप्रिय मित्र रहे हैं। अटलजी के लिए राष्ट्र और उसका हित भी सर्वदा सर्वोपरि रहा। वे हमेशा अपने देशवासियों की खुशहाली चाहते रहे।

जब वे इस रथयात्रा को झंडी दिखा रहे थे, तब कार्यकर्ता नारे लगा रहे थे, "आडवाणी तुम संघर्ष करो, हम तुम्हारे साथ हैं।"

अटलजी ने उन लोगों से कहा, "भाइयो, अयोध्या वो जगह है, जहाँ न तो कोई युद्ध होता है और न ही कोई योद्धा होता है। आडवाणीजी वहाँ रथयात्रा पर जा रहे हैं, लड़ाई लड़ने नहीं।"

इस समय अयोध्या आंदोलन चरम पर था। आडवाणीजी की इस रथयात्रा ने राम मंदिर आंदोलन को पूरे देश के कोने-कोने तक पहुँचा दिया। लोग जगह-जगह से वहाँ पहुँच रहे थे और इसमें शामिल हो रहे थे। उन्हीं दिनों की बात है, अटलजी ग्वालियर होते हुए भोपाल जा रहे थे। जब उनकी ट्रेन ग्वालियर स्टेशन पर लगी और वे बाहर आए तो

उन्होंने देखा कि कारसेवकों का जत्था-का-जत्था झाँसी के लिए रवाना हो रहा है। वे सब अटलजी को देखकर जोश में आ गए और चिल्ला पड़े, "अटल बिहारी जिंदाबाद!"

राम लला हम आएँगे, मंदिर वहीं बनाएँगे
खून की होली खेलेंगे, पर मंदिर वहीं बनाएँगे।

अटलजी भीड़ को चीरते हुए एक कार्यकर्ता के पास गए और उसके मुँह पर अपना हाथ रख दिया। 'खून की होली खेलेंगे, पर मंदिर वहीं बनाएँगे' वे यह सब नहीं सुनना चाहते थे। अटलजी अपने देशवासियों को इसी से तो बचाना चाहते थे। वे इस राष्ट्रीय आंदोलन को कट्टरता के उन्माद से कलंकित होते नहीं देखना चाहते थे। वे कतई नहीं चाहते थे कि लोग एक-दूसरे के खून के प्यासे हो जाएँ।

□

कभी-कभी करेक्शन करने के लिए मार्जिन का इस्तेमाल करना पड़ता है

राम जन्मभूमि आंदोलन से जुड़ने के बाद आडवाणीजी हिंदू हृदय सम्राट् बन गए थे। वे जहाँ भी जाते, लोग उनके दर्शनों के लिए दौड़-दौड़कर आते। उन्हें लोगों का बहुत समर्थन मिल रहा था। ग्रामीण महिलाएँ तो उनमें भगवान् राम के दर्शन करने लगी थीं। लोग उन्हें सुनने कम, बल्कि दर्शन करने अधिक आने लगे थे। लोगों की बहुत आस्था जुड़ गई थी उनके साथ। उनकी रथयात्रा मुसलिमबहुल इलाकों से निकलती तो लोग डर की वजह से भीतर हो जाते।

इन सब घटनाक्रमों के बीच कुछ लोगों को भ्रम होने लगा कि अटलजी तो अब पार्टी में हाशिए पर आ चुके हैं। पार्टी अब उन्हें पहले जैसी तवज्जो नहीं देती है, आदि-आदि। लेकिन ऐसा कुछ भी नहीं था। वे संसद् सदस्य के तौर पर अपना काम कर रहे थे। पार्टी अब भी उन्हें वैसा ही महत्त्व देती थी, चूँकि आडवाणीजी की यह रथयात्रा सभी का ध्यान खींचे हुए थी और वे दोनों लंबे समय से घनिष्ठ मित्र थे, इसलिए लोगों ने बेवजह इस तरह के अनुमान लगाने शुरू कर दिए। दो अलग-अलग लोगों के काम भी अलग-अलग ही होते, उनकी तुलना करना ठीक नहीं होता। एक बार जयपुर में बी.जे. पी. की राष्ट्रीय परिषद् की बैठक चल रही थी। इस बैठक के अंतिम दिन अटलजी प्रेस कॉन्फ्रेंस कर रहे थे। सवालों के बीच एक वरिष्ठ पत्रकार नीना व्यास ने उनसे प्रश्न किया, "वाजपेयीजी, सुना है आजकल आप पार्टी में मार्जिनलाइज हो गए हैं, हाशिए पर आ गए हैं।"

अटलजी ने उनके प्रश्न को अनसुना कर दिया, लेकिन उन्होंने फिर वही प्रश्न किया। इस बार अटलजी ने बस इतना ही कहा, "नहीं-नहीं, ऐसी कोई बात नहीं है।"

“लेकिन अब तो पार्टी के भी ज्यादातर लोग मानते हैं कि आप हाशिए पर आ गए हैं, आपका क्या कहना है?” वे अब भी इसी प्रश्न पर अड़ी हुई थीं। अंततः अटलजी ने अपने ही अंदाज में बड़े सधे शब्दों में उत्तर दिया, “कभी-कभी करेक्शन करने के लिए मार्जिन का इस्तेमाल करना पड़ता है।”

□

ऊपर का कुरता भा.ज.पा. को और नीचे की धोती किसी और पार्टी को

एक चुनावी सभा का दिलचस्प वाकया है। लोकसभा के चुनाव हो रहे थे, साथ-ही-साथ उत्तर प्रदेश में विधानसभा के चुनाव भी कराए जा रहे थे। चुनाव प्रचार, रैलियाँ, सभाएँ बहुत जोर-शोर से चल रही थीं। विरोधी पार्टियों को भारतीय जनता पार्टी से खतरा महसूस हो रहा था और उन्हें लोकसभा में उनकी जीत का एहसास हो रहा था। एक चुनाव सभा में विधानसभा के एक उम्मीदवार ने अपने भाषण में कहा, "भाइयो और बहनो! आप ऊपरवाला (लोकसभा का) वोट भले ही उन्हें दे देना, लेकिन नीचेवाला (विधानसभा का) वोट हमें ही देना।"

जब बी.जे.पी. के कार्यकर्ताओं ने इसकी सूचना अटलजी को दी तो वे खूब हँसे और बोले, "अब तुम लोग अगली चुनाव सभा में देखना मैं क्या करता हूँ।"

अगली चुनाव सभा में उन्होंने जनता को वही बात याद दिलाई और उसके आगे अपनी बात को जोड़ते हुए कहा, "भाइयो और बहनो! अगर आप ऊपर का कुरता भारतीय जनता पार्टी को देंगे और नीचे की धोती किसी और पार्टी को दे देंगे तो सोचिए जरा, क्या दशा होगी!" सब ठहाका मारकर हँस दिए और अटलजी की बात का मंतव्य समझ गए।

□

राजीव गांधी की हत्या का दुःख

जिन दिनों श्री राजीव गांधी की हत्या हुई, तब पूरे देश में चुनाव का माहौल था। राजीव खुद भी उस समय अपने चुनाव प्रचार के लिए चेन्नई पहुँचे हुए थे। जैसे ही अटलजी को यह सूचना मिली कि वहाँ श्रीपेरंबदूर में आतंकवादियों द्वारा निर्मित मानव बम से राजीव गांधी की हत्या कर दी गई है, उनका मन व्यथित हो उठा। यह सभी के लिए बहुत दुःखदायी घटना थी। आतंकवाद की समस्या विकराल होती जा रही थी। अटलजी के लिए हमेशा ही राजनीति और पार्टी अलग मुद्दा रहे और इनसान की अहमियत और उसका जीवन अलग मुद्दा। राजीव गांधी की इतनी नृशंस हत्या से उनका मन द्रवित हो उठा।

इन सबके बाद भी चुनावी प्रक्रिया अपनी जगह चल रही थी। ये चुनाव मई और जून में आयोजित हुए थे। चुनाव तीन चरणों में कराए गए, चूँकि पिछली लोकसभा को सरकार के गठन के केवल सोलह महीने बाद ही भंग कर दिया गया था, इसलिए ये लोकसभा के मध्यावधि चुनाव थे।

चुनाव 20 मई, 12 जून और 15 जून को होने थे, किंतु मतदान के पहले दौर के एक दिन बाद ही 21 मई को पूर्व प्रधानमंत्री राजीव गांधी की हत्या के कारण चुनाव के शेष दिनों को जून के मध्य तक के लिए स्थगित कर दिए गया। बाद में ये मतदान 12 जून और 15 जून को करवाए गए। चुनावों के परिणाम से बाद में एक त्रिशंकु संसद् का निर्माण हुआ। इसमें कांग्रेस सबसे बड़ी पार्टी के रूप में उभरी, जबकि भा.ज.पा. दूसरे स्थान पर रही। पी.वी.नरसिंह राव देश के दसवें प्रधानमंत्री बने। चुनाव के दौरान राजीव गांधी की हत्या हो जाने की वजह से कांग्रेस को सहानुभूति मिली तो सही, लेकिन बहुत अधिक नहीं। जब चुनाव परिणाम आए, तब सबसे अधिक सीटों पर कांग्रेस जीती थी, लेकिन उसे इतना बहुमत नहीं मिला था कि वह खुद अपने दम पर अपनी सरकार बना सके। सरकार बनाने के लिए उसे गठबंधन का सहारा लेना पड़ा।

□

युवा नेता नरेंद्र मोदी की भाषण कला

यह बात तब की है, जब डॉ. मुरली मनोहर जोशी ने कन्याकुमारी से लेकर कश्मीर तक 'एकता यात्रा' करने का फैसला किया था। उन दिनों जोशीजी भारतीय जनता पार्टी के अध्यक्ष थे। अनेक दलों को उनकी इस यात्रा से परेशानी होने लगी। शायद वे डर गए होंगे कि इस तरह से पूरे भारत की यात्रा करके जोशीजी अपना बहुमत बना लेंगे। सभी ने मिलकर उनकी इस यात्रा का विरोध करना शुरू कर दिया, लेकिन उन्होंने अपनी यह एकता यात्रा जारी रखी। एक दिन संसद् में इसको लेकर बड़ा भारी हंगामा हुआ, तब जोशीजी ने कहा, "कश्मीर से लेकर कन्याकुमारी तक पूरा देश एक है। क्या वंदेमातरम् कहना गलत है ? क्या इस संकल्प को दोहराना गलत है कि हम किसी भी कीमत पर भारत का अब और विभाजन नहीं होने देंगे ? हमारी यह 'एकता यात्रा' किसी भी वर्ग के विरोध में नहीं है। इस यात्रा से किसी भी क्षेत्र में तनाव हो, ऐसा मुझे नहीं लगता। मैं तो प्रधानमंत्रीजी को भी आमंत्रित करता हूँ कि वे 15 अगस्त (स्वतंत्रता समारोह) को दिल्ली में भाग लेने के बाद श्रीनगर आएँ और वहाँ भी झंडा फहराएँ।"

जोशीजी ने अपनी इस यात्रा में उस समय के होनहार युवा नेता नरेंद्र मोदी को साथ लिया। नरेंद्र मोदी में भाषण देने की अनोखी कला शुरू से ही मौजूद रही है। जब युवा नरेंद्र बोलते तो लोग उन्हें ध्यान से सुना करते।

अकसर ऐसा होता है कि यात्रा के दौरान जुटे लोगों का ध्यान बनाए रखने के लिए, पहले युवा नेताओं को बोलने का मौका दिया जाता है। ये युवा नेता भीड़ को रोके रखने में भी उपयोगी सिद्ध होते हैं। इनके बोल लेने के उपरांत वरिष्ठ नेतागण अपनी बात जनता के सामने रखते हैं। डॉ. मुरली मनोहर जोशीजी की 'एकता यात्रा'

के दौरान भी ऐसा ही होता था। पहले युवा नेता नरेंद्र मोदी लोगों को संबोधित करते, उसके बाद जोशीजी अपनी बात कहते, लेकिन कभी-कभी ऐसा भी हो जाता कि नरेंद्र मोदी अपने भाषण में वे सब बातें कह देते थे, जो जोशीजी कहना चाह रहे होते थे। ऐसे में वरिष्ठ नेता डॉ. मुरली मनोहर जोशी युवा नेता नरेंद्र मोदी की तरफ देखते रह जाते थे।

□

अटल बिहारी जैसा क्यों! अटल बिहारी ही क्यों नहीं?

देश में ग्यारहवीं लोकसभा के लिए चुनाव अभियान शुरू हो गए थे। अटलजी ने भी अपना परचा लखनऊ से भर दिया। इस बार उन्हें लखनऊ के साथ-साथ आडवाणीजी के क्षेत्र गांधी नगर से भी परचा भरवाया गया। दरअसल स्वाभिमानी आडवाणीजी ने हवाला केस के कारण लोकसभा से अपना त्याग-पत्र दे दिया था। लोगों का अनुमान था कि दोनों ही सीटों से अटलजी की विजय होगी। इस बार लोग अटलजी में देश का भावी प्रधानमंत्री देख रहे थे।

जिस दिन उन्हें लखनऊ की कचहरी में जाकर अपना परचा भरना था, उस दिन तो पर्व जैसा माहौल हो गया था। अटलजी के गेस्ट हाउस से लेकर कचहरी तक का रास्ता पार्टी के झंडे से सजी गाड़ियों से अँट गया था। लोग बैंड-बाजे बजाते हुए चल रहे थे। सजे-धजे ऊँट आगे-आगे चल रहे थे। कुछ कार्यकर्ता भा.ज.पा. की ड्रेस पहने जुलूस को नियंत्रित करते हुए साथ-साथ चल रहे थे। लोग अटलजी की गाड़ी को रोक-रोककर उन्हें माला पहना रहे थे, कुछ लोग फूलों का गुलदस्ता भेंट कर रहे थे तो कुछ उनके माथे पर तिलक लगा रहे थे। बड़ी संख्या में महिलाएँ भी इस जुलूस की शोभा बढ़ा रही थीं। लोग ऊँचे स्वर में नारे लगाते हुए जा रहे थे—

सब पर भारी, अटल बिहारी
उज्ज्वल भारत की तैयारी, अटल बिहारी, अटल बिहारी।

अटलजी ने एक स्थान पर जनसभा को संबोधित करते हुए कहा, "आपने हमें अपना प्रतिनिधि चुनकर संसद् में भेजा था। मैंने वहाँ अपने दायित्व का सतर्कता के साथ निर्वाह किया। मैंने एक सजग प्रहरी की भाँति अपने संसदीय क्षेत्र के विकास कार्यों के

लिए हर संभव संसाधन जुटाने का प्रयास किया। यदि आप लोग मुझे फिर से अपना प्रतिनिधि बनाकर भेजते हैं तो मैं दोगुनी शक्ति के साथ अपने उत्तरदायित्व का पालन करूँगा।"

जब अटलजी बोल ही रहे थे, तभी कुछ लोग उत्साह से नारे लगाने लगे, "हमारा नेता कैसा हो, अटल बिहारी जैसा हो।"

हाजिरजवाब अटलजी ने तुरंत मुसकराते हुए कहा, "अरे भाई! अटल बिहारी जैसा क्यों! अटल बिहारी ही क्यों नहीं?"

सब ठहाका लगाकर हँस दिए। फिर नारे गूँज उठे, "अटल बिहारी जिंदाबाद, जिंदाबाद-जिंदाबाद।"

सब पर भारी, अटल बिहारी, अटल बिहारी, अटल बिहारी,
उज्ज्वल भारत की तैयारी, अटल बिहारी, अटल बिहारी।

□

फिल्म अभिनेता से मुकाबला

अटलजी के लखनऊ कार्यालय के उद्घाटन की बात है। पहले वहाँ विधिवत् वन और पूजा-पाठ कराया गया था, इसके बाद उसका उद्घाटन किया गया था। कार्यालय में पार्टी के सब लोग मिलकर बैठते और चुनाव की रणनीति बनाते, विविध चर्चाएँ किया करते। सभी का विचार था कि अटलजी ने लखनऊ के विकास के लिए इतना अधिक काम किया है कि उनका जीतना तो निश्चित है। अटलजी को अपने सांसद कोटे के तहत जो भी रकम मिलती थी, वे उसे पूरा का पूरा लखनऊ के विकास में लगा देते थे। आखिर यह उन्हीं का तो संसदीय क्षेत्र था। उन्होंने अपने कार्यकाल में यहाँ कल्याणमंडपम्, सुलभ शौचालय, सड़कें, पुल, रैन बसेरे, पार्क, चौराहे, श्मशान घाट, हैंडपंप आदि का निर्माण कराया। यहाँ की जनता उनसे बहुत खुश थी।

इस बार भी अटलजी के खिलाफ वही जाने-माने अभिनेता चुनाव मैदान में खड़े थे, जो पिछली बार थे। उनकी चुनावी सभाओं और रैलियों में अनेक बड़ी-बड़ी फिल्मी हस्तियाँ आ रही थीं। तभी एक कार्यकर्ता ने आकर बताया, “अटलजी, आज तो लालजी टंडन ने बहुत ही गजब का भाषण दिया।”

अटलजी ने विस्मय से पूछा कि ऐसा क्या कहा उन्होंने?

कार्यकर्ता ने बताया कि “आज टंडनजी की चुनाव सभा में बड़ी भीड़ थी। लग रहा था कि पूरा शहर ही सिमट आया हो। उन्होंने लोगों को एक बहुत पुराना किस्सा सुनाया। उन्होंने कहा कि एक बार नगर निगम के चुनाव हो रहे थे और नक्खास नाम के क्षेत्र से शहर के मशहूर हकीम जनाब शमसुद्दीन चुनाव में खड़े हो गए। शमसुद्दीन साहब के खिलाफ किसी के जीतने की उम्मीद नहीं थी। तभी दूसरे दल ने दिलरुबा नाम की एक तवायफ को खड़ा कर दिया। अब जब भी दिलरुबा का जुलूस निकलता, हुजूम उमड़ पड़ता। गाने-बजानेवाले गा-गाकर वोट माँगा करते। अनेक लोग उसकी सभाओं में

आ-आकर बैठ जाते। खूब तमाशा होता। दूसरी तरफ जनाब शमसुद्दीन को भरोसा था कि चाहे जितने भी लोग दिलरुबा की सभा और रैलियों में चले जाएँ, लेकिन चुनाव के समय वोट हमीं को देंगे।"

अटलजी बीच में हँसते हुए बोले, "लालजी टंडन ने भी क्या खूब किस्सा सुनाया... हा...हा...हा।"

"आगे भी तो सुनिए...दूसरी ओर शमसुद्दीन थे, जो कि अपनी रैली और सभाएँ बहुत ही शालीनता से निकालते थे। उनकी रैली में कोई विशेष ताम-झाम नहीं होता था, जबकि दिलरुबा के जुलूसों में धूम मची रहती थी। शमसुद्दीन के समर्थक एक नारा जरूर लगाते थे, 'दिल दीजिए दिलरुबा को, वोट शमसुद्दीन को'। इस घटना को सुनकर, वहाँ जितने भी लोग थे, सब हँस दिए। सब समझ भी गए कि लालजी टंडन जनता को क्या संदेश देना चाहते हैं।"

"लेकिन ये तो बताओ कि फिर उस चुनाव का परिणाम क्या रहा?"

"होना क्या था! लोगों ने शमसुद्दीन को वोट देकर जिता दिया।"

लालजी टंडन की इस सूझ-बूझ पर सभी जोर-जोर से हँसने लगे।

लेकिन तभी अटलजी संजीदा होते हुए बोले, "ये तो हँसी-मजाक की बात हुई ...लेकिन मैं सचमुच अपने देश के हालात बदलना चाहता हूँ। जब मैं छोटे-छोटे बच्चों को बड़े-बड़े बस्ते अपनी पीठ पर लादकर स्कूल जाते हुए देखता हूँ तो मेरा मन भर आता है। मैं बच्चों में स्वाभिमान, अनुशासन और देशप्रेम का भाव देखना चाहता हूँ। मैं चाहता हूँ कि हमारे देश की बच्चियाँ भी खूब पढ़ें, हर गाँव में कन्या विद्यालय खोला जाए। मुझे हमेशा से यही लगता रहा है कि हमारी शिक्षा व्यवस्था में बहुत खामियाँ हैं। शिक्षा एक व्यवसाय बन गई है। ऐसी स्थिति में भला राष्ट्रनिर्माण कैसे हो सकता है!"

□

जब मुसलिम बहनें इमामेजामिन बाँधने आईं

ग्यारहवीं लोकसभा के चुनाव के समय की बात है। सभी जगह चुनाव प्रचार चल रहा था। जनता में भी अपार उत्साह था। सभी प्रत्याशी अपने-अपने प्रयासों में लगे हुए थे। अटलजी अपने संसदीय क्षेत्र लखनऊ आए हुए थे। एक दिन एक बड़ी ही सुखद और मर्मस्पर्शी घटना घटी। जब वे अपने गेस्टहाउस में बैठे हुए थे, तभी अनेक मुसलिम महिलाएँ, जो कि नकाब में थीं, उन्होंने हॉल में प्रवेश किया और अटलजी को आदाब करते हुए कहा, "अटलजी, हम आपके लिए यह इमामेजामिन लेकर आई हैं और इसे आपकी कलाई में बाँधना चाहती हैं।"

अटलजी उनका स्नेह देख स्तब्ध रह गए। उन्होंने तुरंत अपनी दाईं कलाई आगे कर दी और कहा, "हाँ हाँ...बिल्कुल...बाँधिए।"

उन्होंने उसे बाँधते हुए कहा, "हम अल्लाहताला से दुआ करती हैं कि इन चुनावों में आपकी शानदार जीत हो।"

अटलजी ने भी स्नेह से भरकर कहा, "आप सभी मेरी बहनें हैं और आज मैं आपके इस स्नेह से अभिभूत हूँ।"

यह सभी के लिए बहुत ही भावुक क्षण था।

□

पहले एम.पी. तो बनाइए, तभी तो पी.एम. बन सकेंगे

ग्यारहवीं लोकसभा चुनाव में अटलजी लखनऊ के साथ-साथ गांधीनगर से भी खड़े हुए थे। गांधीनगर के कार्यकर्ताओं में भी अथाह जोश भरा हुआ था। एक शाम वहाँ अटलजी की जनसभा थी और अटलजी को सुनने के लिए जनसैलाब उमड़ पड़ा था। इतनी भीड़ थी कि लोगों को बैठने तक की जगह नहीं मिली थी और वे खड़े रहकर भी अपने प्रिय नेता का भाषण सुनने को तैयार थे। जैसे ही अटलजी पहुँचे, वहाँ मौजूद लोगों ने बुलंद आवाज में नारे लगाने शुरू कर दिए—

लाल किले पर कमल निशान, माँग रहा है हिंदुस्तान
अटल बिहारी जिंदाबाद, जिंदाबाद, जिंदाबाद!
हमारा पी.एम. कैसा हो, अटल बिहारी जैसा हो।

अटलजी तो थे ही हाजिरजवाब...उन्होंने तुरंत माइक पर हँसते हुए कहा, "अरे भाई, पहले एम.पी. तो बनाइए, तभी तो पी.एम. बन सकेंगे।"

सभी लोग हँस दिए। उनकी आवाज से आसमान पट गया। अटलजी ने आगे कहा, "यह गांधीजी की जन्मस्थली है। मैं इसे श्रद्धावान् होकर प्रणाम करता हूँ। मैं आपका प्रत्याशी हूँ और आपसे वोट माँगने आया हूँ। आपका एक-एक वोट भावी भारत के निर्माण की नींव की ईंट माना जाएगा। यह ऐतिहासिक चुनाव है और इसका निर्णय भी ऐतिहासिक ही होगा। अब देश के मतदाताओं को ही निर्णय करना है कि देश के खजाने की चाभी किसको सौंपी जाए। उनको, जो करोड़ों का घोटाला करके भी मौन बैठे हैं या उनको, जो राष्ट्रनिर्माण के लिए प्राण-प्रण से जुटे हुए हैं।"

अप्रैल का महीना था और दोपहर में गरमी बढ़ जाती थी, लेकिन फिर भी लोग उत्साह से अटलजी को सुनने पहुँच जाते थे। उनका उत्साह अटलजी के भीतर भी अपार

शक्ति भर देता था। सिर पर सूरज तप रहा होता, तब भी गाँव के गाँव सिर पर अँगोछा डाले आ जाते और उनकी हर बात ध्यान से सुनते। ग्रामीण महिलाएँ भी बड़ी संख्या में भाग लेती थीं। अटलजी भी उन्हीं के जैसे ही तो थे। वे भी अपने सिर पर अँगोछा लपेटकर गाँव-गाँव पदयात्रा किया करते, सबसे मिलते, उनके सुख-दुःख की बातें पूरे मन से सुनते। कोई उन्हें स्नेह से चूल्हे की रोटी पर मिर्च रखकर खिलाता तो कोई भुरता-रोटी खिलाता। वे उन्हें अपनी ही तरह के व्यक्ति लगते थे, बिना लाग-लपेटवाले, जमीन से जुड़े हुए।

अटलजी ने मतदान से तुरंत पहले ग्रामीण भाई-बहनों से अपील की, "धरती तप रही है, लेकिन वोट डालने में आलस न करना, क्योंकि यही सच्चा हथियार है, जो कुशासन को खत्म कर सकता है।"

लेकिन उस समय लखनऊ सीट बहुत चर्चा में थी, क्योंकि वहाँ से समाजवादी पार्टी ने एक अभिनेता को चुनाव में उतारा था। रोज ही उनसे जुड़ी कोई-न-कोई सनसनीखेज खबर मिल जाती थी। एक दिन कार्यकर्ताओं ने आकर बताया, "उनकी सभा में तो बहुत भीड़ थी। लोग उनसे हाथ मिलाने के लिए, उनके साथ फोटो खिंचवाने के लिए टूट रहे थे।"

उन अभिनेता की सभाओं में तमाम बड़ी-बड़ी फिल्मी हस्तियाँ आकर उनका प्रचार कर रही थीं और जनता को उन्हें ही वोट देने के लिए कह रही थीं, लेकिन अटलजी ने अपने कार्यकर्ताओं को आश्वस्त करते हुए कहा, "भइया, यह लखनऊ की जनता है, सब समझती-बूझती है। वो अपना नेता बहुत सोच-समझकर चुनेगी।"

लेकिन चुनाववाले दिन एक बहुत ही अप्रिय साजिश का खुलासा हुआ। जिसने भी सुना, वह भौचक्का रह गया। इसके बारे में समाचार-पत्रों में छपा और बाद में 'इंडिया टुडे' ने भी इसे विस्तार से प्रकाशित किया। हुआ यह कि एक नामी कंपनी ने अटलजी के प्रतिद्वंद्वी अभिनेता को जिताने के लिए हरसंभव जतन किया था। उन्होंने अपनी कंपनी के कर्मचारियों को लखनऊ भेजा और फर्जी वोटर तैयार किए। मतदानवाले दिन पुलिस ने अनेक मतदान केंद्रों से स्याही मिटानेवाली बोतलें बरामद कीं। जब अटलजी को इस बारे में बताया गया तो उन्होंने बस इतना ही कहा, "मुझे अपने मतदाताओं पर पूरा भरोसा है। अब मतदाता इतने समझदार हो गए हैं कि वे किसी भी साजिश या फैसले के खिलाफ खड़े हो सकते हैं।"

बाद में जब उस कंपनी के मालिक से इस बारे में पूछा गया तो उन्होंने कहा, "मैं तो बस लखनऊ सीट से अपने मित्र को जिताना चाहता था, अटलजी तो गांधीनगर से जीत ही जाते। प्रेम और जंग में सब जायज होता है।"

□

ग्यारहवीं लोकसभा की तेरह दिन की सरकार

ग्यारहवीं लोकसभा के चुनाव नतीजे आए तो उसमें अटलजी अपनी दोनों सीटें—लखनऊ और गांधीनगर को भारी बहुमत से जीत चुके थे। बी.जे.पी. ने इन चुनावों में कांग्रेस को पछाड़ दिया था। पार्टी में खुशी की लहर दौड़ गई थी। इस बार लोकसभा में सबसे अधिक सांसद बी.जे.पी. से थे।

अटलजी के घर पर बधाई देने के लिए लोगों का ताँता लग गया। सभी परिचित फूलों के गुलदस्ते, मिठाई आदि लेकर चले आ रहे थे। उनके सचिव शिवकुमारजी सभी की आवभगत कर रहे थे। घर में बिल्कुल पर्व जैसा माहौल था। एस.पी.जी. ने पूरे बँगले को घेर लिया था। बाहर लोग खुशियाँ मना रहे थे और भीतर सभी ने बहुमत साबित करने के लिए काम करना शुरू कर दिया था। यह ठीक है कि बी.जे.पी. के पास सबसे अधिक सीटें थीं, लेकिन इतनी नहीं थीं कि वह अपने दम पर सरकार बना सके। उसे अन्य दलों से भी सहयोग जुटाना था। इसके लिए गहन विचार-विमर्श चलता रहा। शाम घिर आई थी। घरों की बत्तियाँ जल गईं। आज तो दीपावली जैसा माहौल बना हुआ था।

इस वक्त सभी के सामने एक बड़ी चुनौती थी, अपना बहुमत साबित करने की। बी.जे.पी. ने सहयोगी दलों से समर्थन हासिल करके अपना बहुमत जुटाया। सोलह मई को अटलजी को शपथ लेनी थी। राष्ट्रपति भवन में कदम-कदम पर चौकसी थी। अशोका हॉल सजा हुआ था। मीडियावालों को पहले से ही निर्धारित जगह दे दी गई थी और वे अपने-अपने कैमरे सेट करके तैयार खड़े थे। जैसे ही ठीक बारह बजे तत्कालीन राष्ट्रपति महामहिम डॉ. शंकर दयाल शर्मा का प्रवेश हुआ, लोग उनके सम्मान में अपनी-अपनी जगह पर खड़े हो गए।

एक ओर अटलजी के साथ शपथ लेनेवाले अन्य सभी मंत्री भी बैठे हुए थे—सिकंदर

बख्त, डॉ. जोशी, सूरजभान, सरताज सिंह, जसवंत सिंह, करिया मुंडा, रामजेठमलानी, प्रमोद महाजन, सुरेश प्रभाकर, सुषमा स्वराज, प्रभु और वी. धनञ्जय कुमार। माननीय उपराष्ट्रपति, राजमाता सिंधिया, आडवाणीजी, पूर्व प्रधानमंत्री और अनेक महत्त्वपूर्ण व्यक्ति अगली पंक्ति में बैठे हुए थे। अटलजी के बड़े भाई पंडित अवध बिहारी वाजपेयी उन्हें आशीर्वाद देने के लिए ग्वालियर से आए हुए थे और वे बहुत शांत मन से सारी गतिविधियाँ देख रहे थे और बीच-बीच में अटलजी की तरफ भी स्नेह से देख लेते थे। आज उनका छोटा भाई देश का प्रधानमंत्री बनने जा रहा था।

माननीय राष्ट्रपति ने अटलजी को शपथ दिलाई, "मैं अटल बिहारी वाजपेयी ईश्वर को साक्षी मानकर…"

…और इस प्रकार उन्होंने भारत गणराज्य के ग्यारहवें प्रधानमंत्री के रूप में पद और गोपनीयता की शपथ ली। हॉल तालियों की गड़गड़ाहट से गूँज उठा। इसके बाद बारी-बारी से राष्ट्रपति महोदय ने अन्य मंत्रियों को भी शपथ दिलाई।

देश में सत्ता का परिवर्तन हो गया था। पूरा देश एक राष्ट्रवादी नेता को पाकर मुदित था। बस कुछ लोग उदास थे, जो कि लाजिमी था। अटलजी को 31 मई तक अपना बहुमत साबित करना था। विरोधी दल के लोग उनकी सरकार गिराने की भरसक चेष्टा कर रहे थे। अटलजी और आडवाणीजी आश्वस्त थे कि यदि भा.ज.पा. सफल हुई तो राज करेगी और अगर न सफल हो पाई तो भी अगली बार जनता खुद उसे दुगने मत देकर विजयी बनाएगी और तब वह राज करेगी। अटलजी ने सभी चिंताओं-दुश्चिंताओं को अपने मन से बाहर निकाल फेंका और प्रसन्नचित्त हो, अपने काम में जुट गए।

देश-विदेश से उन्हें बधाइयाँ प्राप्त होने लगीं। देश-विदेश के अनेक शासकों, राजनेताओं, बुद्धिजीवियों, वैज्ञानिकों, साहित्यकारों, कवियों, कलाकारों आदि ने बधाई संदेश दिए। इसी दौरान पूर्व प्रधानमंत्री नरसिंह राव ने डॉ. कलाम को अटलजी से मिलने के लिए कहा। डॉ. कलाम देश के महत्त्वपूर्ण परमाणु कार्यक्रम को अंजाम दे रहे थे। नरसिंह रावजी ने अपनी सरकार की मजबूरी बताई। अमेरिकी सैटेलाइट निरंतर हर गतिविधि पर निगाह रखे रहते थे और उन्हें इस परमाणु परीक्षण की खबर लग गई थी। उन्होंने नरसिंह रावजी पर दबाव बनाया था कि वे ऐसा कोई परीक्षण न करें। इसीलिए सरकार बदल जाने के पश्चात् उन्होंने अटलजी से कहा कि देशहित के लिए वे जल्द-से-जल्द इस परमाणु कार्यक्रम के परीक्षण की अनुमति दें। यह वाकई बहुत बड़ा काम था और अटलजी भी इसे हर हाल में पूरा करना चाहते थे। यह एक ऐसा काम था, जो कि बहुत ही गोपनीय ढंग से हो रहा था। किसी को इसकी खबर नहीं थी।

अटलजी प्रधानमंत्री बनने के बाद अपने दोनों संसदीय क्षेत्रों की जनता को धन्यवाद देने गए। वहाँ उनके स्वागत में अपार जनसमूह उमड़ा पड़ा था। गगनभेदी नारे लगाए

जा रहे थे। लोग अपने नेता को देखकर बेहद खुशी से भरे हुए थे। अटलजी ने अपने भाषण में जनता का हृदय से आभार व्यक्त किया और कहा, "हमारा आपसे वादा है कि हम आपको स्वच्छ प्रशासन देंगे। आपकी भलाई ही हमारा मुख्य उद्देश्य होगा। 31 मई को क्या होगा···यदि हम बहुमत ले पाए तो सत्ता का हार हमारे गले में होगा और अगर हार गए तो उस अभिमन्यु की भाँति साबित होंगे, जिसे कौरव पक्ष के तमाम सूरमाओं ने घेरकर शिकार बनाया था।"

अंततः 31 मई का दिन आ गया। लोकसभा का सदन खचाखच भरा हुआ था। विश्वास मत प्रस्ताव पर बहस का टी.वी. पर सीधा प्रसारण किया जा रहा था। ऐसा पहली बार हो रहा था कि किसी विश्वास मत बहस का प्रसारण किया जा रहा हो। देश की सड़कों पर सन्नाटा पसरा हुआ था। प्रधानमंत्री के भविष्य का निर्णय जो होनेवाला था। अटलजी तेरह दिन की अपनी इस सरकार के अल्पमत होने पर बहस का जवाब दे रहे थे। भा.ज.पा. को बहुमत जुटाने में कामयाबी नहीं मिली थी। कोई पार्टी साथ आने के लिए इसलिए तैयार नहीं थी, क्योंकि वे भा.ज.पा. को सांप्रदायिक पार्टी मानती थीं और उन्हें डर था कि उसका साथ देने से भविष्य में उनके अल्पसंख्यक वोट उनके हाथ से निकल सकते हैं।

अटलजी ने अपनी बात रखते हुए कहा, "यदि सत्ता के लिए पार्टी तोड़कर नया गठबंधन करना पड़े तो ऐसी सत्ता को तो मैं चिमटे से भी छूना पसंद नहीं करूँगा। न भीतो मरणादस्मि केवलं दूषितो यशः। भगवान् राम ने भी यही कहा था कि मैं मृत्यु से नहीं डरता, मैं सिर्फ लोकापवाद से डरता हूँ···अर्थात् बदनामी से डरता हूँ। मेरा चालीस साल का राजनीतिक जीवन एक खुली किताब है। जनता ने हमें सबसे बड़े दल के रूप में समर्थन दिया था, इसीलिए हम सत्ता में आए। जब राष्ट्रपति महोदय ने मुझे सरकार बनाने के लिए आमंत्रित किया और हमें शपथ दिलाई तथा 31 तारीख तक अपना बहुमत साबित करने के लिए कहा तो क्या मैं पलायन कर जाता? अध्यक्ष महोदय, कमर के नीचे वार नहीं होना चाहिए। नीयत पर शक नहीं किया जाना चाहिए। मैंने ऐसा खेल कभी नहीं किया है और न ही आगे कभी करूँगा। आज मैं प्रधानमंत्री हूँ और थोड़ी देर बाद इस पद पर नहीं रहूँगा। प्रधानमंत्री बनने के बाद मेरा हृदय आनंद से उछलने लगा हो, ऐसा नहीं हुआ। जब मैं सबकुछ छोड़कर चला जाऊँगा, तब भी मेरे मन में किसी प्रकार की म्लानता नहीं होगी। आप सभी यह मत कहिए कि हमारा जनाधार नहीं है। हम अपनी जनता का व्यापक समर्थन प्राप्त करके यहाँ तक पहुँचे हैं। यदि आप हमें छोड़कर सरकार बनाना चाहते हैं तो वह सरकार टिकाऊ नहीं होगी। पहली बात तो मुझे उस सरकार का जन्म लेना ही कठिन लग रहा है और अगर जन्म ले भी लेती है तो उसका जीवित रहना मुश्किल है। अंतरविरोधों से घिरी हुई सरकार देश का कितना भला कर

सकेगी? हर बात के लिए आपको कांग्रेस के पास ही दौड़ना होगा। आप उन पर निर्भर हो जाएँगे। मैं अपना त्यागपत्र देने जा रहा हूँ। हम संख्या बल के सामने सिर झुकाते हैं, लेकिन देश की सेवा के कार्य में जुटे रहेंगे। हम आपको विश्वास दिलाते हैं कि जब तक हम राष्ट्रीय उद्देश्य पूरा नहीं कर लेंगे, तब तक विश्राम नहीं करेंगे।

अध्यक्ष महोदय, मैं अपना त्यागपत्र राष्ट्रपति महोदय को देने जा रहा हूँ।" और इस प्रकार अटलजी ने अपना त्यागपत्र दे दिया।

□

बारहवीं लोकसभा का गठन

अटलजी की तेरह दिन की सरकार के इस्तीफे के बाद एक जून को जनता दल के नेता एच.डी. देवगौड़ा ने संयुक्त मोर्चा गठबंधन सरकार का गठन किया, किंतु उनकी सरकार भी मात्र अठारह महीने ही चल सकी। अगले प्रधानमंत्री हुए इंद्र कुमार गुजराल। वे देवगौड़ा के कार्यकाल में विदेश मंत्री रह चुके थे। उन्होंने 21 अप्रैल, 1997 को पदभार सँभाला। कांग्रेस उन्हें बाहर से अपना समर्थन देने के लिए राजी हो गई थी, किंतु कुछ ही समय में कांग्रेस ने अपना समर्थन वापस ले लिया और यह सरकार भी गिर गई। इंद्र कुमार गुजराल आठ महीने ही प्रधानमंत्री के पद पर रह सके।

10 मार्च, 1998 को बारहवीं लोकसभा का गठन हुआ। इस बार फिर बी.जे.पी. ने सबसे अधिक सीटें जीती थीं। इस बार जब अटलजी के नेतृत्व में एन.डी.ए. की सरकार बनी तो उन्होंने अपने पिछले अनुभव के आधार पर गठबंधन को मजबूत बनाने की दिशा में काम किया। वे इस बार पाँच साल तक मजबूत सरकार देना चाहते थे। इसके लिए उन्होंने अपनी रणनीति पहले से ही बना ली थी। मंत्रिमंडल बन जाने के उपरांत उन्होंने डॉ. कलाम से संपर्क किया और परमाणु परीक्षण के लिए हरी झंडी दे दी। इसी के दो महीने बाद ग्यारह मई को ही डॉ. कलाम ने वह कर दिखाया, जिससे पूरा विश्व स्तब्ध रह गया। इस पूरे काम में कूट भाषा का इस्तेमाल किया गया था। अब तक इसकी गुपचुप तैयारी चल रही थी। परीक्षण के लिए सही मौके का इंतजार था। परीक्षण पोखरण के नजदीक खेतोलाई गाँव में किया गया था। ग्यारह मई की शाम को जैसे ही अटलजी के हॉटलाइन पर डॉ. कलाम ने यह कहा 'बुद्धा स्माइलिंग'...तो उनका चेहरा खिल उठा। उन्होंने हँसते हुए कहा, "कुंभकर्ण जाग गया।" वहाँ मौजूद सबके चेहरे पर प्रसन्नता दौड़ गई। आडवाणीजी ने अटलजी को गले लगा लिया।

यहाँ हमारे देश ने कुंभकर्ण को जगा दिया और वहाँ अमेरिका की भी नींद उड़ गई।

सब हैरान कि यह हुआ कैसे! शाम पाँच बजे प्रधानमंत्री निवास पर एक प्रेस कॉन्फ्रेंस बुलाई गई। इसमें अटलजी ने तीन सफल परमाणु परीक्षणों की खबर देते हुए कहा, "भारत अब एक परमाणु शस्त्र संपन्न देश है। यह एक वास्तविकता है, जिससे इनकार नहीं किया जा सकता। हमारा इरादा इन हथियारों का प्रयोग आक्रमण के लिए या किसी देश के खिलाफ डर पैदा करने के लिए नहीं है। ये हथियार आत्मरक्षा के लिए हैं, ताकि यह सुनिश्चित किया जा सके कि भारत को कोई परमाणु खतरा नहीं है या भारत पर कोई बल प्रयोग नहीं कर सकता। हमारा इरादा हथियारों की दौड़ में शामिल होना नहीं है।"

इसके बाद विश्व भर से काफी तीखे प्रहार हुए। भारत पर खूब दबाव पड़े। अमेरिका और पश्चिमी देश हम पर क्रुद्ध हो उठे। भारत पर अनेक तरह के आर्थिक प्रतिबंध भी लगा दिए गए। प्रौद्योगिकी हस्तांतरण, बहुपक्षीय और द्विपक्षीय सहयोग तथा ऋण सहायता पर भी प्रतिबंध लगा दिए गए। जापान ने भी पाबंदी लगा दी। चीन तो इतना नाराज हो गया कि उसने इसे हमारा 'अनुचित व्यवहार' कह दिया और अंतरराष्ट्रीय समुदाय से एकजुट होकर हमारे खिलाफ काररवाई करने की माँग की, हालाँकि रूस और फ्रांस ने इस विषय पर कोई नकारात्मक टिप्पणी नहीं की। अटलजी पहले से ही जानते थे कि उन्हें इन परीक्षणों की एक कीमत चुकानी पड़ेगी, लेकिन उन्होंने इसकी परवाह नहीं की। पाकिस्तान के विदेश मंत्री ने इस परीक्षण के बाद अपनी तीखी प्रतिक्रिया देते हुए कहा, "भारतीय नेतृत्व बेकाबू हो चुका है।" प्रधानमंत्री नवाज शरीफ ने कहा, "हम भारत को इसके लिए माकूल जवाब देंगे।"

उनका यह माकूल जवाब था, 28 मई को किया गया पाकिस्तान में परमाणु परीक्षण। महज पंद्रह दिनों में पाकिस्तान में भी चेगाई हिल्स पर परमाणु परीक्षण किए गए। जाहिर है कि यह सब महज पंद्रह दिनों के भीतर तो नहीं ही हुआ होगा। पाकिस्तान पहले से ही इसकी तैयारी कर रहा होगा। इस घटना ने दिखा दिया कि भारत को हमेशा सतर्क रहने की जरूरत है।

अमेरिकी राष्ट्रपति बिल क्लिंटन क्षुब्ध हो उठे और बोले, "दो गलत बातों से एक सही बात नहीं हो सकती।" उन्होंने काफी पहले से भारत की राजकीय यात्रा का निर्णय लिया था, लेकिन अब नाराजगी के कारण अपनी भारत की यात्रा को स्थगित कर दिया। अटलजी को उनकी यात्रा रद्द होने का दुःख तो बहुत हुआ, लेकिन उन्होंने इसे स्वीकर किया।

पंद्रह अगस्त को लाल किले पर तिरंगा फहराने के बाद अटलजी ने वहाँ की प्राचीर से गर्वपूर्वक कहा, "भारत एक महान् देश है। हमारी जनता पराक्रमी है। अपने गौरव के लिए यह बहादुर जनता हर संकट का सामना कर सकती है। इसका हमने इतिहास में भी बार-बार परिचय दिया है। लाल बहादुर शास्त्रीजी ने कहा था—'जय जवान, जय

किसान'। आज मैं इसे नया आयाम देता हूँ—'जय जवान, जय किसान, जय विज्ञान' क्योंकि इक्कीसवीं सदी में देश की सुरक्षा और देश का विकास बीती सदी के साधनों से नहीं किया जा सकता।"

अटलजी ने डॉ. कलाम को अपने मंत्रिमंडल में शामिल होने का निमत्रंण दिया, लेकिन डॉ. कलाम ने कहा कि वे इस समय राष्ट्रहित के प्रोजेक्ट में व्यस्त हैं। अब भारत पर सी.टी.बी.टी. पर हस्ताक्षर करने का दबाव बनाया जाने लगा। अटलजी ने अपनी अमेरिका यात्रा के दौरान वहाँ कहा, "हमने तो स्वैच्छिक रूप से और आणविक परीक्षण करने के लिए अपने आप को प्रतिबंधित कर दिया है। हम सी.टी.बी.टी. के प्रभाव में आने की दृष्टि से कहीं बाधा नहीं हैं। पहले आप अपनी संसद् से इसका अनुमोदन करवा लीजिए। हमारा देश अभी इस संदर्भ में आम राय बनाने की प्रक्रिया में है।"

□

पाकिस्तान के साथ दोस्ताना शुरुआत : लाहौर बस सेवा

हमारे देश की यह विशेषता रही है कि हम हमेशा ही शांति के पक्षधर रहे हैं। चाहे कोई भी पार्टी सत्ता में रही हो, सभी ने हमेशा से यही चाहा कि हमारे पड़ोसी देशों के साथ अच्छे संबंध रहें। हम अपने देश को विकास करता देखना चाहते हैं, इसलिए हमने अपने पड़ोसियों के साथ हमेशा ही मधुर संबंध बनाए रखने की दिशा में काम किया। जब 1998 में अटलजी संयुक्त राष्ट्र में गए, तब वहीं उन्हें लाहौर बस का विचार सूझा। 23 सितंबर की बात है, न्यूयॉर्क में यू.एन. जनरल असेंबली की साइडलाइंस पर मीटिंग चल रही थी। लंच के समय वे, नवाज शरीफ, जसवंत सिंह और के. रघुनाथ अनौपचारिक बातचीत करने लगे। नवाज शरीफ अपने पुराने समय को याद करने लगे। वे बोले, "मैं 1982 में हुए एशियन गेम्स के दौरान हिंदुस्तान गया था। उस वक्त मैं अपनी कार से वहाँ गया था। पहले दिल्ली गया था, फिर आगरा भी गया था।"

तभी जसवंत सिंह उनसे बोले, "आप दिल्ली और लाहौर के बीच रोजाना बस सेवा शुरू कीजिए।"

नवाज शरीफ ने कहा, "यह तो बहुत अच्छा विचार है। 1965 से बंद पड़े मुनाबाव-खोखरापार रोड और रेल लिंक को भी शुरू किया जा सकता है।" इसके बाद नवाज शरीफ ने यू.एन. के महासचिव कोफी अन्नान से कश्मीर पर यू.एन. प्रस्ताव को आगे बढ़ाने के लिए कहा। दरअसल 1947 के बँटवारे के बाद भारत और पाकिस्तान के बीच सड़क और रेल सफर पर पाबंदियाँ लगा दी गई थीं।

दोनों देश के प्रमुख फिर एक बार आपसी रिश्ते मजबूत करने की दिशा में काम करना चाहते थे और इसके लिए बस सेवा शुरू करने का निर्णय लिया। प्रधानमंत्री नवाज शरीफ ने अटलजी को पाकिस्तान आने का निमंत्रण दिया।

आखिर वह दिन आ पहुँचा, जिसका दोनों देशों के लोग इंतजार कर रहे थे। 20 फरवरी, 1999 के दिन अमृतसर में उत्सव का माहौल था। अमृतसर से लेकर अटारी तक, सड़क के दोनों तरफ लोग खड़े हुए थे। उनके भीतर उत्साह था। अटारी में ही वाघा बॉर्डर है। यहीं पर भारत की सीमा समाप्त होती है और पाकिस्तान की प्रारंभ होती है। उस ओर भी उतना ही जनसमूह सड़क के दोनों ओर उत्साह से खड़ा हुआ था। टी.वी. चैनलवाले अपने-अपने कैमरों के साथ मुस्तैद खड़े थे। जैसे ही वाघा बॉर्डर पर दिल्ली से लाहौर जानेवाली बस के लिए गेट खोला गया, वैसे ही टी.वी. पर यह खबर फैल गई। भारत ने अपनी तरफ से दोस्ती का पैगाम दे दिया था। इस बस में अटलजी के साथ-साथ फिल्म अभिनेता देवानंद, दिलीप कुमार, अभिनेता और बी.जे.पी. नेता शत्रुघ्न सिन्हा, गीतकार जावेद अख्तर, क्रिकेटर कपिल देव, नृत्यांगना मल्लिका साराभाई, पेंटर सतीश गुजराल, वरिष्ठ पत्रकार कुलदीप नैयर समेत बाईस हस्तियाँ सवार थीं। यह बस उन लोगों के लिए वरदान थी, जिनके अपने सीमा पार रहते थे। यह बस उनके मिलने का जरिया थी।

वाघा बॉर्डर पर सभी का आत्मीय स्वागत हुआ। बी.जे.पी. अध्यक्ष कुशाभाऊ ठाकरे विदा देने के लिए वाघा बॉर्डर पर खड़े थे। जैसे ही बस वाघा की सीमा को पार करके पाकिस्तान की सीमा में पहुँची, इसका भव्य स्वागत हुआ। तोपों की सलामी दी गई। पाकिस्तान के वजीरे आजम नवाज शरीफ और उनके भाई शाहबाज सीमा के उस पार स्वागत के लिए मौजूद थे। पाकिस्तानी रेंजर्स दोनों तरफ पंक्ति से खड़े थे।

नवाज शरीफ ने मुसकराकर कहा, "खुशामदीद पाकिस्तान।"

उनके साथ कई अधिकारी खड़े थे। कई मंत्री अटलजी के स्वागत में हाथ मिलाने के लिए पंक्तिबद्ध खड़े थे, लेकिन तीनों सेना प्रमुख इस मौके पर मौजूद नहीं थे। तय कार्यक्रम के अनुसार यहीं से अटलजी को दिल्ली वापस लौट आना था, लेकिन सीमा पार करने पर नवाज शरीफ बोले, "आपको इस तरह से हम दरवाजे से नहीं लौटने देंगे।" इसके बाद हेलीकॉप्टर उन दोनों को लेकर उड़ चला। आसमान में रंग-बिरंगी पतंगें उड़ रही थीं, लेकिन नीचे बाजार बंद था। यह बंद जमाएत-ए-इसलामी की तरफ से था। कुछ लोग 'वाजपेयी वापस जाओ' की तख्तियाँ लेकर उनके विरोध में खड़े थे। अटलजी का मन दुःखी हो उठा। नवाज शरीफ को भी यह अच्छा नहीं लग रहा था। खैर···हेलीकॉप्टर लाहौर में पंजाब गवर्नर हाउस के लॉन में उतरा।

गवर्नर हाउस में अटलजी के सम्मान में एक जलसा रखा गया था। उस समय वहाँ तीनों सेना प्रमुख मौजूद थे। उन्होंने अटलजी को सलामी दी। लाहौर किले में उनके लिए रात्रिभोज का आयोजन था। वहाँ उनके स्वागत में हिंदी गीत चलाए गए। वहाँ अटलजी ने भी अपनी कविता की ये पंक्तियाँ पढ़ीं—

हमें चाहिए शांति, जिंदगी हमको प्यारी,
हमें चाहिए शांति, सृजन की है तैयारी।
हमने छेड़ी जंग भूख से, बीमारी से,
आगे आकर हाथ बँटाए दुनिया सारी।
हरी-भरी धरती को खूनी रंग न लेने देंगे
जंग न होने देंगे॥

जब उन्होंने ये पंक्तियाँ पढ़ीं तो तालियाँ बज उठीं। नवाज शरीफ ने हँसते हुए कहा, "वाजपेयी साहब, आप तो अब पाकिस्तान में भी चुनाव जीत सकते हैं।" अटलजी भी हँस दिए।

दोनों देशों के प्रमुखों ने एक-दूसरे की ओर दोस्ती का हाथ बढ़ा दिया था। पूरा विश्व इस दोस्ती से प्रसन्न था। दोनों देशों की जनता भी इस दौरे से प्रसन्न थी। कुछ कट्टरपंथी समुदाय थे, बस उन्हें ही यह यात्रा अखर रही थी। अटलजी ने इसकी परवाह नहीं की, क्योंकि यह तो लाजिमी था, सभी खुश हों, यह तो नामुमकिन है। उन्होंने इस दौरे में मीनार-ए-पाकिस्तान जाने का निर्णय लिया। कट्टरपथियों द्वारा इसका बड़ा विरोध किया गया, लेकिन वे फिर भी वहाँ गए। यह पाकिस्तान के जन्म की स्मृति है। अटलजी मीनार-ए-पाकिस्तान चले तो गए, लेकिन बाद में पता चला कि उनके लौटने के बाद वहाँ के धार्मिक नेताओं ने मीनार-ए-पाकिस्तान के प्लेटफॉर्म को यह कहकर धुलवाया कि इसे पवित्र किया जाए, क्योंकि इस पर दुश्मन देश के प्रधानमंत्री का प्रभाव पड़ गया है।

दोनों प्रधानमंत्रियों ने इस दौरान लाहौर घोषणा-पत्र पर भी दस्तखत किए। इस प्रकार से वे अपने दोस्ताना रिश्ते की शुरुआत कर रहे थे। दोनों ने माना कि अब चूँकि दोनों ही देश परमाणु शक्ति संपन्न हो गए हैं तो ऐसे में दोनों को ही एक-दूसरे के प्रति सौहार्दपूर्ण व्यवहार रखना होगा। उन्होंने अपने-अपने दायित्वों को समझा और शिमला समझौते को भी पुनः लागू करने की प्रतिबद्धता को दोहराया।

अटलजी अपनी दूरदृष्टि को साथ रखकर सभी के साथ विचार-विमर्श करते हुए प्रधानमंत्री के दायित्वों को निभा रहे थे। निरंतर राष्ट्रहित के कार्यों को कर रहे थे, लेकिन उसी समय एक बहुत ही अप्रिय घटना अपने अंजाम तक पहुँच रही थी। जयललिता अपनी माँगों पर अड़ी हुई थीं। उन्होंने अप्रैल, 1998 में सरकार से अपना समर्थन वापस ले लिया और इस प्रकार यह सरकार एक वोट से अल्पमत में आ गई। उस वक्त कई ऐसे नेता थे, जो अटलजी का साथ देकर मात्र एक वोट से सरकार को बचा सकते थे, लेकिन वे भी ऐन वक्त पर पीछे हट गए। उस दिन अटलजी बहुत मायूस हुए थे। जब वे लोकसभा से बाहर आ रहे थे तो उनके कदम उठ ही नहीं रहे थे। यह सब इस तरह

से हुआ था कि किसी के लिए भी विश्वास करना मुश्किल था। अटलजी बुझे कदमों से संसद् भवन के अपने विश्राम कक्ष में पहुँचे, जहाँ आडवाणीजी पहले से उनका इंतजार कर रहे थे। अटलजी उन्हें देखकर ढह गए और बोले, "हम सिर्फ एक वोट से हार गए लालजी, सिर्फ एक वोट से।"

मात्र एक वोट से हार जाने के कारण अटलजी उदास तो बहुत हुए थे, लेकिन हताश अब भी नहीं थे। उन्होंने ऐसे समय में अपने आत्मबल से काम लिया। उन्हें विश्वास था कि जनता उनके साथ है। यह तो पार्टियों का खेल है, जो उन्हें सत्ता में नहीं देख पा रही हैं। ऐसे समय में अटलजी ने अपनी पार्टी के लोगों को भी हताशा से बचाए रखने का पूरा प्रयास किया। वे महसूस कर रहे थे कि उनके पदच्युत् हो जाने की बात सुनकर देश का छोटे से छोटा व्यक्ति भी बेहद उदास हो उठा है।

इधर सभी विपक्षी पार्टियों ने अपने-अपने पैंतरे आजमाने शुरू कर दिए। सभी पार्टियाँ अपने हिसाब से गठबंधन द्वारा सत्ता में आना चाहती थीं। तत्कालीन राष्ट्रपति श्री के.आर.नारायण से मुलाकातें शुरू हो गईं, आखिरकार उन्होंने एक निश्चित तारीख पर अपना बहुमत सिद्ध करने की बात कही, लेकिन इतनी धुर विरोधी पार्टियों के लिए अब एक साथ आ पाना संभव नहीं हो पा रहा था। कोई जोड़-तोड़ काम नहीं आ रहा था।

आखिरकार 25 अप्रैल को सोनिया गांधी ने राष्ट्रपति को बताया कि उनके पास बहुमत नहीं है और वे तीसरे मोर्चे को भी समर्थन नहीं देना चाहतीं। अगले ही दिन माननीय राष्ट्रपति ने कहा कि गैर-बी.जे.पी. दल सरकार बनाने की स्थिति में नहीं हैं और बी.जे.पी. के पास भी अपनी सरकार को बचाए रखने लायक सांसद नहीं हैं, ऐसी स्थिति में लोकसभा भंग करने के अतिरिक्त और कोई रास्ता नहीं बचा है और इसी के साथ ही बारहवीं लोकसभा भंग हो गई।

□

'मेरी इक्यावन कविताएँ' का लोकार्पण

डॉ. चंद्रिका प्रसाद शर्मा के संपादन में अटलजी की कविताओं का संग्रह 'मेरी इक्यावन कविताएँ' नाम से पुस्तक के रूप में प्रकाशित होकर आया। डॉ. चंद्रिका प्रसाद शर्मा इसके लोकार्पण कार्यक्रम के लिए हठ करने लगे। आखिकार इस काम के लिए 13 अक्तूबर का दिन तय किया गया। यह लोकार्पण समारोह दिल्ली के फिक्की सभागार में आयोजित किया गया था। उस समय अटलजी के सहयोगी और मित्र शिवकुमारजी ने सभी तैयारियों के लिए काफी भागदौड़ की। शाम के समय आयोजित इस कार्यक्रम में अनेक गण्यमान्य व्यक्ति आमंत्रित थे। हिंदी के मूर्धन्य कवि डॉ. शिवमंगल सिंह 'सुमन' जी अपने रेशमी कुरते और पायजामे के ऊपर सदरी पहने हुए बहुत जँच रहे थे। वे अटलजी के विद्यार्थी जीवन के समय विक्टोरिया कॉलेज में हिंदी के प्रोफेसर हुआ करते थे। कुछ ही समय में धोती-कुरते में हिंदी के प्रख्यात लेखक डॉ. विद्यानिवास मिश्र ने प्रवेश किया था। उनके माथे पर लाल टीका बहुत सुशोभित हो रहा था। उस शाम हिंदी के विद्वान् और भारत के हाई कमिश्नर श्री लक्ष्मीमल्ल सिंघवी भी पधारे थे। वे इंग्लैंड से खास इस कार्यक्रम के लिए आए थे।

उस दिन सुमनजी ने अटलजी से कहा, "अटल, तुम्हारी कविताएँ तो बार-बार पढ़ने का मन होता है।"

अटलजी ने चंद्रिका प्रसादजी की तरफ इशारा करते हुए कहा, "इन्होंने अपने प्रयासों से इकट्ठी कर लीं, वरना मैं तो बारह-तेरह कविताएँ ही जानता था।"

तत्कालीन प्रधानमंत्री श्री नरसिंह राव के सान्निध्य में इस पुस्तक का लोकार्पण कार्यक्रम संपन्न हुआ था। कार्यक्रम की अध्यक्षता डॉ. विद्यानिवास मिश्रजी ने की थी और डॉ. शिवमंगल सिंह 'सुमन', डॉ. लक्ष्मीमल्ल सिंघवी और कुपवरली सीतारमैया सुदर्शन विशिष्ट वक्ता के तौर पर मौजूद थे। वह शाम अद्भुत थी। राजनीति के दो विरोधी

दल के नेता एक साथ एक ही मंच पर बैठे हुए थे। उस दिन यह साबित हो गया था कि साहित्य हमेशा दिलों को जोड़ने का काम करता है, हालाँकि राजनीतिक मुद्दों पर दोनों ही विरोधी विचार रखते थे। प्रधानमंत्री कांग्रेस के वरिष्ठ थे और अटलजी बी.जे.पी. से थे···लेकिन इस कार्यक्रम में वे राजनेता की तरह नहीं, बल्कि मित्र के रूप में एक ही मंच पर साथ बैठे हुए थे।

इस मौके पर श्री लालकृष्ण आडवाणी, डॉ. मुरली मनोहर जोशी, श्री मदन लाल खुराना, श्री केदारनाथ साहनी आदि भी मौजूद थे। अनेक प्रतिष्ठित साहित्यकार, विद्वानजन, कवि, कलाकार आदि भी सभागार की शोभा बढ़ा रहे थे। दीप प्रज्वलन के पश्चात् कार्यक्रम प्रारंभ हुआ। पुस्तक का लोकार्पण डॉ. विद्यानिवास मिश्र ने किया था और उसकी एक प्रति तत्कालीन प्रधानमंत्री श्री नरसिंह राव को भेंट की थी। अटलजी ने आदरणीय प्रधानमंत्री को शॉल ओढ़ाकर उनका स्वागत किया और प्रधानमंत्रीजी ने भी शॉल ओढ़ाकर अटलजी का सम्मान किया।

उस दिन उन्होंने अपने भाषण में कहा था, "अटलजी मेरे गुरु हैं।" उनके ऐसा कहते ही पूरा हॉल तालियों की गड़गड़ाहट से गूँज उठा था। उन्होंने आगे कहा, "मैं पिछले बीस वर्षों से अटलजी के बेहद करीब रहा हूँ। मैंने सदैव इन्हें अपना समानधर्मा पाया है। इनके व्यक्तित्व में कुछ ऐसा है, जो हमें इनसे बाँधे रखता है, दूर जाने ही नहीं देता। इसीलिए मैं अटलजी को सुनते ही रहना चाहता हूँ। कभी-कभी संसद् में ये ऐसी जली-कटी सुनाते हैं कि हम तिलमिला जाते हैं, मगर फिर भी इनका सौहार्द छुपाए नहीं छुपता। इनका भाषण रौद्र होते हुए भी शांत रस का आभास देता है।"

लोग ध्यानपूर्वक प्रधानमंत्रीजी का भाषण सुन रहे थे और बीच-बीच में खूब तालियाँ भी बजा रहे थे।

कार्यक्रम के विशिष्ट अतिथि डॉ. शिवमंगल सिंह 'सुमन' ने कहा, "मुझे कविता करने की प्रेरणा अटलजी के पिता पंडित कृष्ण बिहारी वाजपेयीजी से मिली। अटलजी उस दीपक की भाँति हैं, जो अँधेरी रात से तब तक लगातार संघर्ष करता रहता है, जब तक सवेरा उसके कदम नहीं चूम लेता। इनकी कविताएँ एक संघर्षशील योद्धा की कविताएँ हैं।"

उन्होंने संकलन में से एक कविता 'ऊँचाई' की कुछ पंक्तियाँ पढ़कर सुनाईं। डॉ. सिंघवी ने अटलजी से अपनी और कविताओं को खोजने के लिए कहा। वे यह मानने को तैयार नहीं थे कि अटलजी ने सिर्फ इक्यावन कविताएँ ही लिखी होंगी (जैसा कि किताब का शीर्षक था—मेरी इक्यावन कविताएँ)। कार्यक्रम के अध्यक्ष डॉ. विद्यानिवास मिश्र ने अपने अध्यक्षीय भाषण में कहा, "अटलजी रचना कर्म के लिए सदा ही व्याकुल रहे हैं। इनकी इन कविताओं से देश को लाभ होगा। मैं उम्मीद करता हूँ कि अटलजी का कवि

ऐसी ही और रचनाएँ करता रहेगा। अभी इनकी बहुत सी रचनाएँ आनी बाकी हैं। शतं जीवेत्। शतं अदीनः स्याम्॥ अटलजी सौ वर्षों तक जिएँ, हम सभी की यही इच्छा है।"

सभी के मुख से अपने लिए इतने स्नेहपूर्ण शब्द सुनकर अटलजी अभिभूत थे। उन्होंने सभी लोगों का आने के लिए आभार व्यक्त किया, खासकर नरसिंह रावजी का, क्योंकि वे अस्वस्थ होते हुए भी पधारे थे। इसके बाद उन्होंने सभी के आग्रह पर अपनी तीन कविताओं का पाठ किया। अंत में श्री विजय गोयल ने धन्यवाद ज्ञापित किया। यह उस समय का एक यादगार कार्यक्रम था।

□

कारगिल विजय दिवस

यह घटना तब की है, जब जयललिता के समर्थन वापस ले लेने से अटलजी की सरकार अल्पमत में आई। तत्कालीन राष्ट्रपति महोदय ने अटलजी को चुनाव होने तक कार्यकारी प्रधानमंत्री के तौर पर काम करने के लिए कहा। इसी दौरान पाकिस्तान ने भी अपना असली रंग दिखाना शुरू कर दिया। एक ओर तो अटलजी लाहौर बस यात्रा करके मित्रता का हाथ बढ़ा रहे थे, लेकिन दूसरी ओर पाकिस्तानी सेना गुपचुप ढंग से कश्मीर के कारगिल क्षेत्र में प्रवेश कर रही थी। हम समझ रहे थे कि लाहौर घोषणा-पत्र पर दस्तखत करने से दोनों देशों के रिश्तों में सकारात्मकता आएगी और एक अच्छी पहल होगी, लेकिन यहाँ तो सब उलटा हो रहा था। हमारे विश्वास के साथ खिलवाड़ किया जा रहा था।

जम्मू-कश्मीर के बटालिक सेक्टर के तारकुल गाँव में तीन मई को एक गड़रिए ने कुछ घुसपैठ होती देखी। वह रोज की तरह अपनी भेड़ें चराने निकला था, लेकिन शाम को जब वह पहाड़ियों पर अपनी भेड़ों को तलाश रहा था तो उसे कुछ लोग इस ओर आते दिखाई दिए। उसे संदेह हुआ कि कहीं ये पाकिस्तान के लोग न हों, इसलिए वह तुरंत दौड़कर फौजी अफसरों के पास गया। हमारे फौजी वहाँ के ग्रामीणों की बात को बहुत ध्यान से सुनते हैं, अतः वे तुरंत मौके पर पहुँचे। दूरबीन से देखने पर पता चला कि उनके पास तो हथियार भी हैं, लेकिन तब यह अंदाजा लगाना मुश्किल हो रहा था कि वे घुसपैठिए पाकिस्तानी फौजी हैं या आतंकवादी हैं? काफी दिनों तक सैनिक और इंटेलीजेंस ब्यूरो यही समझते रहे कि ये मुजाहिदीन आतंकी हैं।

अटलजी के पाकिस्तान से लौटने के बाद ही वहाँ के सेना प्रमुख जनरल परवेज मुशर्रफ और उनके खास अफसरों ने मिलकर इस घुसपैठ की योजना बना ली थी और उसे अंजाम दे रहे थे, जबकि हम भारतीय अब भी यही सोच रहे थे कि यह आतंकी घुसपैठ है। बाद में खुलासा हुआ कि पाकिस्तानी फौज ने इस घुसपैठ को 'ऑपरेशन बद्र'

नाम दिया था। अटलजी हतप्रभ थे कि उनके इतने अच्छे प्रयास के बाद भी पाकिस्तानी सेना इतनी गिरी हुई हरकत कैसे कर सकती है! उन्होंने इस बारे में नवाज शरीफ से बात करने का फैसला किया। जब अटलजी ने नवाज शरीफ से कहा कि आपने पाकिस्तान में मेरा इतना स्वागत-सत्कार किया, लेकिन पीछे से हमारी ही सीमा में घुसपैठ करा दी तो वे हैरानी प्रकट करने लगे। उनके मुताबिक वे इस बारे में कुछ भी नहीं जानते और उन्हें सेना की इस काररवाई के बारे में कुछ भी जानकारी नहीं है।

अटलजी के लिए उनकी बात पर यकीन करना आसान नहीं था कि उन्हें अपनी ही सेना की गतिविधियों का पता न हो, लेकिन वे हैरान थे कि जनरल मुशर्रफ ने कितना बड़ा कदम उठा लिया है। अब हमें इसका माकूल जवाब तो देना ही था। अटलजी ने सरताज अजीज को भी फोन लगाया और उनसे कहा कि हमें आपसे ऐसी उम्मीद नहीं थी, आपने हमारे साथ विश्वासघात किया है, लेकिन वे लोग अंत तक यही कहते रहे कि उन्हें इसकी कोई जानकारी नहीं है।

जब तक हमारी सरकार कोई ठोस निर्णय ले पाती, 12 मई तक पाकिस्तानी फौज के करीब दो ढाई सौ जवान नियंत्रण रेखा को पार कर चुके थे। वे कारगिल की सुनसान पहाड़ियों पर अपना कब्जा जमा चुके थे। उस वक्त विदेश मंत्री जसवंत सिंह तुर्कमेनिस्तान गए हुए थे। दो हफ्ते बीत जाने के बाद तक हमें यह अंदाजा नहीं हो पाया था कि ये घुसपैठिए पाकिस्तानी फौजी हैं या आतंकवादी हैं। रक्षामंत्री जॉर्ज फर्नांडिस अब भी यही मान रहे थे कि ये आतंकवादी ही हैं और इन्हें खदेड़ने में हमें दो दिन भी नहीं लगेंगे।

दरअसल होता यह है कि इस जगह बहुत अधिक सर्दी पड़ती है। इसलिए जब भी सर्दी का मौसम आता तो भारत-पाकिस्तान दोनों ही देशों के सैनिक अपनी-अपनी चौकियाँ खाली करके नीचे उतर आते और फिर जब सर्दी थोड़ी कम हो जाती, तो दोबारा उन जगहों पर तैनात हो जाते। सर्दियों के दौरान वहाँ की निगरानी हेलीकॉप्टरों द्वारा की जाती, लेकिन इस बार हेलीकॉप्टरों को भी चकमा देकर वहाँ घुसपैठ हो गई, जिसकी उम्मीद ही नहीं थी।

जब तक हमारी सरकार को यह समझ में आया कि हमारा मुकाबला आतंकवदियों से नहीं, बल्कि पाकिस्तानी फौज से है, तब तक वहाँ काफी घुसपैठ हो चुकी थी। 24 मई को कैबिनेट की बैठक बुलाई गई। मीटिंग में जनरल मलिक ने एक प्रेजेंटेशन के द्वारा समझाया, "ये आतंकी नहीं हैं, बल्कि पाकिस्तानी फौजी हैं, क्योंकि आतंकी कभी भी जमीन पर कब्जा करके नहीं बैठते। ये पाकिस्तानी फौजी यहाँ की चौकियों पर अपना कब्जा जमा रहे हैं। यदि इन पर जल्द-से-जल्द कोई काररवाई नहीं की गई तो ये लोग 1972 वाली नियंत्रण रेखा, यानी कि लाइन ऑफ कंट्रोल को बदल भी सकते हैं।"

गहन विचार-विमर्श हुआ कि क्या काररवाई की जाए, ताकि कारगिल से

पाकिस्तानी फौज को खदेड़ा भी जा सके और नुकसान भी कम हो, क्योंकि इस वक्त दोनों देशों के पास परमाणु शक्ति भी थी, इसलिए स्थिति को नियंत्रण में रखते हुए ही दुश्मन के कब्जे से अपने हिस्से के भू-भाग को खाली करवाना था। अंतत: यही निश्चय किया गया कि बिना सीमा रेखा को पार किए उन्हें खदेड़ा जाएगा। अटलजी के सामने यह एक बहुत बड़ी चुनौती आ खड़ी हुई थी। उन्हें कोई-न-कोई फैसला तो लेना ही था। अंतत: उन्होंने बिना एल.ओ.सी. को पार किए दुश्मन को बाहर करने का आदेश दिया, इसके लिए वायुसेना से सहायता लेने की इजाजत भी दी, लेकिन अब भी यही सख्त हिदायत दी गई थी कि हमारे जवान सीमा रेखा को पार नहीं करेंगे।

आसमान में वायुसेना के जहाज उड़ने लगे। वायुसेना ने अपने जंगी जहाजों को उतार दिया। इस ऑपरेशन को 'सफेद सागर' नाम दिया गया। मिग-29 सुरक्षा कवर दे रहे थे। हमारी वायुसेना अपने ही वायुक्षेत्र में रहकर बड़ी ही समझदारी से यह काम कर रही थी, हालाँकि यह काम बहुत मुश्किल था, लेकिन हमारे जवानों ने 'नामुमकिन' शब्द तो सीखा ही नहीं है, पाकिस्तान भी हैरत में पड़ गया। अठारह हजार फीट ऊँचाई से भी हमारे जवान छिपे हुए पाकिस्तानी सैनिकों को चुन-चुनकर निशाना बना रहे थे। इस दौरान हमारे दो एयरक्राफ्ट नष्ट हो चुके थे। पाकिस्तानी फौज ने हमारे फ्लाइट लेफ्टिनेंट नचिकेता को अपने कब्जे में ले लिया। 27 मई को जब नचिकेता ने बटालिक सेक्टर में दुश्मन के ठिकानों पर मिग-27 विमान से निशाना साधने की कोशिश की तो उसी दौरान पाकिस्तानी सेना ने उन्हें युद्धबंदी बना लिया था। नचिकेता पर बहुत जुल्म ढाए गए, लेकिन एक बहादुर फौजी की तरह उन्होंने हर जुल्म को सहन किया। उन्होंने कोई भी खुफिया जानकारी दुश्मनों को नहीं दी।

6 जून को पाकिस्तान ने भारत के साथ बातचीत का प्रस्ताव रखा। अटलजी ने अगले ही दिन अपने देश भारत को संबोधित करते हुए कहा, "मैं साफतौर पर कहना चाहता हूँ कि यदि घुसपैठ के माध्यम से नियंत्रण रेखा को बदलने के साथ बातचीत करने की भी चाल है तो प्रस्तावित बातचीत शुरू होने से पहले ही खत्म हो जाएगी। हमें अपनी सेना की ताकत पर पूरा भरोसा है। हमारी सेना इस लक्ष्य को न सिर्फ हासिल करेगी, बल्कि यह सुनिश्चित भी करेगी कि भविष्य में कोई इस तरह की गतिविधियों में शामिल होने का दुस्साहस न करे।"

इसके बाद 12 जून को पाकिस्तान के तत्कालीन विदेश मंत्री सरताज अजीज चीन होते हुए दिल्ली पहुँचे। उन्होंने हमारी सरकार के सामने अपना तीन सूत्रीय प्रस्ताव रखा— युद्ध विराम, नियंत्रण रेखा की समीक्षा और निर्धारण के लिए एक वर्किंग ग्रुप का निर्माण और अगले सप्ताह भारत के विदेश मंत्री की पाकिस्तान यात्रा, लेकिन हमारी सरकार ने उनके इन प्रस्तावों को ठुकरा दिया।

उधर अमेरिका भी हालात पर नजर रखे हुए था। बिल क्लिंटन लगातार दोनों देशों से संपर्क कर रहे थे। इस दौरान उन्होंने कई बार अटलजी और नवाज शरीफ दोनों से बातचीत की। अब पाकिस्तान चाहता था कि इसमें अमेरिका अपना दखल दे। नवाज शरीफ ने बिल क्लिंटन से युद्ध रुकवाने और कश्मीर समस्या का हल निकालने का अनुरोध किया, लेकिन अमेरिकी राष्ट्रपति ने साफ कहा कि पाकिस्तान को अपने सैनिक नियंत्रण रेखा से पीछे हटाने होंगे और वे कश्मीर विवाद में कोई दखल नहीं देंगे।

नवाज शरीफ 4 जुलाई को वाशिंगटन जाने के लिए तैयार हुए। अमेरिका ने अपनी इच्छा जाहिर की कि ऐसे मौके पर भारत के प्रधानमंत्री को भी यहाँ होना चाहिए। राष्ट्रपति क्लिंटन ने अटलजी से फोन पर बात की और टी पार्टी में आने का निमंत्रण दिया, लेकिन अटलजी ने उन्हें अपने पहुँचने में असमर्थता जताई। उन्होंने कहा, "जिस देश की सेना सीमा पर लड़ रही हो, उस देश का प्रधानमंत्री टी पार्टी मनाने नहीं जा सकता।"

3 जुलाई को भारतीय फौज ने टाइगर हिल से पाकिस्तानी फौज को खदेड़ दिया। 6 जुलाई को भारत और पाकिस्तान के सैन्य महानिदेशकों के बीच फोन पर बातचीत हुई। इस समय तक बटालिक और द्रास सेक्टर से नब्बे फीसदी घुसपैठिए खदेड़े जा चुके थे। बाकी हिस्सों में भी अभियान जारी था। अब पाकिस्तान की हालत पस्त हो रही थी।

8 जुलाई को अटलजी ने जनरल मलिक को अपने आवास पर बुलाया और बताया, "जनरल साहब, पाकिस्तान पीछे हटने को राजी हो गया है।"

"लेकिन सर, भारतीय सेना को उनका इस तरह से पीछे हटना मंजूर नहीं। जब हवा हमारे अनुकूल हो तो हमें दुश्मन को इस तरह से बचकर निकलने का मौका भला क्यों देना चाहिए?"

"अच्छा तो ये बताइए कि पाकिस्तानी घुसपैठियों को भगाने में अभी और कितना समय लगेगा?"

"यही कोई दो-तीन हफ्ते।"

उस समय देश में कामचलाऊ सरकार थी और चुनाव भी नजदीक आ रहे थे। अटलजी ने जनरल मलिक से कहा, "जनरल साहब, हमारे पास समय कम है। हमें चुनाव भी कराने हैं।"

इसी के साथ हमारी फौजें पाकिस्तानी घुसपैठ करनेवाली सेना को खदेड़ने के काम में तेजी से जुट गईं। मुख्य चुनाव आयुक्त एम.एस. गिल ने 11 जुलाई को संसदीय चुनावों के लिए अध्यादेश जारी कर दिया।

21 जुलाई को जनरल मलिक अटलजी के पास आए और बोले, "हमारी सीमा में पाकिस्तानी कब्जेवाली चोटियों पर विजय हासिल किए बिना ऑपरेशन विजय को समाप्त करना मुश्किल है।"

“इसके लिए हमें क्या करना होगा?”

“सर, हमें बल प्रयोग करने की इजाजत दीजिए।”

“दी।”

इसी के साथ 25 जुलाई को सभी तीनों चोटियाँ पाकिस्तानी कब्जे से मुक्त करा ली गईं और 26 जुलाई को ऑपरेशन विजय का ऐलान हो गया। पूरे देश में सम्मान के साथ कारगिल विजय दिवस मनाया।

इस युद्ध के दौरान अटल सरकार ने एक बहुत अहम काम किया। सरकार ने अपने शहीदों को सम्मानित करने का फैसला किया। पहली बार यह तय किया कि शहीदों के शवों को उनके घर तक पूरे राजकीय सम्मान के साथ भिजवाया जाएगा और उनका अंतिम संस्कार किया जाएगा। इस तरह से पूरा देश भावविह्वल हो उठा। सैनिक चाहे जिस भी प्रांत या गाँव का रहा हो, लेकिन उसके साथ पूरा देश खड़ा दिखाई दिया। पूरा गाँव, पूरा शहर अपने क्षेत्र के सैनिक के अंतिम संस्कार में शामिल हुआ। लोगों के भीतर देश-प्रेम की भावना जागी। दूसरी तरफ पाकिस्तान में यह स्थिति थी कि पाकिस्तानी सरकार अपने सैनिकों को कुबूल तक करने में आना-कानी कर रही थी।

जंग खत्म होने के बाद नचिकेता को छुड़ाने की कोशिश शुरू हो गई। पाकिस्तानी सेना के अफसरों ने फरमान जारी किया कि जब भारतीय प्रधानमंत्री खुद कहेंगे, तब नचिकेता को छोड़ा जाएगा। इसके बाद भी वे सीधे-सीधे कहाँ माननेवाले थे। अब बोले कि नचिकेता को जिन्ना रूम से लेना होगा। जिन्ना रूम से लेने का मतलब था, अंतरराष्ट्रीय मीडिया के सामने भारत को नीचा और खुद को ऊँचा दिखाना। अंत में पाकिस्तान को बाध्य किया गया कि युद्ध के नियमों के अनुसार नचिकेता को अंतरराष्ट्रीय रेडक्रॉस को सौंपा जाए। बहुत दबाव बनाए जाने के बाद इस प्रकार से नचिकेता को पाकिस्तान के चंगुल से छुड़ाया गया।

पंद्रह अगस्त को लाल किले पर झंडा फहराने के बाद अटलजी ने उसकी प्राचीर से भाषण दिया। इस भाषण में उन्होंने कारगिल जीत पर खुशी जताते हुए कहा, “आज मैं थलसेना और वायुसेना के उन बहादुर जवानों, अफसरों और अन्य लोगों के प्रति अपनी श्रद्धांजलि अर्पित करता हूँ, जिन्होंने कारगिल में अपनी मातृभूमि को शत्रुओं के कब्जे से छुड़ाने में अद्‍भुत पराक्रम, शौर्य और बलिदान दिखाया। हम उन बहादुर शहीदों के परिवारजनों को कैसे भूल जाएँ, जो अपने इष्टजन का पार्थिव शरीर पाकर कहते हैं, ‘हमारी आँखों में आँसू नहीं, हृदय में गर्व है।’ हम उस माँ को कैसे भुला सकते हैं, जिसे इस बात का दु:ख था कि उसका एक ही बेटा देश के काम आया। काश, उसके दूसरा बेटा भी होता तो वह उसे भी देश की खातिर लड़ने के लिए मोरचे पर भेज देती।”

□

तेरह अंक का करिश्मा

तेरहवीं लोकसभा के लिए चुनाव की तैयारियाँ चल रही थीं। तेरह का अंक बड़े करिश्माई ढंग से अटलजी के साथ जुड़ गया था। उनकी पहली सरकार तेरह दिन ही चली थी। दूसरी बार जब वे प्रधानमंत्री बने तो तेरह महीने बाद एक वोट से गठबंधन की हार का सामना करना पड़ा और अब फिर तेरहवें लोकसभा चुनाव दस्तक दे चुके थे।

चुनाव सितंबर-अक्तूबर में होने थे। पिछली बार अटलजी दूध से जले थे, इसलिए इस बार छाछ भी फूँक-फूँककर पी रहे थे। वे इन चुनावों में पहले से ही गठबंधन करके मैदान में उतरे। इन चुनावों में उन्होंने जनता को याद दिलाया कि किस प्रकार से आपका जनादेश मिलने के बाद भी हम एक वोट से हार गए थे। सुरक्षा, स्थायित्व और विकास को अपना मुद्दा बनाया। इस बार लोग भी परमाणु परीक्षण और कारगिल विजय जैसे कार्यों के कारण उन पर भरोसा जता रहे थे। अटलजी ने लोगों को विश्वास दिलाया कि यदि हमें पाँच साल तक स्थायित्व मिला तो हम देश को विकास के रास्ते पर ले जाएँगे।

एन.डी.ए. को इन चुनावों में सबसे ज्यादा सीटें मिलीं। कांग्रेस को सीटों का भारी नुकसान हुआ। देश भर में खुशी का माहौल छाया हुआ था। तेरह अक्तूबर को सुबह अटलजी ने तीसरी बार प्रधानमंत्री पद की शपथ ली। इसी के साथ तेरह अंक का एक और करिश्मा उनके साथ जुड़ गया।

□

आगरा का नाकाम समिट

जब अटलजी तीसरी बार प्रधानमंत्री बने थे, तब की बात है—एक दोपहर अटलजी, आडवाणीजी और जसवंत सिंह साथ में भोजन कर रहे थे। वे लोग पाकिस्तान-भारत संबंधों के विषय में बात कर रहे थे। जम्मू-कश्मीर की समस्या पर भी विचार मंथन चल रहा था। तभी आडवाणीजी बोले, "अटलजी! क्यों न परवेज मुशर्रफ के साथ बातचीत की जाए? उन्हें भारत आने का निमंत्रण दिया जाए।"

अटलजी ने दु:खी मन से कहा, "हमने लाहौर में एक कोशिश करके देखी तो थी लालजी!"

"तो क्या हुआ···कोई बात नहीं, अगर वह कोशिश नाकाम हो गई थी। हम एक और बार पहल करके देखते हैं। इससे हमारी ही छवि अच्छी होगी।"

जसवंत सिंह ने भी अपनी सहमति देते हुए कहा, "आप सही कह रहे हैं, बातचीत करने में हर्ज नहीं है। पड़ोसी देश से अच्छे संबंध होने ही चाहिए···और वैसे भी दुनिया के सभी देश भारत को अच्छे मित्र के रूप में ही मानते हैं।"

अटलजी ने कैबिनेट कमेटी ऑन सिक्योरिटी की बैठक में यह बात रखी। इसे सबकी मंजूरी मिल गई और परवेज मुशर्रफ को चिट्‌ठी भेज दी गई। मुलाकात के लिए कौन सा शहर उपयुक्त रहेगा, इस पर चर्चा हुई। दिल्ली में मुलाकात करना ठीक नहीं समझा गया, क्योंकि यहाँ की राजनीतिक गहमागहमी का असर इस वार्त्ता पर भी पड़ सकता था। काफी शहरों पर विचार कर लेने के बाद अंतत: आगरा शहर को सबसे उपयुक्त माना गया और तय हो गया कि आगरा में ही मुलाकात की जाएगी।

देश भर में लोग आशान्वित हो उठे। कुछ लोगों को उम्मीद बँधने लगी कि यदि यह मुलाकात सार्थक हो जाए तो भारत-पाकिस्तान के संबंधों में भी मधुरता आ जाएगी। कुछ लोगों ने इससे खास नतीजे न मिलने की बात कही। कुछ ने तो कड़ी आलोचना

की। उनका कहना था कि जो मुशर्रफ कारगिल युद्ध के लिए जिम्मेदार थे, उनसे बातचीत करना कतई ठीक नहीं। अटलजी ने भी पार्टी के लोगों से यही कहा कि हम अपना प्रयास भर कर रहे हैं, आप इस मुलाकात से बहुत अधिक उम्मीद न पालें।

मुशर्रफ ने पहले दिल्ली आने की इच्छा व्यक्त की। तय हुआ कि पहले उनका दिल्ली में स्वागत किया जाएगा, फिर आगरा जाएँगे और इसके बाद वे अजमेर में ख्वाजा मुईनुद्दीन चिश्ती की दरगाह में अपनी हाजिरी देते हुए पाकिस्तान लौट जाएँगे। भारत सरकार ने भारतीय जेलों में बंद पाकिस्तानी नागरिकों को छोड़ने और दोनों देशों के बीच अच्छे व्यापारिक रिश्ते बनाने की कोशिश की। भारत की तरफ से भी पाकिस्तान को कहा गया कि वह पाकिस्तान में बंद भारतीय युद्धबंदियों को छोड़े और पाकिस्तान में शरणार्थी कुख्यात आतंकवादियों को भारत को सौंपे। उनसे इस बात का आश्वासन भी देने की बात कही गई कि पाकिस्तान में मौजूद गुरुद्वारे और मंदिरों की उचित देखभाल और सुरक्षा हो, साथ-ही-साथ यह भी सुनिश्चित किया जाए कि पाकिस्तान जानेवाले भारतीय तीर्थयात्रियों के साथ अच्छा व्यवहार किया जाएगा।

इधर पाकिस्तान को भी यह बात समझ में आने लगी थी कि बातचीत द्वारा ही दोनों देश किसी समाधान तक पहुँच सकते हैं। 14 जुलाई को राष्ट्रपति मुशर्रफ अपनी बेगम साहिबा के साथ दिल्ली उतरे। यहाँ पूरे राजकीय सम्मान से उनका स्वागत किया गया। वे भी सभी के साथ बड़ी ही गर्मजोशी से मिले। मुशर्रफ का दिल्ली से पुराना रिश्ता रहा है। बँटवारे से पहले उनका परिवार पुरानी दिल्ली में नहरवाली गली में रहा करता था। उन्होंने इसी हवेली में जन्म लिया था और करीब चार साल तक वहाँ अपना बचपन बिताया था। इसके बाद बँटवारा हो जाने के कारण उन्हें पाकिस्तान जाना पड़ा। मुशर्रफ ने वहाँ जाने की इच्छा व्यक्त की। अटलजी ने इसके लिए सभी आवश्यक सुरक्षा के प्रबंध कर दिए। मुशर्रफ उस जगह पर गए। वहाँ के लोगों से मिले। वहाँ के लोग भी मुशर्रफ को अपने बीच पाकर अचंभित थे। लोगों ने उनका शानदार स्वागत किया। अनेक बच्चे और महिलाएँ अपनी-अपनी छत से उन्हें देख रहे थे। बाद में मुशर्रफ राजघाट गए। इसी दिन वे हुर्रियत नेताओं से भी मिले।

शाम को तत्कालीन माननीय राष्ट्रपति के.आर. नारायणन ने राष्ट्रपति भवन में उनके सम्मान में एक भोज का आयोजन करवाया। इस भोज में अनेक गण्यमान्य लोग मौजूद थे। आडवाणीजी और मुशर्रफ ने अपनी यादें साझा कीं। दरअसल जिस प्रकार से मुशर्रफ का जन्म भारत में हुआ था और वे बँटवारे के बाद पाकिस्तान चले गए, उसी प्रकार से आडवाणीजी का जन्म कराची में हुआ था और वे भारत आ गए थे। दोनों ने अपने बचपन की यादें साझा कीं। दोनों ही अपने-अपने समय में कराची के सेंट पैट्रिक हाईस्कूल में पढ़ चुके थे।

आडवाणीजी ने बात को आगे बढ़ाते हुए जनरल मुशर्रफ से कहा, "हम पड़ोसी मुल्क हैं और हमें अपने संबंधों को बेहतर बनाना चाहिए। यदि आप मुंबई सीरियल बम धमाकों के आरोपी दाऊद को भारत को सौंप दें तो इस संधि को आगे बढ़ाने को बल मिलेगा।"

मुशर्रफ ने अपने गुस्से को दबाते हुए कहा, "संबंध तो हम भी सुधारना चाहते हैं, लेकिन हम आपको साफ शब्दों में बता दें कि दाऊद हमारे मुल्क में नहीं है।" उस समय उनके चेहरे पर तेज गुस्सा झलक रहा था।

अगले दिन आगरा में शिखर वार्त्ता होनी थी और आगरा के अमरविलास में उनके ठहरने की व्यवस्था की गई थी। अटलजी और उनके सहयोगियों की व्यवस्था जे.पी. पैलेस में की गई थी। मुलाकातों का दौर वहीं होना तय किया गया। दिन भर अफसरों और मंत्रियों के बीच बातचीत की कई बैठकें हुईं। रात को उत्तर प्रदेश के गवर्नर और मुख्यमंत्री ने भोज का आयोजन रखा था। अगले दिन सुबह जनरल परवेज मुशर्रफ ने अखबारों और टी.वी. के कुछ संपादकों को नाश्ते पर बुला लिया।

दोपहर के भोजन से पहले और बाद में दो बैठकें अटलजी और मुशर्रफ की हुईं, बाद में इसमें दोनों देशों के अफसरों और विदेश मंत्रियों ने भी हिस्सा लिया। एक संयुक्त घोषणा-पत्र तैयार किया गया। इसमें आतंकवाद की निंदा की गई और दोनों देशों के बीच आपसी रिश्तों को सुधारने के लिए कश्मीर मुद्दे को हल करने की बात कही गई। इस पर दोनों के साझा हस्ताक्षर होने थे, लेकिन जनरल मुशर्रफ कश्मीर के मुद्दे पर अड़े हुए थे और सीमापार आतंकवाद को मानने के लिए तैयार ही नहीं थे। घोषणा-पत्र बार-बार बदला जा रहा था, लेकिन कोई सकारात्मक परिणाम नहीं निकल रहा था। दोनों पक्षों की तरफ से एक ऐसा घोषणा-पत्र बनाने की कोशिश हो रही थी, जिस पर दोनों देश सहमत हों। काफी देर तक इसी प्रकार से होता रहा।

जनरल मुशर्रफ ने एक बार फिर अटलजी से मुलाकात करने की बात कही। अटलजी के ही कमरे में दोनों की काफी लंबी बातचीत हुई। एक साझे घोषणा-पत्र पर दस्तखत हो जाने के बाद मुशर्रफ को अजमेर के लिए रवाना होना था, किंतु दोनों के मनमुताबिक घोषणा-पत्र ही नहीं बन पा रहा था। अंततः मुशर्रफ ने गुस्से में आकर अपना अजमेर जाने का कार्यक्रम रद्द कर दिया और वापस अपने देश जाने का निर्णय सुना दिया।

इधर उनके जाते ही संसद् में विपक्ष ने अटलजी को घेर लिया। अनेक तरह के तीखे सवाल शुरू हो गए, क्योंकि पहले लाहौर यात्रा, फिर कारगिल युद्ध और अब आगरा का यह नाकाम समिट। खैर, सबके सवालों का सामना तो करना ही था।

एक दिन इसी विषय पर राज्यसभा में जोरदार हंगामा चल रहा था। मुशर्रफ दरगाह

शरीफ नहीं गए, इस पर भी बात चल रही थी। तभी अटलजी ने कहा, "अतिथि भी अपने कर्मों के हिसाब से आते हैं, हमारे कर्म ही ऐसे थे कि हम क्या करें?" उनके ऐसा कहते ही सभी ठहाका लगाकर हँस दिए। अगले दिन विदेश मंत्री जसवंत सिंह से मीडियावालों ने सवाल किया, "क्या आपने जनरल परवेज मुशर्रफ को अजमेर दरगाह जाने से रोका था?"

जसवंत सिंह ने जवाब दिया, "आप यह बात अच्छी तरह से जानते हैं कि वहाँ तक वे ही जा पाते हैं, जिन्हें ख्वाजा खुद बुलाते हैं।"

"क्या अब भी भारत पाकिस्तान के साथ शांति वार्त्ता के लिए तैयार होगा?"

"बिल्कुल।"

हमारे देश की यही तो खासियत है कि हम अपने स्वाभिमान को लेकर हमेशा ही सचेत रहे हैं। हमारी अखंडता ही हमारी शक्ति है, हमें कोई तोड़ नहीं सकता। कश्मीर हमारा गौरव है।

...लेकिन हम दोस्ती का हाथ बढ़ाने से भी नहीं झिझकते।

□

आगरा समिट के बाद का परिणाम

पाकिस्तान हमेशा से ही भारत के साथ छल करता आया है। भारत ने अनेक बार मित्रता का हाथ बढ़ाया, लेकिन पाकिस्तान ने हर बार पीछे से घात लगाई। इस बार भी ऐसा ही हुआ। अटलजी को तब बेहद कष्ट हुआ, जब आगरा की मीटिंग के तुरंत बाद आतंकियों द्वारा अमरनाथ की यात्रा पर जा रहे तीर्थयात्रियों की बेरहमी से हत्या कर दी गई।

पाकिस्तान के साथ हमारे संबंध बहुत उतार-चढ़ाववाले रहे हैं। कभी मित्रता का वातावरण बन जाता तो कभी युद्ध हो जाता…कभी युद्ध विराम होता तो कभी आतंकी घटना घट जाती। घाटी में आतंकी घटनाएँ तो आम बात हो चली थीं। पाकिस्तान के लिए जम्मू-कश्मीर हमेशा ही एक जमीन का टुकड़ा रहा, लेकिन हमारे लिए यह हमारा गुरूर है।…हमारा अटूट हिस्सा है। पाकिस्तान के राष्ट्रपति मुशर्रफ बातचीत के द्वारा कश्मीर का हल निकालना चाहते थे। अटलजी ने उनसे कहा कि यदि आप कश्मीर पर बात करना चाहेंगे तो फिर मुझे उसका पूरा इतिहास खँगालना पड़ेगा। एक-तिहाई कश्मीर पर पहले ही आपने जबरन अपना अधिकार जमा रखा है। वहाँ किसी प्रकार का लोकतंत्र नहीं है… कोई कानून-व्यवस्था नहीं है, जबकि भारत तो लोकतंत्र पर विश्वास करनेवाला देश है। कश्मीर का मामला हमारी भावनाओं से जुड़ा हुआ है, इसका हल इतना आसान नहीं। हम अपने ही देश के भीतर दो राष्ट्र के सिद्धांत को कदापि स्वीकार नहीं करेंगे। हम मजहब के आधार पर अपने देश को नहीं बाँट सकते। कश्मीर से कन्याकुमारी तक समूचा भारत एक है और एक रहेगा। हम उदार देश हैं, लेकिन हमारी उदारता को हमारी कमजोरी न समझा जाए। हम आतंकवाद के सामने कभी नहीं झुक सकते, बल्कि हम तो इससे निपटने में हर हाल में सक्षम हैं।

अटलजी ने राष्ट्रपति मुशर्रफ को चेताया भी कि आतंकवाद से आपका भी भला नहीं होगा। एक दिन यही आतंकवाद पाकिस्तान के लिए भी मुश्किलें खड़ी कर देगा। हम तो

चाहते हैं कि दोनों देश सांस्कृतिक आदान-प्रदान करें, व्यावसायिक रिश्ते बनाएँ, ताकि दोनों की उन्नति हो···लेकिन पाकिस्तान तो कश्मीर के अलावा कोई और बात करना ही नहीं चाहता है और कश्मीर हमारे लिए हमारा अटूट हिस्सा है, हमारा स्वाभिमान है।

अटलजी आगरा में होनेवाली बातचीत में दोनों देशों के बीच विश्वास का वातावरण बनाने पर जोर दे रहे थे। वे हर हाल में शांति बहाल करने के पक्ष में थे। उन्होंने मुशर्रफ के सामने जम्मू-कश्मीर में हो रही आतंकी घटनाओं की निंदा की, लेकिन जनरल मुशर्रफ तो उन्हें आतंकी घटनाएँ मानने को ही तैयार नहीं थे। वे उसे कश्मीरियों द्वारा की जा रही आजादी की लड़ाई कह रहे थे। अटलजी ने उन्हें यह भी समझाने की कोशिश की कि आतंकवाद दोहरा हथियार है, इससे दोनों ही देश पीड़ित हैं, लेकिन उनका कहना था कि दोनों ओर के सैनिक गोलियाँ चलाते हैं और वैसे भी किसी भी आजादी की लड़ाई में कुछ बेगुनाह तो मरते ही हैं। अटलजी मुशर्रफ की बातों से हैरान थे कि आखिर ये कैसी आजादी की लड़ाई है, जिसमें बेगुनाह और बच्चे मारे जा रहे हैं? क्या आजादी की लड़ाई में अचानक बस में विस्फोट कर दिया जाता है···चलती रेल को बम से उड़ा दिया जाता है···या भरे बाजार में राइफल से अंधाधुंध गोलियाँ बरसाकर बेकसूरों को मौत के घाट उतार दिया जाता है?

और वही हुआ इस बार भी···पाकिस्तान की तरफ से फिर भारत पर चोट की गई। मुशर्रफ के भारत दौरे के कुछ दिनों बाद दिसंबर में भारत की संसद् पर आतंकवादियों ने हमला कर दिया। एके-47, पिस्टल और ग्रेनेड, रॉकेट लॉन्चर लिये आतंकी संसद् परिसर में प्रवेश कर गए। उन्होंने प्रवेश पाने के लिए गृह मंत्रालय का लेबल लगी गाड़ी का प्रयोग किया। परिसर में आकर अंधाधुंध गोलियाँ चलानी शुरू कर दीं, हालाँकि सख्त सुरक्षा व्यवस्था के चलते वे संसद् भवन के भीतर नहीं घुस पाए, किंतु उन्होंने परिसर में ही मौजूद दिल्ली पुलिस के जवानों, निगरानी करनेवालों और माली की हत्या कर दी। इस मुठभेड़ में वे खुद भी मारे गए।

अटलजी संसद् पर किए गए इस हमले से बेहद दुःखी हो उठे। उन्हें उन भटके हुए नौजवानों के बारे में सोचकर बहुत तकलीफ होती, जिनके भीतर जरा भी मानवता शेष नहीं रह गई है। आखिर ऐसा क्यों है कि खुद इनसान ही दूसरे इनसान के खून का प्यासा बन बैठा है। आखिर हम मानव कब सुसंस्कृत होंगे···कब अपने जीवन का मकसद समझेंगे···कब समस्त जीवों से प्रेम करेंगे?

□

सुमित्रा महाजनजी द्वारा शालीन विरोध

अटलजी की आदत थी कि वे सभी को साथ लेकर चलते थे। यह उन्हीं का कहना था कि 'सरकारें आएँगी-जाएँगी, पार्टियाँ बनेंगी-बिगड़ेंगी, लेकिन यह देश रहना चाहिए, इस देश का लोकतंत्र जिंदा रहना चाहिए।' इसी प्रकार वे यह भी कहते थे कि दो लोगों के बीच मतभेद हो सकते हैं, इसमें कोई बुराई नहीं है, क्योंकि सबके अपने विचार हैं, अपना दृष्टिकोण है'। अटलजी कहते थे कि 'मतभेद होना चाहिए, लेकिन मनभेद नहीं होना चाहिए'। उनके लिए राष्ट्रहित से बढ़कर कुछ भी नहीं था। इसके लिए उन्होंने बार-बार अपने पड़ोसी देश से भी दोस्ताना संबंध बनाने का प्रयास किया। वे संबंध बनाने का प्रयास जरूर करते रहे, लेकिन पूरे आत्मसम्मान के साथ, अपने स्वाभिमान के साथ। पार्टी में सभी के भीतर आत्मसम्मान के साथ-साथ एक-दूसरे के प्रति भी आदर की भावना कूट-कूटकर भरी हुई थी।

एक वाकया याद आ रहा है—एक दिन कांग्रेस अध्यक्षा सोनिया गांधी बोलते-बोलते अटलजी को मनोरोगी बोल गईं। अटलजी को मनोरोगी कह देना कई लोगों को बहुत बुरा लगा। पक्ष-प्रतिपक्ष के कई लोगों ने उनका विरोध किया। इसी के कुछ दिनों बाद की बात है कि इंदौर में एक ओवरब्रिज के भूमिपूजन का कार्यक्रम होना था। चूँकि यह कार्यक्रम मध्य प्रदेश में था, अतः राज्य के मुख्यमंत्री होने के नाते दिग्विजय सिंह और केंद्र से सांसद सुमित्रा महाजन भी शामिल हुए। जब सुमित्रा महाजन वहाँ पहुँचीं तो उन्होंने मंच पर जाकर बड़ी ही विनम्रता से कहा, "हम सभी लोग अपने आदरणीय प्रधानमंत्री को मनोरोगी कहे जाने से बहुत क्षुब्ध हैं और जब तक मुख्यमंत्री अपनी पार्टी की अध्यक्षा की तरफ से माफी नहीं माँगेंगे, तब तक मैं मंच पर नहीं बैठूँगी।" इतना कहकर वे मंच से उतर गईं और इस तरह से उन्होंने बड़ी ही शालीनता से आत्मसम्मानपूर्वक अपना विरोध दर्ज किया।

इसी के कुछ दिन बाद दिल्ली में संसदीय दल की बैठक में कुछ लोगों ने मनोरोगी वाली टिप्पणी को उठा दिया और इसका विरोध करने लगे। तब अटलजी ने ही सबको यह कहकर शांत किया कि अब इतने दिन बाद इस मुद्दे को उठाने का क्या फायदा। यदि विरोध करना ही था तो उसी समय करते, जैसे सुमित्रा महाजन ने किया।

अटलजी ऐसी व्यक्तिगत टिप्पणियों से स्वयं भी बचा करते थे। उन्होंने जीवन में न कभी खुद किसी पर ऐसी कोई व्यक्तिगत टिप्पणी की और न ही अपने ऊपर की जानेवाली टिप्पणियों को तवज्जो दी।

□

देश के ग्यारहवें राष्ट्रपति के रूप में डॉ. कलाम

राष्ट्रपति चुनाव करीब आ रहे थे और कुछ लोगों ने अटलजी का नाम राष्ट्रपति पद के लिए उठाना शुरू कर दिया। लोग अटलजी पर इसके लिए दबाव बनाने लगे, लेकिन अटलजी तो इसके लिए एक खास व्यक्ति को चुन चुके थे। उन्होंने सभी के सामने उनका नाम रखा—डॉ. ए.पी.जे. अब्दुल कलाम। गठबंधन के सभी नेता उनके इस प्रस्तावित नाम से एकमत में सहमत हो गए। उस समय डॉ. कलाम अन्ना विश्वविद्यालय में अपना मनपसंद अध्यापन का काम कर रहे थे। वे डी.आर.डी.ओ. से रिटायर हो चुके थे।

अटलजी ने उनसे फोन पर पूछा, "आपका अध्यापन कार्य कैसा चल रहा है?"

"बहुत अच्छा।"

"डॉ. कलाम, मेरे पास आपके लिए एक बहुत महत्त्वपूर्ण खबर है। मैं अभी-अभी गठबंधन के सभी नेताओं के साथ एक मीटिंग करके आ रहा हूँ और हम सभी ने उस मीटिंग में यह तय किया है कि हमें देश के राष्ट्रपति के रूप में आपकी आवश्यकता है।"

"मुझे इस पर विचार करने का थोड़ा समय दें। क्या आपके गठबंधन की सभी पार्टियाँ मेरे नाम से सहमत हैं?"

"जी हाँ। मैं तो आपके नाम की घोषणा आज ही करना चाहता हूँ। मैं आशा करता हूँ कि आप भी 'हाँ' ही कहेंगे।"

"वाजपेयीजी, क्या आप मुझे तय करने के लिए दो घंटे का समय दे सकते हैं?"

"डॉ. साहब, हम आपकी सहमति मिलने के बाद ही अपना कोई कदम आगे बढ़ाएँगे...लेकिन मैं आपका उत्तर 'हाँ' में ही सुनना चाहता हूँ।"

ठीक दो घंटे के बाद डॉ. कलाम का फोन आ गया। वे बोले, "वाजपेयीजी, मैं इसे महत्त्वपूर्ण संकल्प की तरह स्वीकार करता हूँ, लेकिन मैं एक सर्वदलीय प्रत्याशी की तरह सामने आना चाहता हूँ।"

"ठीक है, अब आपकी 'हाँ' मिल गई है तो हम इसके लिए ही कदम उठाएँगे।"

अटलजी ने उसी दिन कांग्रेस अध्यक्षा से इस विषय में बातचीत की और उनकी भी सहमति मिल जाने के बाद राष्ट्रपति पद के लिए डॉ. कलाम का नाम प्रस्तावित कर दिया। वामपंथी उनके नाम से सहमत नहीं थे, उन्होंने कैप्टन लक्ष्मी सहगल का नाम प्रस्तावित किया। नामांकन भरा गया, चुनाव हुए और डॉ. कलाम 18 जुलाई को बहुमत से देश के ग्यारहवें राष्ट्रपति चुन लिये गए। 25 जुलाई को उन्होंने इस महत्त्वपूर्ण पद के लिए शपथ ग्रहण की।

□

आदमी तो सही है, लेकिन गलत पार्टी में है

एक बार प्रतिष्ठित लेखक और पत्रकार खुशवंत सिंह ने अटलजी पर केंद्रित अपना लेख लिखा। यह उनके अंग्रेजी कॉलम 'मैलिस टूवर्ड वन एंड ऑल' में प्रकाशित हुआ था। उन्होंने अटलजी की एक कविता को भी अंग्रेजी में अनूदित कर प्रकाशित किया था। वे उनकी मूल कविता को हिंदी में ही लगाना चाहते थे। इसके लिए उन्होंने अटलजी के सहयोगी पूरन चंद सरीन को फोन किया। जब अटलजी को इस बारे में पता चला तो उन्होंने खुशवंत सिंह से उत्सुकतावश पूछा, "मेरे बारे में क्या लिख रहे हैं?"

"छपने पर ही देखिएगा···और वैसे भी उससे पहले बताना ठीक नहीं होगा।"

"यह भी ठीक है।"

जब वह लेख छपा तो उसकी प्रति अटलजी के पास भेजी गई। खुशवंत सिंह ने अपने इस कॉलम में अटलजी के बारे में लिखा था कि 'आदमी तो सही है, लेकिन गलत पार्टी में है।'

उनकी यह टिप्पणी उस समय बहुत चर्चित हुई। बाद में अटलजी ने भी एक टी.वी. के कार्यक्रम में इसका जवाब यूँ दिया, "अगर मैं आदमी सही हूँ तो गलत पार्टी में नहीं हो सकता।" इसके बाद तो अनेक कार्यक्रमों में अटलजी से इसी टिप्पणी से संबंधित प्रश्न पूछे जाने लगे। एक बार एक अन्य साक्षात्कार में जब उनसे यही सवाल पूछा गया, तब उन्होंने कहा, "सरदार खुशवंत सिंहजी की मैं बड़ी इज्जत करता हूँ। बहुत अच्छा लिखते हैं, उनका लिखा हुआ पढ़कर बहुत आनंद आता है। उन्होंने मेरी जो तारीफ की है, उसके लिए मैं उन्हें शुक्रिया अदा करता हूँ, लेकिन उनकी इस बात से मैं सहमत नहीं हूँ कि मैं आदमी तो सही हूँ, मगर गलत पार्टी में हूँ। अगर मैं सचमुच सही आदमी हूँ तो गलत पार्टी में कैसे हो सकता हूँ और अगर गलत पार्टी में हूँ तो सही आदमी नहीं हो सकता, क्योंकि अगर फल अच्छा है तो पेड़ खराब नहीं हो सकता।"

□

'आप स्त्री शक्ति हैं, आप माँ हैं'–कह पैर छू लिये

अटलजी अत्यंत विनम्र थे। वे जो भी करते थे, हमेशा राष्ट्रहित के बारे में सोचकर ही करते थे। उनके लिए देश से बढ़कर कुछ था ही नहीं। उन्होंने अपना पूरा जीवन ही देश के नाम कर दिया था। लोग भी उनका अत्यंत सम्मान करते थे। क्या पक्ष और क्या विपक्ष, सभी उनके मुरीद थे, लेकिन इसके बावजूद कुछ लोग अपवाद भी होते हैं। उन लोगों ने अटलजी पर यह लांछन तक लगाने का प्रयत्न किया कि प्रधानमंत्री पाकिस्तान के साथ एकतरफा शांति का राग इसलिए अलाप रहे हैं, क्योंकि वे नोबेल शांति पुरस्कार पाना चाहते हैं। अटलजी यह सुनकर भीतर तक दु:खी हो उठे थे, लेकिन फिर भी उन्होंने इस बात को हँसी में ही उड़ा दिया और अपने करीबी लोगों से कहा, "मैं तो अपने भारत के लिए शांति चाहता हूँ। मैं यह सब नोबेल पाने के लिए नहीं कर रहा। मैंने तो इससे पहले ऐसा विचार तक नहीं किया था।"

अटलजी के चाहनेवालों ने तो उन पर 'भारतरत्न' के लिए भी दबाव डाला था। कारगिल युद्ध जीतने के बाद से उनसे कहा जा रहा था कि वे अपने लिए 'भारतरत्न' की सिफारिश करें, लेकिन अटलजी ने खुद ही बड़ी सख्ती से मना कर दिया था। जब उन्होंने सख्ती से मना किया तो उन्हें पंडित नेहरू और इंदिरा गांधी का उदाहरण देकर भी मनाने का प्रयास किया गया, क्योंकि इन्होंने अपने ही कार्यकाल में खुद को 'भारतरत्न' से सम्मानित कर लिया था, लेकिन अटलजी ने साफ-साफ शब्दों में कहा, "मैं इस बारे में कुछ और नहीं सुनना चाहता। मैं खुद ही प्रधानमंत्री हूँ और खुद ही अपना नाम इस सम्मान के लिए दूँ, यह कदापि नहीं हो सकता।"

अटलजी कितने विनम्र थे, इससे जुड़ी एक और घटना याद आती है—सन्

2001 की बात है। देश की पाँच चुनिंदा महिलाओं को उनके उत्कृष्ट योगदान के लिए 'स्त्री शक्ति' सम्मान दिया जाना था। यह कार्यक्रम विज्ञान भवन में आयोजित हुआ था। प्रधानमंत्री होने के नाते अटलजी यह सम्मान उन्हें अपने हाथों से दे रहे थे। इन महिलाओं में से एक महिला चिन्नापिल्लई थीं। चिन्नापिल्लई तमिलनाडु में मदुरै के पास पुल्लिसेरी गाँव से थीं। उन्होंने गरीब और अनपढ़ किसानों के सशक्तीकरण में अहम भूमिका निभाई थी। मंच पर पहुँचते ही वे अटलजी को देखकर भावुक हो गईं और तुरंत उनके पैर छूने के लिए झुक गईं। वे जैसे ही झुकीं, अटलजी ने उन्हें रोक लिया और खुद ही झुककर उनके पैर छू लिये। वे बोले, "आप स्त्री शक्ति हैं, आप माँ हैं।" कुछ क्षणों के लिए पूरे हॉल में सन्नाटा छा गया, लोग अपनी-अपनी जगह पर स्तब्ध खड़े हो गए···और अगले ही पल पूरा हॉल तालियों से गूँज उठा। उस समय यह दृश्य देखकर सभी भावुक हो उठे थे।

□□□

9788194510970
FCW - #0019 - 061026 - C0 - 216/140/14 - PB - 9788194510970 - Matt Lamination